Elogios recibidos por las novelas de
Frank Peretti y Ted Dekker

«…Peretti es un auténtico fenómeno editorial».
—reseña de *La visitación* en BookPage.

«Dekker presenta su exploración del bien y del mal en el contexto de un verdadero *thriller* que hará crecer su ya considerable público».
—reseña de *Showdown* en Publishers Weekly.

«En el mundo de la ficción cristiana, las más vibrantes novelas son las de Frank Peretti».
—reseña de *Monster* en Newsweek.

«Excitante, bien escrita y llena de significado, *Negro*, *Rojo* y ahora *Blanco* se han ganado a la crítica y a los lectores del género… Una travesía épica culminada con talento».
—Editores, Barnes and Noble.

«…llena a rebosar de un caos escalofriante…»
—www.Amazon.com en su comentario de *Esta patente oscuridad*.

«Ted Dekker es sin duda uno de los más fascinantes narradores actuales. Crea tramas que nos mantienen el corazón en vilo y las manos sudorosas incluso después de haber terminado la lectura».
—Jeremy Reynalds, Columnista.

«Peretti no solo es el autor de ficción cristiana que más vende en nuestro país, sino que se ha convertido en una de nuestras mayores estrellas en la novela actual».
—Chicago Tribune en su comentario de *La visitación*.

LA CASA

LA CASA

FRANK
PERETTI

TED
DEKKER

GRUPO NELSON
Una división de Thomas Nelson Publishers
Desde 1798

NASHVILLE   DALLAS   MÉXICO DF.   RÍO DE JANEIRO

© 2006 por Grupo Nelson®

Publicado en Nashville, Tennessee, Estados Unidos de América.
Grupo Nelson, Inc. es una subsidiaria que pertenece
completamente a Thomas Nelson, Inc.
Grupo Nelson es una marca registrada de Thomas Nelson, Inc.
www.gruponelson.com

Título en inglés: *House*
Publicado por WestBow Press
Una división de Thomas Nelson, Inc.

Traducción: *Ricardo y Mirtha Acosta*
Tipografía: *Grupo Nivel Uno*

ISBN: 978-0-60255-381-1

Nota del editor: Esta novela es una obra de ficción. Los nombres, personajes, lugares o episodios son producto de la imaginación de los autores, y se usan ficticiamente. Todos los personajes son ficticios, cualquier parecido con personas vivas o muertas es pura coincidencia.

Impreso en Estados Unidos de América

10 11 12 13 14 HCI 9 8 7 6 5 4 3 2 1

La luz entró en las tinieblas
y la oscuridad no la entendió.

❧

Mi corazón guarda todos los secretos,
mi corazón no dice mentiras.

PRÓLOGO

SE QUEDÓ INMÓVIL EN LA ENTRADA, MIRANDO FIJAMENTE cómo se proyectaba su propia sombra ante él, como una mancha en el suelo. Estudió el aspecto del polvo, se percató del hedor a moho y a orina de ratón, y prestó atención a una viga que se asentaba unos tres centímetros hacia el centro del suelo.

En ese salón había muy pocas pruebas de los acontecimientos que se habían desarrollado hacia el amanecer. Desde esa perspectiva, solo se trataba de una casa abandonada. Interesante.

Pero el resto de la casa ponía de relieve toda la verdad. Bajo sus botas estaban las tablas del suelo, unas junto a otras como muertos enterrados, ahuecadas por la creciente humedad y con los bordes torcidos, ennegrecidas por un polvo grisáceo y por trozos de pintura blanca descascarillada.

Al otro lado del vestíbulo, al pie de una pared, se movía el papel decorativo con dibujos de rosas. Algo arañaba, roía y se abría paso detrás de una de las rosas, hasta que apareció una nariz negra y bigotuda. Con un pedazo de papel de pared en el hocico, la rata se retorció en el agujero, luego se posó sobre las patas traseras y se topó con la mirada de aquel hombre. A ninguno de los dos le preocupaba la presencia del otro. La rata se fue corriendo junto al zócalo y desapareció en una esquina.

En el extremo opuesto del salón crujía y se agitaba una cortina medio destrozada frente a una ventana rota. Una triste intentona de fuga. Aparte de la ventana rota, no había indicio alguno de que nadie hubiera estado allí en años. Sin embargo, si un transeúnte curioso —o la policía, con una necesaria dosis de suerte para dar con ese lugar— se aventurara a entrar, encontraría abundantes señales de lo contrario, señales que lo conducirían a los misterios que allí se ocultaban.

En el húmedo aire rondaba la muerte, aun aquí arriba. Las paredes eran como mortajas, que envolvían todo el lugar con una oscuridad absoluta. Parecía el ambiente ideal para el crimen perfecto.

Barsidious White ya podía ver lo que se avecinaba.

I

17:17 PM

—¡JACK, VAS A MATARNOS!

Jack se quitó de la mente una fantasía y volvió a la solitaria carretera de Alabama, al volante del Mustang azul. El indicador de velocidad pasaba de ciento treinta. Despejó la mente y relajó el pie derecho.

—Lo siento.

Stephanie regresó a su canto, con voz clara, aunque triste, y con su entonación de música *country* clásica.

—*Mi corazón guarda todos los secretos, mi corazón no dice mentiras...*

Otra vez. Ella la compuso; así que él nunca la criticó... pero esas horribles letras, sobre todo hoy...

—¡Jack!

El indicador avanzaba lentamente hacia ciento treinta.

—Lo siento.

Obligó al pie a relajarse.

—¿Qué pasa contigo?

—¿Qué pasa?, *cálmate, Jack. No eches leña al fuego.* Un poco tenso, eso es todo.

Ella le sonrió.

—Deberías tratar de cantar.

Jack apretó con fuerza el volante.

—Sí, esa es tu respuesta para todo, ¿verdad?

—¿Qué dices?

Suspiró. No debía morder el anzuelo.

—Lo siento.

Siempre disculpándose. Jack miró hacia ella y sonrió forzadamente, esperando que le creyera.

Stephanie le devolvió una sonrisa que indicaba que no le había creído.

Era una mujer preciosa, lo suficiente como para cautivar al próximo que se presentase, como lo había cautivado a él —rubia, juvenil, un verdadero honor para esos vaqueros—, todo lo que los tipos de las barras de los bares podrían querer en una cantante *country*. Sin duda, esos ojos azules aún podían centellear, pero no solo para él. Ahora mismo se ocultaban detrás de unas gafas de buen gusto y ella estiraba el cuello para mirar hacia atrás.

—Creo que hay un poli detrás de nosotros.

Jack revisó el retrovisor. La carretera, que ahora era de dos carriles, dibujaba perezosamente sus curvas por bosques de final de primavera y por tierras de labranza, subía por colinas y bajaba por hondonadas, ocultándose y apareciendo de nuevo, escondiendo y dejando ver un auto solitario. Este acortaba la distancia y ahora estaba tan cerca como para que Jack reconociera la barra de luces encima del techo. Comprobó su velocidad. Cien kilómetros. Debería ser lo reglamentario.

El coche patrulla seguía acercándose.

—Es mejor que vayas más despacio.

—Voy dentro del límite de velocidad.

—¿Seguro?

—Sé leer las señales, Steph.

A los pocos segundos, el vehículo ocupaba todo el retrovisor de Jack como si lo estuviera remolcando. Pudo ver el duro rostro del poli detrás del volante, con gafas de sol reflectantes que le ocultaban los ojos.

Patrulla de carreteras.

Jack volvió a revisar el indicador, luego bajó la velocidad a noventa y cinco, esperando que el policía no los golpeara por detrás.

El sedán se acercaba cada vez más.

¡Estaba a punto de golpearlos!

Jack presionó el acelerador hasta el fondo y el Mustang salió disparado como un bólido.

—¿Qué estás haciendo? —gritó Stephanie.

—¡Iba a golpearnos!

El auto se rezagó diez metros. Se prendieron sus luces rojas y azules.

—¡Qué bien! —masculló ella, girando y recostándose en el asiento.

Jack pudo captar en su voz que lo culpaba. Siempre echándole la culpa.

—*Pero fuiste tú quien se alejó, Steph.*

El coche patrulla se colocó en el carril de la dirección contraria y se puso a la par de ellos. El policía uniformado giró el rostro para mirar a Jack. Sus miradas se encontraron. O así lo imaginó Jack. Gafas negras. Sin expresión. Jack volvió a enfocar la mirada en la carretera.

Los vehículos estaban uno al lado del otro, en cerrada formación, a noventa y cinco kilómetros por hora.

—¿Qué estás haciendo, Jack? Detente.

Lo haría si pudiera. Jack buscó una oportunidad. El bosque, una espesa maraña de arces, robles y abedules, lo invadía como un muro que avanzaba.

—No puedo. No hay arcén. Es que no puedo...

Disminuyó la velocidad. Debía de haber una salida en alguna parte. Sesenta y cinco kilómetros por hora. Cincuenta. El policía igualaba su velocidad.

Jack vio un claro en la espesura, una franja de arcén, apenas el espacio suficiente. Empezó a girar.

El coche patrulla se les adelantó y los dejó atrás, con las luces encendidas en silencio. Quince segundos después era un puntito en la carretera entre los altísimos árboles, y luego desapareció.

—¿A qué ha venido eso? —preguntó Jack, comprobó los retrovisores, miró curioso y volvió tranquilamente a la carretera. Se restregó la mano sudada en los pantalones.

—Ibas con exceso de velocidad.

Stephanie fijó la mirada en la carretera, trató torpemente de agarrar un mapa y evitó mirar a Jack a los ojos.

—No nos ha detenido. ¿Por qué se acercó tanto? ¿Viste lo cerca que estaba?

—Así es Alabama, Jack. No haces las cosas como ellos, así que te lo hicieron saber.

—Pues sí, pero no embistes a alguien por detrás solo porque vaya muy rápido.

Ella se dio una palmada en el regazo para liberarse de su frustración.

—Jack, ¿puedes conseguir que lleguemos por favor, como es debido, sanos y salvos? ¿Por favor?

Él decidió callar en respuesta y concentrarse en la carretera. *Guárdalo para la sesión de consejería, Jack.* Se preguntó qué habría estado reservando ella, qué nuevos reclamos descargaría esa noche.

Ella se encogió de hombros, fingió sonreír y empezó a cantar.

De verdad crees que funcionará, ¿no, Jack? ¿Crees de veras que puedes conservar algo que simplemente ya no tienes?

Si sonreír y cantar pudiera devolver esos días, él reiría como un tonto y hasta cantaría las canciones que compuso Steph, pero ya no se hacía ilusiones. Lo único que le quedaba eran los recuerdos que almacenaba en la mente, aun mientras fijaba los ojos en la carretera: los brazos de ella sobre los hombros de él y la emoción en los ojos femeninos; la iluminación interior que sentía siempre que ella entraba en la habitación; los secretos que compartían con una mirada, una sonrisa, un guiño; todo lo que, según él, debían de ser el amor y la vida.

El accidente lo cambió todo.

Jack se imaginaba sentado en la oficina del abogado, tratando con sinceridad sus sentimientos. *Me siento ... como he estado toda la vida. La existencia no tiene sentido. Si hay Dios, es el diablo, y ... ¿Qué? Ah, ¿se refiere a Stephanie? No, también la he perdido. Se fue. Quiero decir, está aquí, pero se marchó.*

No se podía quitar de encima la idea de que todo este viaje solo era un requisito, otro paso hacia su derrota. Steph cantaría en la ida y la vuelta a Montgomery, y hasta conseguiría el divorcio que deseaba, para continuar su alegre camino.

—Jack, estás perdido.

Seguro que lo estoy.

—Jack.

Sobresaltado, Jack volvió a concentrarse en la conducción. El Mustang ronroneaba a más de cien, tragándose la carretera. Ya se había acabado el bosque, dando paso a granjas rudimentarias y pastizales llenos de troncos.

Stephanie observaba el mapa y analizaba todas esas pequeñas líneas rojas y negras. ¿Había dicho ella que *él* estaba perdido? Sí. *Ella* tenía el mapa, pero *él* estaba perdido.

Jack captó el sarcasmo antes de que se desvaneciera. Las hirientes palabras llegaban con mucha facilidad en esos días.

—¿Qué quieres decir?

—¿No has visto esa señal? Decía cinco.

Jack miró el espejo, luego giró para ver la parte trasera de la señal que se alejaba.

—¿Cinco?

Stephanie estudió el mapa, trazando una ruta con el dedo.

—Se supone que estamos en la carretera ochenta y dos.

Jack se inclinó y trató de leer el mapa. El auto viró bruscamente. Él volvió a fijar los ojos al frente, corrigiendo el volante.

—Vamos a llegar tarde —manifestó ella.

No necesariamente.

—¿Has visto un cinco? ¿Adónde conduce?

Ella arrastró el dedo sobre el mapa y lo detuvo a cierta distancia de Montgomery.

—No a Montgomery, a menos que tengas una semana para hacer turismo. ¿Cómo es posible que te salieras de la ochenta y dos?

¿Se atrevería a defenderse?

—Me distrajo un poco un poli que me estaba mordiendo el parachoques.

Ella sacó su teléfono móvil de la funda y se fijó en la hora.

—No hay manera de que lleguemos a tiempo.

¿Había esperanza en su voz? Jack revisó su reloj. Si se dieran la vuelta ahora, quizás...

—He cancelado una actuación para estar contigo en esta cita.

Stephanie se encorvó en el asiento y cruzó los brazos.

Ahí va de nuevo. Culpa mía.

Ella comenzó a murmurar.

Otra vez.

Adelante destellaban unas luces rojas y azules.

—Ah, ¡lo que nos faltaba! —dijo Stephanie—. Te juro que no necesitamos esto.

Jack disminuyó la velocidad a medida que se acercaban al coche patrulla estacionado justo después de una salida. Unos conos anaranjados y un letrero bloqueaban el camino más adelante.

—Obras de repavimentación. Carretera cerrada al tráfico —leyó Jack—. Bueno, de todos modos tendremos que regresar.

Jack se metió en el arcén de grava, pero cambió de idea.

—Preguntemos. Quizás haya un camino más rápido.

Jack dirigió el Mustang azul hacia adelante, llegó a la salida y se detuvo pocos metros detrás del coche patrulla. La puerta del auto se abrió y un policía —el policía— salió; las gafas de aviador aún le ocultaban los ojos.

2

El policía movió la cabeza para hacer crujir el cuello y luego mantuvo el rostro en dirección a ellos mientras se ponía un sombrero color humo de alas anchas. Llevaba una camisa gris de manga corta y pantalones con una franja negra que le bajaba por las piernas. Una insignia en el pecho que destellaba con el sol de muy entrada la tarde. La enorme pistolera de cuero le colgaba a la derecha de la cintura, y la porra de la izquierda.

Se tocó el sombrero como si fuera un hábito y caminó hacia ellos, seguro de sí mismo. Gallito. Los pantalones parecían algo apretados.

—Buenas noches —dijo Stephanie.

Jack bajó la ventanilla. Una brisa cálida entró en el Mustang, seguida por el canto de los grillos. Las botas negras de cuero del agente se movían en silencio sobre el pavimento.

El policía se detuvo ante la ventanilla, con la mano sobre la culata del revólver. Se inclinó y les permitió ver de cerca sus gafas oscuras. En la insignia se leía: Morton Lawdale.

—¿Le importaría mostrarme su licencia y la matrícula del vehículo?

—Nosotros...

—Licencia y matrícula. Ya.

Jack se inclinó sobre la guantera, sacó los documentos y se los pasó a través de la ventanilla.

El poli los agarró con una mano enguantada y estirada, revisándolos detenidamente.

—¿Le importaría bajarse del coche?

Jack no estaba seguro de cómo actuar ante esa petición.

—¿Por qué?

—¿Por qué? Porque quiero mostrarle algo, ¿le parece bien?

—¿He hecho algo malo?

—¿Son así de tontos todos los tipos de Alabama? Un policía le dice que detenga su vehículo y usted discute como si fuera el rey de la región. Tengo que enseñarle algo. Saque el trasero del coche.

Jack intercambió una mirada con Stephanie, abrió la puerta y sacó las piernas.

—Vamos, ¿a que no ha sido tan difícil?

—Tomamos un camino equivocado —dijo Jack, mirando hacia arriba. Era al menos una cabeza más bajo que el policía—. Nos dirigíamos a Montgomery por la ochenta y dos.

Lawdale sacó la porra y señaló a Jack la parte trasera del vehículo.

—Vamos allá.

A este le corrió un frío por la espalda. ¿Cómo había ido a parar ahí, en medio de ninguna parte, con este personaje, de esos que a la mínima dispara, liquida y después pregunta?

Jack vaciló.

—¿Me va a hacer repetirlo todo otra vez? —preguntó el policía mientras se golpeaba la palma de la mano con la porra.

—No —respondió Jack y se dirigió hacia el maletero.

Jack se detuvo ante el guardabarros, frente al oficial que, de pie con los pies extendidos, lo miraba directamente; al menos, hasta donde Jack podía decir.

Lawdale señaló hacia abajo con la porra para indicar la luz del freno izquierdo.

—¿Sabía usted que tiene apagada la luz de freno?

Jack respiró.

—¿De veras? No lo sabía.

—Así es. Me acerqué hasta casi tocarle por detrás. Tenía que comprobarlo.

—Ah.

—Ah —remedó el policía, cuya camisa mostraba manchas de sudor por el cuello y las axilas—. Y le sugeriría que empiece a conducir su vehículo teniendo en cuenta para qué clase de conducción está diseñado.

La puerta del pasajero se abrió y Stephanie bajó, sonriendo como un rayo de sol.

—¿Va todo bien?

—Llevo el piloto trasero quemado —dijo Jack.

Stephanie inclinó juguetonamente la cabeza.

—La arreglaremos en Montgomery. ¿De acuerdo, Jack?

—Por supuesto. En cuanto lleguemos.

El policía inclinó el sombrero ante Steph y evaluó sus *jeans* de cintura baja y su sedosa camiseta azul sin mangas.

—¿Quién se supone que es usted?

—Stephanie Singleton.

Los ojos del hombre descendieron hasta la mano de ella, en la que no había anillo; que el mes pasado se lo hubiera quitado le hizo a Jack más daño que todo lo demás.

—¿Hermanos? ¿Primos?

—Marido y mujer —contestó Jack.

El poli miró a Stephanie.

—¿Le permite usted conducir a este maníaco?

—¿Maníaco? —preguntó Jack.

El policía agachó la cabeza, se bajó los lentes y miró a Jack por encima de la montura plateada.

Ojos azules.

—¿Está tratando de hacerse el listo, muchacho? No, usted no lo es, ¿verdad? Si acaso, un poco tonto.

Jack se preguntó cuánta grosería debe soportar y aceptar uno cuando la otra persona lleva uniforme.

El policía se quitó las gafas y lanzó a Jack una mirada fría.

—No solo como un maníaco, sino como un maníaco que no sabe que conduce como un maníaco, lo cual lo convertiría en un imbécil. Pero fingiré que estoy equivocado. Fingiré que usted no es un imbécil y que puede comprender lo que hace un imbécil. ¿Le va bien así?

Lawdale esperó una respuesta. Jack pudo pensar en varias.

—Pues sí —se limitó a decir.

—Muy bien. Entonces le diré lo que un maníaco hace por aquí.

Con el dedo extendido, el poli dio toquecitos en la cabeza de Jack, bastante fuertes como para doler.

—Un maníaco no vigila su velocidad y no utiliza sus espejos. Use sus retrovisores, Jack. Lo he estado siguiendo cinco minutos antes de que me viera detrás de usted. Lo pudo haber aplastado un camión por completo y ahora estaría muerto...

El policía sacó el revólver de la funda, montó el gatillo y disparó al campo cercano como un pistolero. ¡Bum! Tanto Jack como Stephanie se sobresaltaron.

—...así de fácil.

Lawdale sopló el humo del extremo del cañón e introdujo el revólver en su funda con un giro exacto.

—Se lo advierto, amigo. Estas carreteras son peligrosas —volvió a pinchar a Jack en la sien—. Vigile su velocidad y use sus espejos.

Teniendo todo en cuenta, Jack pensó que lo mejor era contestar de manera breve.

—Lo haré.

—Bien.

El policía le devolvió la licencia y la matrícula, luego señaló el camino.

—Aquí tenemos un pequeño desvío. Los próximos cinco kilómetros de carretera están destrozados. ¿Adónde dijo que se dirigían?

—A Montgomery —contestó Jack con desaliento.

—Montgomery —casi sonrió el poli, obviamente divertido—. ¿No sabe usted leer un mapa?

—Se nos pasó una salida.

El policía resopló, Jack supuso que era su manera de contener la risa.

—Yo seguiría la desviación —señaló luego el oficial—. Quizás les ahorre dos horas en vez de retroceder hasta la ochenta y dos... si es que saben adónde se dirigen. No está muy bien señalada, y no querrán quedar atrapados en la oscuridad.

—¿Nos lo podría usted mostrar? —preguntó Jack.

El hombre retrocedió.

—¿Tiene un mapa?

Stephanie le pasó el mapa, el policía lo desdobló sobre el maletero del Mustang y lo analizó brevemente.

—Un mapa antiguo —resopló mientras volvía a doblarlo—. Está bien. Atiéndame claramente, ¿me oye? ¿Cree usted que estoy borracho? Inconfundible, los tipos de ciudad como usted no quieren quedarse atrapados dando vueltas por el campo y pidiendo instrucciones a los montañeses. Uno nunca sabe con quién se encuentra. Ahora empiecen aquí...

—¿Montañeses? —la sonrisa de Stephanie contradecía su tono.

El poli desechó la palabra con una seña.

—Sureños reaccionarios que viven en los bosques. Imbéciles, como Jack trataba de ser hace un momento. No entienden más ley que la propia. Tipos malos. De los que no han descubierto los cepillos de dientes, mucho menos la ley.

El tipo señaló la salida.

—Ahora vaya al sur por esta carretera hasta llegar a una intersección. Gire a la izquierda, eso le hará atravesar las llanuras y volver a entrar en el camino del bosque. Recorrerá más de sesenta kilómetros por una pista de tierra, pero no se preocupe, pues este lo llevará a la ochenta y dos. Debe tardar aproximadamente una hora.

Jack observó la carretera de grava que se dirigía al sur. Desaparecía entre colinas cubiertas de árboles y coronadas con densos nubarrones.

—¿Está usted seguro?

—¿Le parezco inseguro?

Otra vez no. Jack sonrió.

—No señor.

Lawdale agradeció con un leve movimiento de cabeza.

—Ahora empezamos a entendernos. Esa es la carretera que tomo a casa cada mañana. Si se le avería, quédese en el arcén. Uno de nosotros lo encontrará.

—Lo dice como si hubiera ocurrido antes —manifestó Jack.

—Así es.

Sonriendo de modo titubeante, Stephanie les siguió la mirada.

—Jack, quizás deberíamos tratar de volver a casa sin más.

—Eso no es necesario —dijo Lawdale—. Si se van ahora mismo, mientras haya bastante luz, llegarán sin más inconvenientes. Ahora vayan con cuidado.

El oficial tocó el borde de su sombrero ahumado y volvió caminando al coche patrulla.

Jack se puso al volante del Mustang y cerró de un portazo.

—¿Te habías preguntado alguna vez qué clase de tipos patrullan los bosques?

—En realidad no —dijo Stephanie sentándose a su lado.

—Ahora ya lo sabes.

—Estoy segura de que ha sacado de la cuneta gran parte de tu amabilidad. Opino que deberíamos dar la vuelta.

Jack revisó su reloj. Las seis menos cuarto. Aún podrían lograrlo. Movió lentamente el vehículo hacia delante.

—La cita no puede ser tan importante como para soportar tantos problemas —insistió Stephanie.

Jack giró en el desvío de grava.

—Jack.

—Ya hemos llegado hasta aquí, ¿no? —dijo él mientras aceleraba a toda la velocidad que se atrevía—. Me gustaría tratar de llegar.

3

19:46 PM

— NO CORRAS TANTO, JACK.

Jack no iba tan rápido, ni un poquitín más de setenta... bueno, a veces ochenta. El firme irregular y los baches hacían parecer que iba mucho más rápido. Recordaba usar los retrovisores, pero no veía más que nubes de polvo detrás de ellos.

—El poli dijo que tardaríamos una hora, pero ya llevamos dos —se atrevió a mirar de reojo—. ¿A qué distancia dijo que estaba la ochenta y dos?

—Creo que habló de sesenta y cinco kilómetros después de la intersección.

Jack revisó el indicador de velocidad, como ya había hecho varias veces.

—Hemos recorrido al menos cien. ¿Hay algún pueblo cerca de aquí, algún punto de referencia?

Ella estaba sentada con los brazos cruzados, mirando por fuera de la ventanilla. La espantosa carretera serpenteante los había metido dentro del espeso bosque. Con excepción de un diminuto cartel al borde del camino, como ochocientos metros atrás, no habían visto ni siquiera un buzón. El cartel decía: «Wayside Inn. Descanso para el alma cansada, cinco kilómetros». Estaba pintado en alegre amarillo, rosa y azul, con una flecha rosada que señalaba en la misma dirección por la que ya llevaban demasiado tiempo transitando.

—Este camino no está en el mapa, Jack. Solo sabemos lo que él nos dijo.

Jack se agarró al volante y se concentró en la conducción. Se encontraba en una situación humillante, y el volante se le iba de lado.

—¿Quieres llamar para avisarles de que llegaremos tarde?

Steph agarró su celular.

—Aquí no hay cobertura. Tranquilo. Ya hemos perdido la cita.

Calculaba mentalmente que ya había transcurrido demasiado tiempo y mucha distancia, y sabía que ella tenía razón. Se lo imaginaba.

—Bueno, parece que hay un hostal en alguna parte —dijo Jack—. Quizás al menos podamos salir de la carretera para pasar la noche.

La miró a los ojos, anhelando encontrar en ellos las miradas cargadas de significado que ella solía darle antes del conflicto que habían tenido. Nada. Miró hacia delante y trató de encontrar palabras...

¿Qué ha sido eso? Hundió el pie en el freno.

¡Bam! Se oyó el golpe sordo de algo metálico bajo las ruedas, que rechinaban contra el suelo. El vehículo se sacudió, vibró, se bamboleó, deslizándose sobre la grava suelta.

Stephanie gritó mientras Jack luchaba con el volante. El coche patinó de costado, las llantas chirriaron sobre las piedras y rastrillaron la polvorienta superficie formando una pared de polvo. Parecía como si rodaran con el metal de las llantas. Los bordes de las mismas se clavaron en la superficie y el auto se inclinó hacia el lado del pasajero. Se tambaleó, luego cayó sobre las cuatro ruedas con un crujido de metal y vidrio destrozado, y la pared de polvo se le vino encima.

Silencio. Calma. Estaban vivos.

—¿Estás bien? —preguntó Jack.

—¿Qué... qué ha pasado? —la voz de Stephanie temblaba.

Jack sintió un dolor punzante en el lado izquierdo de la cabeza. Se tocó el pelo y retiró la mano llena de sangre. Se debía de haber golpeado con la puerta.

—Había... algo en la carretera.

Él desabrochó su cinturón de seguridad y dejó que se enrollara mientras abría la puerta. Entró una nube de polvo que se asentó en su ropa y le cubrió los orificios nasales. Se bajó, dio unos pasos inseguros y observó que el coche estaba pegado al suelo.

Las cuatro ruedas estaban desinfladas. La patinada casi había destrozado las cubiertas.

Jack miró hacia atrás, inspeccionando a través de la nube de polvo y oscuridad, y vio un artefacto destructivo tirado en la gravilla como un perro atropellado, golpeado y retorcido por el impacto. Se trataba de una estera de goma, suficientemente grande para atravesar la pista y llenarla de púas de acero.

Sintió un dolor en el estómago. Miró la carretera de arriba abajo, escudriñó con la mirada el espeso bosque y las enredaderas a uno y otro lado. Ni un sonido. Ni un movimiento.

—Steph...

Ella salió del vehículo y profirió un ahogado grito de dolor. Él señaló carretera arriba hacia aquella salvajada tendida en el polvo.

—Era una trampa, o una broma pesada, o... no sé.

Stephanie examinó la espesura del bosque a cada lado del camino.

—¿Qué hacemos?

Él tenía los ojos fijos en los árboles, a ambos lados, de ida y vuelta. A estas alturas, cualquiera habría hecho ya algo, agazaparse, preparar una emboscada, disparar, *algo*.

—Bueno, quienquiera que haya hecho esto volverá a ver el resultado. Lo mejor es que salgamos de aquí.

—¿Y el auto?

—No irá a ninguna parte. No te dejes la cartera. Iremos al hotel.

Se agachó dentro del coche y sacó su bolso, metió su teléfono móvil, mirando hacia todas partes, asustada. Jack pudo ver que ella estaba sopesando las mismas posibilidades: montañeses. Gente extraña que vive en los bosques. No respetan la ley. Lawdale les había advertido que no estuvieran allí después de oscurecer.

—Vamos —le rogó Jack, estirándole la mano por encima del capó.

Ella se le acercó. Él le sujetó la mano con la suya. Salieron juntos, a toda prisa, volviéndose a mirar el vehículo mientras aún estaba a la vista.

Se pusieron a caminar deprisa, más de tres kilómetros. La luz del sol seguía perdiendo intensidad. Después de una curva vieron un cartel pequeño encima de una entrada de gravilla.

WAYSIDE INN

Jack soltó la mano de Stephanie y recorrió el estrecho camino.

—Muy bien. Usaremos su teléfono.

La casa no era algo que Stephanie esperara, ni siquiera en los remotos bosques de Alabama. Cuando llegaron al muro de piedra de la entrada y vieron el camino de losa, disminuyó el temor que en ella producían la creciente oscuridad y el clima amenazador; el dolor de pies y la arena en las sandalias se volvieron soportables; hasta dejó de ver el coche estropeado y el viaje por esa carretera secundaria como el fin del mundo. Se sintió tan aliviada que las lágrimas le inundaron los ojos.

Era como si estuvieran mirando hacia atrás en el tiempo. De algún modo, aunque había enormes plantaciones que daban paso a campos abiertos y sendas sombreadas que se transformaban en franjas de polvo rojo y gravilla, esta magnífica antigua dama se obstinaba en permanecer en una época más refinada. No se trataba de una gran mansión, pero sus imponentes paredes blancas, buhardillas y luces elevadas atraían pensamientos de beldades sureñas con faldas de aros y caballeros vestidos con capas.

—Ah —fue lo único que ella pudo expresar mientras el alivio se convertía en gozo y este daba paso al asombro.

—¿Qué hace una hermosa casa como esta en un sitio así? —preguntó Jack en voz alta.

Abrió la puerta y retomó la marcha, miró hacia atrás, luego esperó, lo que sorprendió a Stephanie. Ella corrió a ponerse a su lado y caminaron juntos, pero sin tomarse de la mano, entrando a otro mundo.

Cada pocos metros, unas lámparas en miniatura emitían un cálido resplandor sobre las baldosas. Los setos de ambos lados del sendero estaban muy cuidados y exactamente proporcionados; aun bajo la tenue luz los arriates tenían un alegre colorido. Más allá de ellos crecían libremente robles sobre una franja de tierra de plantas cuidadas.

—Me gustaría tener aquí mi maleta —dijo ella—. Quiero quedarme aquí.

—Pediremos ayuda por teléfono, quizás después vayamos a buscar nuestras cosas —contestó Jack—. El oficial Lawdale podría estar en los alrededores.

Ella se estremeció por eso. Era probable que él bromeara, pero el asunto no era gracioso.

Atravesaron el porche y encontraron una nota sobre la puerta: *Bienvenido, fatigado viajero. Regístrese en recepción.*

Jack puso la mano en el pomo mientras Stephanie descubría su reflejo en el ornamentado cristal de colores. Ese rostro colorado y manchado por el polvo y el cabello despeinado no encajarían bien en un lugar como este.

—Espera.

Buscó a tientas un cepillo en la cartera.

Él abrió la puerta, haciendo que la figura de ella se moviera del cristal de la puerta.

—Steph, ya tenemos suficientes problemas.

Ella siguió el reflejo móvil, pasándose el cepillo por el cabello. Él nunca veía las cosas igual que ella. El disgustado reflejo del rostro la volvió a mirar.

—Estoy muy sudada.

Jack pasó sin ella al interior y se alentó. *Seguro, tú sigue caminando, amigo.*

Ella guardó el cepillo, ensayó una dulce sonrisa y entró al vestíbulo, cerrando la puerta a sus espaldas.

Ahora se sentía más llena de polvo, sucia, arrugada y fuera de lugar. El salón se abría bajo un elevado techo y una atractiva lámpara de araña se cernía sobre sus cabezas. El impecable suelo de madera dura reflejaba unas amplias y alfombradas escaleras. Había jarrones llenos de flores asentados en mesas, en nichos en las paredes y en pequeñas bases en los rincones. A su izquierda, el salón tenía una enorme chimenea con repisa de mármol tallado. Stephanie debería estar vestida para una fiesta, pero aquí tenía el aspecto de...

—Me parece que ustedes no son los dueños de este lugar —retumbó desde arriba una voz masculina.

Un hombre y una mujer bajaban por las escaleras. Él era alto y corpulento, con vaqueros limpios y camisa verde deportiva... el cuello abierto dejaba ver una camiseta con colores coordinados. Ella era alta y morena; no hermosa, a juicio de Stephanie, pero sí distinguida, con sus elegantes pantalones blancos de sport y su túnica roja sin mangas. Seda, probablemente. Pendientes en forma de gotas. Descendió con una gracia profesional que debió de haber aprendido en alguna parte, y una rápida y evaluadora mirada de esos ojos verdes hizo ruborizar el rostro de Stephanie.

—Necesitamos un teléfono —dijo Stephanie.

Si Jack era consciente de su propia condición polvorienta, lo disimuló muy bien. El novelista que había en él nunca tenía muy en cuenta las apariencias físicas, para fastidio de ella. Ahora mismo estaba vestido como siempre: informal, por no decir desaliñado, con anchos pantalones de algodón y una chaqueta de mezclilla sin botones, abierta sobre una camiseta blanca. A su cabello rojizo le iría bien un peine, pero, aparte de eso, era un hombre de apariencia refinada; sí, incluso más que el tipo que ahora bajaba por las escaleras como un modelo de catálogo. Por desgracia, en estos días ella necesitaba algo más que *refinamiento*. Su carrera estaba a punto de despegar, pero Jack estaba tan estancado en el pasado que sin duda la frenaría.

—¿Algún problema? —preguntó el hombre.

—Problemas mecánicos como a tres kilómetros de aquí —contestó Jack.

Los ojos del hombre se entrecerraron e intercambió con la mujer una mirada de que ya lo sabía.

—Igual que nosotros.

Ahora él había captado la atención fija y amplia de Stephanie.

—Se nos destrozaron las ruedas —dijo ella.

—Las nuestras también —contestó el hombre arqueando la ceja derecha.

La revelación alarmó a Stephanie.

—¿Ustedes también? ¿Cómo... cómo es posible?

—¿En estos bosques? Todo es posible —manifestó el hombre con una sonrisa tímida.

—Pero eso no puede ser una coincidencia. ¿Los dos coches?

—Tranquilízate, cariño. Solo se trata de algunos montañeses riéndose ahora con ganas en un árbol. Todo saldrá bien. ¿De dónde vienen?

—Venimos del norte, de Tuscaloosa —dijo Jack.

—Nosotros venimos del sur, de Montgomery.

—¿Se salieron de la ochenta y dos?

—Así es.

—Tuvimos que recorrer kilómetros —le recordó Stephanie en voz alta.

—Igual que nosotros —dijo la mujer, no dando ninguna impresión de que hubiera sido así.

El hombre extendió la mano.

—Randy Messarue.

Jack le agarró la mano.

—Jack Singleton. Esta es Stephanie, mi... este... —le dejó a ella.

—Soy su tierna esposa —interrumpió ella.

—Encantada —dijo la mujer mirando hacia abajo, pues era más alta que Stephanie.

Luego se volvió hacia Jack y le tendió la mano. Stephanie se contrarió.

—Soy Leslie Taylor. Randy y yo estamos juntos desde hace mucho tiempo.

—Parece que tiene usted un golpe la cabeza —afirmó Randy—. ¿Está bien aparte de eso?

Jack volvió a tocarse la cabeza. Ahora la sangre estaba casi seca.

—Cansado, pero bien. ¿Ha llamado usted a la policía?

—¿Tiene un móvil con señal? —contestó Randy adoptando un aire despectivo.

Stephanie sacó su teléfono del bolso. Lo volvió a revisar.

—No, no hay cobertura. ¿No hay una línea fija por aquí?

—Sería una suerte hallar una.

El temor contenido de Stephanie se le subió a la cabeza.

—Hemos revisado la planta baja y algunos cuartos de arriba. Si tienen algún teléfono, está bajo llave.

—Podemos preguntar a los propietarios cuando lleguen —dijo Leslie.

—Sí, cuando vengan —afirmó Randy—. No se sabe qué clase de negocio creen que están dirigiendo, pero no está bien que solo dejen una nota sobre la puerta y que los clientes nos las arreglemos por nuestra cuenta.

—Randy dirige una cadena de hoteles —manifestó Leslie, sonriendo e irguiendo la cabeza.

—¡Vaya! —exclamó Jack, arqueando una ceja—. Eso es genial.

—Y una cadena de restaurantes, pero eso no viene al caso —dijo Randy.

—Jack es escritor —presentó Stephanie—. Le han publicado varias novelas.

—Ah —se admiró Randy—. ¿Traen algún equipaje con ustedes?

—No —contestó Stephanie rápidamente, lanzando a Jack una punzante mirada.

Mi esposo no piensa en tales detalles.

Pero él no la estaba mirando.

—Aún está en el coche. Estábamos muy nerviosos. Ya sabe, supusimos...

—Pensamos que se trataba de un asalto —explicó Stephanie, sintiéndose ahora ridícula por eso; se esforzó en sonreír tontamente—. Dejamos mi maleta, y la de él, además teníamos un forro plástico para trajes...

Randy asintió con la cabeza y respiró profundamente.

—*Ahora sí que es un robo.* Me encantaría cambiarme esta ropa sucia.

—No se preocupe —dijo Jack—. Se nos ocurrirá algo.

Señaló una mesa pequeña en la esquina del vestíbulo con un registro y un bolígrafo en una cadena.

—Vamos a registrarnos.

—Y también podrían escoger una habitación —manifestó Randy—. Las llaves están en esa vitrina.

—Randy, no somos los dueños de esto —cuestionó Leslie.

—Le recomendaría la habitación cuatro, en el pasillo, frente a la nuestra —continuó Randy, haciendo caso omiso de la mujer—. Tiene una vista fabulosa de los jardines posteriores.

Leslie le lanzó una mirada de desaprobación.

Stephanie llamó la atención de Jack y levantó dos dedos. Como en casa, aquí escogería su propio cuarto, y gracias. Jack suspiró y se fue a la recepción.

—¿Y a qué se dedica usted? —preguntó Leslie a Stephanie señalándola con la nariz.

—Soy cantante —contestó Stephanie.

Ella tarareó el compás de su canción favorita, una alegre tonadilla que había compuesto, llamada «Siempre Bien».

—Vaya. Sujetos creativos.

Jack regresó, trayendo discretamente dos llaves. Pasó a Stephanie la llave de la habitación cuatro y ella la guardó en la cartera. Él se metió la otra llave en el bolsillo. Leslie arqueó una ceja en dirección a Stephanie, pero luego fingió no observar. La muy bruja.

—Parece que somos los únicos registrados esta noche —hizo notar Jack.

—No creo que estén esperando a nadie —aseguró Randy.

—¿Estás seguro? —interrumpió Leslie—. La casa tiene el aspecto de estar lista para visitantes. Las luces están encendidas, el cartel de la puerta principal...

—Pero, ¿dónde están los dueños?

Stephanie dio media vuelta para entrar en la primera planta.

—La mesa está puesta para cuatro personas —dijo.

Todos miraron hacia un arco que conducía al comedor enfrente del salón.

El espacio no era suntuoso, pero sí encantador. La mesa la cubría un mantel bordado y con flecos; los cuatro cubiertos también incluían vajilla para el pan, tenedores para ensalada y cucharas de postre. En el centro de la mesa había una jarra de té helado, con gotas de condensación.

Randy se dirigió a la mesa y echó mano a la jarra de té helado.

—¿Alguien tiene sed? —preguntó.

—Randy, eso no es para nosotros —volvió a insistir Leslie.

Él la miró, luego llenó un vaso de uno de los puestos.

—¡Randy!

Él sorbió del vaso, manteniendo la mirada en ella. Stephanie arqueó una ceja en dirección a Leslie y fingió no observar. No era su problema. Aparentemente, estos dos tenían asuntos que arreglar.

—Así que... están esperando a cuatro personas —titubeó Stephanie.

—Parece que ahora mismo —concluyó Randy.

—Bueno, no es a nosotros a quienes esperan —aseguró Jack.

—No —dijo Randy, disfrutando el té—. Pero esta noche seremos sus invitados, si ellos...

Las luces titilaron.

—Oh, ¿y ahora qué?

La casa se quedó a oscuras.

—¡Dios mío! —exclamó Stephanie mientras se acercaba instintivamente a Jack.

—Esto ya se está poniendo interesante —oyó ella decir a Randy.

Justo como en todo este viaje: un desastre tras otro, pensó Jack. Miró por fuera de la ventana, ahora un rectángulo oscuro que enmarcaba un mundo de sombras insondables y formas poco definidas.

—Las luces del jardín también se apagaron.

—Esperemos hasta acostumbrarnos a la oscuridad —dijo Leslie.

—¿Tiene alguien un encendedor? —preguntó Randy.

—Stephanie —contestó Jack.

Él sabía que ella tenía a mano un encendedor para ofrecerlo a sus amistades fumadoras. Siempre creyó que eso era extraño, ya que ella juraba que el cigarrillo era mortal para las cuerdas vocales, pero según parece era su manera de entablar alguna conversación trivial. Oyó cómo buscaba a tientas en la cartera, luego sintió cómo le ponía en la mano el barato dispositivo plástico. Lo encendió. La luz de la pequeña llama amarilla iluminó débilmente el salón.

—¡Ya está! —exclamó Randy—. Al menos ella está preparada. Vamos.

Él se dirigió al vestíbulo, luego atravesó la sala de estar. Jack lo acompañó, iluminando su camino. Randy fue hasta la chimenea y se hizo con una lámpara decorativa de queroseno que había en la repisa.

—Randy, eso no es nuestro —mencionó Leslie.

Randy sacó un fósforo de madera de una caja de encima de la chimenea. La cerilla se encendió de una raspada en los ladrillos y encendió a su vez la lámpara con facilidad.

—Bueno. Ahora podemos buscar por ahí velas, fósforos, una linterna, cualquier cosa para encargarnos de esta situación... ya que los dueños no están aquí para hacerlo ellos.

Jack oyó un sonido que no pudo identificar. Algo resonante. Una nota alta.

—¡Esperen! —exclamó, guardándose el encendedor en el bolsillo.

—¿Qué?

—Ssh.

Todos escucharon. Jack se quedó pensativo...

—¡Calma! —expresó Randy, regresando al vestíbulo y llevándose la lámpara—. Igual que una casa embrujada, ¿verdad? Aquí no hay nadie, luego se apagan las luces, después... uuuuu.

Movió los dedos de su mano libre mientras la lámpara de queroseno proyectaba fantasmagóricas sombras sobre su rostro.

—Chirridos, quejidos y pasos en la oscuridad —continuó.

Leslie movía la cabeza, siguiéndole la corriente.

—No haga eso —rogó Stephanie, dejando la cartera detrás del sofá.

Otra vez un ruido.

—He oído algo —dijo Jack.

En alguna parte del tenebroso espacio de la antigua casa crujieron vigas bajo algún peso, luego se hizo silencio.

—Son solo ruidos de la casa... —comenzó a decir Randy, pero Leslie lo hizo callar.

Ahora, en algún sitio, crujían tablas del suelo.

—Aquí hay alguien —susurró Stephanie.

Jack levantó la mano pidiendo silencio, ladeó la cabeza para oír, escuchó.

Una voz. Un canto. Una niña.

Miró a los demás a la cara, pero no vio que se hubieran percatado.

—¿Ha oído eso?

Randy comenzó a sonreír con complicidad, como si Jack se estuviera mofando.

—No estoy bromeando. He oído cantar a alguien. Parecía una niña pequeña.

Todos escucharon de nuevo y esta vez una percepción, por no decir una sombra de temor, cruzó por los rostros de cada uno. Ellos también lo oyeron.

—Así que los dueños tienen una hija —aseguró Randy.

Leslie se encogió de hombros.

Stephanie solo miraba a Jack, claramente turbada.

Pasaron unos instantes.

—Está bien, ya basta de Halloween —rompió Randy el silencio con voz autoritaria—. La cocina está por aquí. Iluminemos este lugar.

Se fue, sosteniendo en alto la lámpara. Los demás lo siguieron. Muy juntos, los cuatro entraron al comedor, luego atravesaron un arco, bajaron por un corto pasillo y entraron en una cocina enorme y bien equipada.

—Revisemos estos aparadores y esa despensa —señaló Randy—.
Jack, mire en esa despensa. Busquemos una linterna, un cuadro de
interruptores o una caja de fusibles, velas, lo que sea.

—¡Hola! ¿Hay alguien aquí? ¡Tienen compañía! —gritó luego tan
fuerte que Jack se estremeció.

Leslie empezó a registrar los armarios, arriba y abajo, abriendo,
cerrando, abriendo, cerrando.

Jack abrió la puerta trasera y usó el encendedor para mirar en la
despensa. Encontró una nevera vieja y algunos productos enlatados
en estanterías, pero nada que necesitaran en ese momento.

Stephanie estaba enojada consigo misma por sus temblores y esperaba que los demás no lo notaran. Había aprendido a ser valiente,
independiente, y durante el año anterior había tenido que serlo. Pero
aquí estaba oscuro y ya habían tenido un accidente, y quizás casi un
asalto, y ahora deambulaban por una casa vacía...

Se puso la mano en la frente y trató de entender. *Sé valiente,
muchacha. Solo es tan malo como creas que es. Así es como lo superamos, ¿recuerdas?*

Intentó canturrear una melodía, no logró pensar en ninguna, de
todos modos tarareó sin sentido.

—¿Y esa otra despensa? —preguntó Randy.

¡Vaya! Es un mandón. Casi tan mandón como Jack.

Stephanie encontró el pomo del armario, pero era difícil ver algo
en su interior. Randy tenía la única luz y no la iba a dejar. Ella primero
logró ver dentro de la despensa, luego no pudo. Era profunda... estaba
oscura... sus dedos descubrieron estantes junto a las paredes... estaba
oscuro... eso podría ser una fregona o algo así... estaba oscuro...

Se encendieron las luces. Una bombilla colgaba de un cable en el
centro del techo. Stephanie lanzó un gruñido y se protegió los ojos.
Por un instante no pudo ver.

—¿Qué está usted haciendo en mi despensa?

4

JACK OYÓ EL GRITO DE STEPHANIE Y EN UN INSTANTE SE presentó en la puerta de la despensa... igual que Randy y Leslie. Los tres chocaron y luego se quedaron mirando.

—Gritos como ese los reservamos para afuera —dijo una mujer de rostro ancho que se cubría los oídos, de pie en la despensa. Al cesar el grito bajó las manos y agarró del estante un tarro grande de compota de manzanas.

—Lo siento —jadeó Stephanie—. Me ha asustado.

—Bueno, las dos nos hemos asustado. Casi creí que usted era él.

Stephanie miró a los demás.

—¿Quién?

—Aquí —dijo la mujer con el ceño fruncido y sosteniendo el tarro—. Vierta eso en una fuente y ponga una cuchara en ella.

Luego entró a la cocina codeándose con todos, se fue directo al horno y miró dentro. Por primera vez, Jack sintió el aroma de un asado; se dio cuenta del hambre que tenía.

—La carne ya casi está lista. Lo mejor es poner la comida en la mesa.

La mujer era de huesos grandes y espalda fuerte, y llevaba un vestido de casa con estampado alegre y floreado. Tenía el cabello canoso recogido detrás de la cabeza con una peineta.

—¿Bueno? —dijo volviendo del horno—. ¿Estoy hablando para mí, o qué hacen ahí parados todos ustedes?

Jack fue el primero en salir de su estupor.

—Este... somos nosotros... sus huéspedes esta noche... creo —extendió la mano—. Soy Jack.

—¿Busca una fuente? —preguntó la mujer a Stephanie.

Jack bajó la mano.

—¡Claro! —fue lo único que atinó a decir Stephanie.

—Señora, ¿es usted la dueña de este lugar? —preguntó Randy dando un paso al frente.

—Así es. Y usted es quien se acomodó en la habitación tres —dejó de mirarlo a él para mirar a Leslie—. ¿O fue usted?

—Fuimos los dos —contestó Leslie con una sonrisa conciliadora—. Espero que no le moleste.

—¿Van a pagar por la habitación?

—Por supuesto.

—Entonces disfrútenla, pero no hagan ruido —luego abrió un aparador, sacó un tazón y se lo pasó a Stephanie—. Aquí, encanto.

—¿Tienen a menudo averías eléctricas como esta? —preguntó Randy mientras se colocaba entre Stephanie y la mujer de mediana edad.

—Solo cuando tenemos invitados —contestó ella yendo al otro lado de la cocina. Luego se dirigió a Leslie—. ¿Busca algo que hacer? Revise esos guisantes de encima del horno y póngalos en un plato.

La mujer abrió un cajón y extrajo un plato para ese propósito. Leslie se puso a trabajar.

—¿Cuál es su problema? —le dijo a Jack.

—Bueno... en realidad tenemos... problemas con el coche.

—Clavos en la carretera —terminó Randy—. ¿Hay un teléfono en alguna parte?

—¿Problemas con el coche? —preguntó la mujer acercándose a centímetros de la nariz de Jack—. ¿Por eso se ha registrado en dos habitaciones? ¿Por problemas *mecánicos*?

Se dirigió entonces a Stephanie.

—¿Está enfadado con usted o algo así? —preguntó.

—Este...

—¿Puede llevar sillas? —la dama se volvió hacia Jack—. ¿Puede usted llevar sillas?

Él asintió con la cabeza. Tendría que tomar notas mentales para usar alguna vez este personaje en una historia.

—Entonces vamos a necesitar tres más.

—Ah —exclamó Leslie, disculpándose—. Espera a más personas.

—¡No! —contestó mientras sacaba del aparador platos grandes y pequeños.

—¿Sabe usted poner una mesa? —preguntó luego a Randy.

—Por supuesto que sé. A propósito, me llamo Randy Messarue. Y esta es Les...

—Tres puestos más —interrumpió ella, empujando los platos contra el estómago de Randy.

Él asintió y señaló en dirección a Leslie.

—Ella es Leslie. ¿Y cómo se llama usted?

—Betty. Los cubiertos de plata están en ese cajón.

El desconcierto de Jack se estaba convirtiendo en irritación.

—Nos interesaría mucho llamar por teléfono.

—No tenemos teléfono.

—¿Y qué hacen ustedes cuando se corta la electricidad? —preguntó Randy.

—Esperamos que los huéspedes salgan. ¡Sillas! —con la parte posterior de los dedos señaló a Jack el pasillo—. Tenemos tres más en el armario.

Él se dirigió al pasillo entre la cocina y el comedor sin tener idea de dónde se hallaba el armario. Había dos puertas a la derecha. Intentó abrir la primera...

—¡*Esa no!*

Jack apartó bruscamente la mano del pomo como si quemara.

—¡Ese es el sótano! ¡Nadie entra en el sótano! ¡Nadie!

Por el amor de Dios. Jack tomó una tranquilizadora bocanada de aire.

—¿Por qué entonces no me dice dónde está el armario?

—La otra puerta —contestó la mujer, moviendo la cabeza de un lado al otro y poniendo los ojos en blanco como si estuviera tratando con un imbécil—. Abra la otra puerta.

Ella entró de nuevo a la cocina haciendo gestos con la mano como si no quisiera problemas.

Jack abrió la siguiente puerta y encontró un armario. Dentro había tres sillas plegadas, reclinadas una contra otra, pero Jack se tomó su tiempo para sacarlas. Necesitaba respirar un momento para separarse lo suficiente de esa mujer y recuperar su compostura. En un corto atardecer había pasado de desilusión a ira, temor, cansancio y frustración, y ahora —por si fuera poco— su estómago le gruñía y la cocinera estaba loca. Oyó a Stephanie que comenzaba a tararear en la cocina.

Movió la cabeza de un lado a otro. ¿Por qué debería estar sorprendido?

Vamos, Jack. Después de todo, fue tu decisión tomar esa pista de tierra. Tienes que ser responsable de tu parte...

Llevó las sillas hasta el comedor y las puso alrededor de la pequeña mesa, mientras Randy ponía la cubertería extra.

—Los cubiertos de plata no hacen juego —masculló Randy.

Jack no pudo fingir que le importara.

Volvieron a la cocina, pasando a Leslie al entrar.

Leslie llevó al comedor el cuenco de guisantes, y debió alejar suavemente con el codo algunos platos y vasos para hacer espacio. Con tres sillas y tres juegos más de cubiertos, un centro de mesa con flores, una salsera con compota de manzana, un plato de pepinillos, una jarra de té helado, un cuenco de patatas, condimentos y una fuente de ternera asada a punto de llegar, la mesa del comedor pasó rápidamente de íntima a atestada. Además, ahora los vasos no hacían juego.

—Estoy detrás de ti.

Era Randy con un cesta de panecillos. Leslie se dio la vuelta.

—Ya no tenemos espacio.

—Vamos a comer y tenemos un lugar donde pasar la noche. No te quejes.

—¿No te parece muy extraña? —preguntó Leslie en voz baja.

—Tú eres la psiquiatra, ¿y me preguntas a mí? —le pasó la cesta y luego bajó su propia voz—. Si yo tuviera su don de gentes, probablemente tendría que poner clavos en la carretera para atraer clientela.

La dejó pensando en eso.

Leslie se volvió a ocupar de la mesa...

Lanzó un grito y se le cayó la cesta. Los panecillos rodaron por la mesa, saltando entre los platos, rebotando en los vasos. Uno fue a parar dentro de un vaso de agua, salpicándola por todas partes.

Había allí un hombre sentado, observándola con evidente fascinación, con una servilleta que le caía por encima de la pechera del mono.

Nunca se había sentido tan avergonzada... al menos en los últimos tiempos.

—Lo siento. No lo vi llegar.

—Eres hermosa —dijo él, sin quitarle los ojos de encima.

Su descaro le dio que pensar. Lo imaginó de poco más de veinte años, un gorila de hombre con bíceps del tamaño de su cuello y cabello rubio muy corto. Llevaba una camiseta sucia debajo del mono de trabajo. Su achatado rostro estaba sucio y brillaba del sudor, cuyo olor llegaba hasta ella.

—Esto... me llamo Leslie.

Él la miró como si estuviera desnuda.

—¿Y usted cómo se llama?

—Mejor limpia lo que has tirado antes de que mami lo descubra.

Leslie se apresuró a recoger los panecillos caídos, retiró uno del centro de la mesa, otro de un plato con comida. Se inclinó para recoger otro del plato al lado del de él.

Él le recorrió la blusa con la mirada sin la más mínima vergüenza.

Ella se enderezó, con expresión de incredulidad. Él sonrió como si ella le hubiera hecho un favor.

Objetividad profesional. Distancia emocional del sujeto. No permitas que sus asuntos se vuelvan tuyos.

Ella sabía que tenía el ceño fruncido, pero la había pillado desprevenida y vulnerable, dos situaciones que se había jurado que no se repetirían. Tragó saliva, deseando ser profesional, clínica. Suavizó su expresión.

—Bueno —dijo con tono de enfermera junto a la cabecera—, eso no se hace.

Él no le iba a quitar los ojos de encima. Eran ojos infantiles, encantados y sin parpadear. ¿Con qué estaba tratando? Según parece, leve retraso. Ineptitud social, a ciencia cierta.

Finalmente, los ojos del hombre se fijaron en otro sitio: la mano de ella, que aún sostenía un pan. Él señaló.

Leslie giró la mano y vio una gotita de sangre cerca del nudillo.

—¿Cómo me he hecho esto?

Debió de haber sucedido cuando él la asustó. Puso el panecillo con los demás, luego sacó un pañuelito del bolsillo para cubrir la herida. Revisó si la mesa o la cesta tenían puntas o bordes afilados. Nada evidente.

Él alcanzó un vaso, sacó el pan empapado y se lo alargó a ella, pesado y goteando.

Ella lo tomó y sus dedos se rozaron.

Leslie se molestó.

—Bueno —gritó Betty desde la cocina—, a lavarse todo el mundo.

Por supuesto —pensó Randy—. *Perfecto. Todos manipulan los alimentos y los platos, y después a lavarse.* Echó un vistazo a Jack y Stephanie. Todo ese polvo de carretera.

Los demás se fueron a sus habitaciones a asearse. Randy descubrió un baño frente al armario del pasillo y le pareció más efectivo.

El baño estaba limpio, con accesorios blancos, toallas rosadas, una alfombra también rosada y una vasija con jabones rojos en forma de rosas. El grifo dio agua caliente al instante.

Randy se enjabonó. *Qué contraste. ¿Cómo puede alguien tan inepto en su hospitalidad mantener instalaciones tan bonitas? Además, ¿dónde está el personal? ¿o es que siempre ponen a sus huéspedes a trabajar?* Ahora mismo calificaría el servicio de este lugar de una sola estrella.

Sintió que le disminuía un poco la tensión en la columna vertebral mientras el agua le masajeaba las manos. Puso el tapón, luego ahuecó las manos y se lanzó agua al rostro. Dejó que la sensación ahuyentara por un momento el Wayside Inn.

—¿Termina o no?

La estridente voz fue seguida por el olor a sudor y aceite de máquinas, y lo comprimió el toque de otro cuerpo. Randy abrió los ojos.

Observó un reflejo en el espejo: encima de él había un hombre grueso que no parecía muy contento.

Randy estiró la mano hacia la toalla del lavabo.

—Buenas noches también a usted. Me estoy aseando para cenar.

El hombre le arrebató la toalla y pareció a punto de pegarle con ella.

—¿No tiene usted baño propio?

El tipo tenía el físico de un toro sin un gramo de grasa, enormes ojos marrones y alargado rostro mugriento con nariz de halcón. La calva que tenía encima de la oreja izquierda mostraba tres largas cicatrices.

Ya desde hacía tiempo, al cuerpo de Randy le venía de repente un profundo terror. Lograba dominarlo con un temperamento impávido y controlado que había afinado durante años de tales encuentros. Se enfrentó al sujeto, forzando los músculos y listo para lo que pudiera venir.

—Ahora mismo este es mío —dijo extendiendo la mano—. La toalla.

Evidentemente el otro no esperaba esa clase de respuesta. Sujetó la toalla, puso un dedo sucio en el rostro de Randy y los enrojecidos ojos se le saltaban de las órbitas.

—Supongo que usted no sabe en casa de quién está.

—Van a oír acerca de usted, amigo. Téngalo por seguro.

Randy le arrebató la toalla y se secó la cara, cuidando de no taparse los ojos. Después, cuando estuvo bien y listo, le lanzó de nuevo la toalla.

—Trate de estar presentable. Tiene huéspedes.

Salió del baño, mirando de reojo a la bestia esa. El macizo individuo se inclinó en el lavadero y chapoteó en el agua que Randy había dejado.

—Le gusta el agua, ¿verdad?

El tipo le lanzó a Randy una sátira mirada y sonrió maliciosamente.

Volvió a sentir el profundo terror. Randy sintió que se caía a un lado y extendió la mano para apoyarse en la pared. Pasó a toda prisa por el comedor hasta el vestíbulo, caminó un poco en lentos círculos para calmarse, comprobar su ira y obligarse a sonreír. Regresó al comedor tratando aún de relajar sus apretados puños.

5

Betty tenía un poco crispados los nervios mientras arreaba a todos al comedor.

—¡Oigan! ¿Les gusta la comida fría? Vamos, ¡vamos!

—Si no te lo comes, para los cerdos —rió Stephanie tontamente.

Betty no le encontró la gracia.

Jack escogió la silla a la izquierda de Betty, lo que lo puso al lado del tipo enorme con mono marrón. El individuo no parecía muy conversador. Por su desgarbada expresión, Jack supuso que tal vez no era muy listo. Stephanie se sentó a la derecha de Betty.

Randy entró desde el vestíbulo, su sonrisa decía una cosa, pero su cuerpo mostraba otra. Se detuvo durante un embarazoso instante, evaluando dónde estaban sentados Jack y Stephanie, luego escogió la silla al lado de Stephanie.

—¿Me permite?

—Por supuesto —le contestó ella con una radiante sonrisa.

Se sentó al lado de ella y Leslie se sentó al lado de él.

Eso dejaba una silla vacía.

—¡Stuuart! —bramó Betty—. ¿Te has sentado en el váter o te has caído dentro?

Jack pilló a los demás intercambiando miradas prudentes, sentados en silencio, esperando y actuando como adultos educados.

Ahora que estaban sentados, quizás podría obtener algunas respuestas.

—De cualquier modo —se dirigió a Betty—, todos hemos tenido problemas con el coche, y si lográramos conseguir un teléfono o usted pudiera decirnos dónde encontrar uno...

—¡Stewart! —vociferó ella mirando hacia el arco que llevaba a la cocina.

Se oyó la descarga de la cisterna. Llegaron fuertes pisadas por el pasillo.

—Betty, ¿nos escucha? —dijo Randy uniéndose a Jack—. Tenemos un problema y necesitamos...

Un tipo enorme atravesó el arco, un cinturón ancho de cuero formaba pliegues en la mano. La hebilla tintineaba como rienda de caballo. Lanzó una ojeada acuchilladora en dirección a Randy.

Randy la captó, concibió su propia mirada feroz y se la devolvió.

Al parecer, estos dos ya se habían conocido.

—Siéntate, Stewart —ordenó Betty—. Siempre te haces esperar.

Stewart introdujo el cinturón por el primer pasador de sus pantalones, luego por el segundo, después por el tercero, como si estuviera en una exhibición, mirando siempre a Randy. Cuando el cinturón hubo hecho todo el recorrido, aseguró la hebilla y se sentó.

—Así que usted es Stewart —dijo Jack, solo para ver si este individuo hablaba.

—¿Quién es usted? —contestó el hombre sin sonreír.

—Jack Singleton. Soy escritor, vivo cerca de Tuscaloosa.

—¿Y su esposa? —preguntó Betty.

Jack no comprendió.

—También vivo en Tuscaloosa —respondió Stephanie—. Cuando no estoy de gira. Nos estamos divorciando.

Jack fijó la mirada en el cuenco de guisantes. *Bueno, hagámoslo público sin más. Y, para tu información, aún no hemos acordado eso. Todavía.*

—Sírvanse los guisantes y pásenlos —ordenó Betty; luego se dirigió a Stephanie—. Así que él no quiere hablar de usted, ¿verdad?

¿Estaba acosándolo, tratando de provocar algo? No mordió el anzuelo, simplemente se sirvió una cucharada de guisantes. Stephanie siguió sonriendo y se sirvió las patatas sin hacer comentarios.

Leslie pinchó una loncha de carne asada mientras Randy sostenía la fuente.

—Es un lugar encantador el que tienen aquí, justo como el antiguo Sur.

Jack estaba agradecido por la intervención de Leslie. Intentó agradecer con los ojos.

—No tan encantador como usted —dijo Stewart.

Leslie sonrió. Randy no.

—Randy y yo somos de Montgomery. Yo soy profesora de Psicología en la Universidad del Estado de Alabama y él es el director ejecutivo de Home Suite Home... ¿conoce usted la cadena de hoteles?

—¿Están casados? —preguntó el tipo corpulento, sus primeras palabras en la mesa.

—Aquí a Pete le gustaría casarse —comentó Betty, dándole a Pete una palmadita en la mano como lo haría una madre.

—Queríamos hacer un pequeño viaje por carretera, pasar algunos días en el Bosque Nacional Talladega. No planeamos venir a caer en un lugar como este —continuó Leslie, mirando la carne asada mientras le servía a Randy.

—¿Están casados? —volvió a preguntar Pete.

—No —ella finalmente lo miró—, pero somos muy íntimos.

—Están arrejuntados —dijo Betty, riendo socarronamente—. A lo mejor se violan el uno al otro arriba en la habitación tres.

A Leslie se le entreabrió la boca, pero Randy esbozó una irónica sonrisa forzada.

—Quizás —dijo él.

—Puedes ser mi esposa —dijo Pete.

—Te lo agradezco mucho —Leslie le habló bajo, como una maestra se dirige a un niño en una guardería—, me halagas, pero me temo que estoy comprometida.

—Ah, ella sería una buena pesca, ¿verdad, Pete? —dijo Stewart, como contemplando la posibilidad.

Jack echó una mirada rápida y discreta a Leslie para entender qué era lo que Pete y Stewart veían y él no. Si la belleza era el factor determinante aquí, ¿por qué no iban por Stephanie? Sus ojos se dirigieron hacia su esposa, inspeccionándola como medio de comparación...

La boca fruncida de ella le envió una señal de que no le importaban tales comparaciones.

Él probó las patatas. Algo harinosas.

—Stewart, no lo animes —dijo Betty con un taco de comida en la boca.

—Yo la quiero —afirmó Pete, señalando a Leslie.

—Hablando de pesca —interrumpió Randy, observando a Stewart—, ¿de dónde creen que salieron esos clavos de la carretera?

Stewart hizo un gesto de desdén.

—Jack —dijo Betty—, ¿por qué no nos habla de su esposa? Leslie nos ha hablado de Randy.

Jack no iba a dejar pasar la oportunidad de tomar un poco de control.

—Me alegraría mucho hablar de ella —contestó él mientras Stephanie ponía los ojos en blanco—. Es cantante y compositora. Principalmente de música *country*. Tiene una gran banda, canta en clubes y hoteles alrededor de Tuscaloosa, a veces en Birmingham. Una vez le salió un buen contrato en Atlanta.

—¿Y no son felices?

¿A qué viene eso?

—Creo que a ella le va bien...

—¿Te diviertes, encanto? —le preguntó Betty a Stephanie.

—Sí, la verdad es que sí —Stephanie sonrió a Betty y a Jack—. Lo paso muy bien.

—Supongo que sales por la radio.

Jack dijo que no, luego se arrepintió de haberlo hecho.

Los ojos de Stephanie se volvieron hacia su servilleta.

—Pero algún día —dijo ella.

—Toma un poco de té helado —le dijo Betty, sirviéndoselo—. ¿Quieres más hielo?

—No gracias.

—¿Seguro?

—Ajá.

—Puedo darte un poco más.

—No, gracias, tengo suficiente.

—¿Escucha usted la radio? —preguntó Randy.

—No tenemos radio —contestó Stewart.

—No tienen radio. ¿Tampoco teléfono?

—Tenemos lo que queremos —afirmó Stewart mirando directamente a Randy, como si lo desafiara—. No necesitamos lo que no queremos.

—Bueno, seguro que podríamos hablar con alguien del mundo exterior —siguió diciendo Jack—. A los dos se nos ha estropeado el coche...

—...por los clavos que alguien dejó en la carretera —interrumpió Randy—. Me ha oído mencionarlo, ¿verdad?

—*Él* sí lo ha oído —dijo Betty.

—¿Quién?

—Betty solo masticó.

—Este... ¿quizás tengan ustedes algunos vecinos cercanos que pudieran tener un teléfono? —preguntó Jack.

—Déjame pasarte un poco de hielo, cariño —dijo Betty tragando y poniéndose de pie.

—No gracias —dijo Stephanie—. En realidad no tiene que hacerlo, tengo suficiente.

Pero Betty se dirigió a la cocina.

—Quiero que ella sea mi esposa —dijo Pete señalando otra vez a Leslie.

Ella suspiró.

—Sí —manifestó Stewart—, a ella tal vez no le importaría demasiado, considerando dónde ha estado.

—Estoy comprometida —dijo Leslie, pálida como una pantalla.

—Me pregunto cuántas veces antes ha sido una «esposa».

—Está comprometida —corroboró Randy, en tono un poco más alto, y Jack pudo ver maldiciones contenidas en las venas y los músculos del cuello de Randy.

—Comprometida una vez, comprometida otra vez.

—Stewart —señaló Randy inclinándose hacia él y haciendo señas con el tenedor como si fuera un dardo—. Me gustaría clarificarle a Pete que Leslie no está interesada en ser su esposa, y ambos apreciaríamos que usted y él cambiaran de tema; y mientras usted hable de eso, trate de mirar a alguna otra persona.

—Randy, está bi...

—¿Y de quién es la mesa donde está usted sentado, jovencito? —se irritó Stewart.

—Pete —dijo Stephanie—, puedo entonar una canción para ti.

Jack y Pete miraron a Stephanie.

Este... ah.

—Buena pregunta —contestó Randy poniéndose de pie—. Solo que, ¿qué clase de hosteleros no usan cubiertos y vasos a juego, y ni siquiera están aquí cuando llegan sus clientes, ni tienen teléfono...

—*Sostén mi mano, camina conmigo en la oscuridad...* —comenzó a cantar Stephanie.

Jack odiaba también esa canción.

—Randy —Leslie puso su mano sobre la de él.

—...y luego ponen a los huéspedes a trabajar? —siguió Randy, haciendo caso omiso del prudente toque—. ¿Qué clase de justificación hay para un hostal como el que ustedes están dirigiendo aquí?

—...*podemos lograrlo, cariño, si lo hacemos juntos...*

—Mientras tenga los pies bajo esta mesa —gruñó Stewart—, ¡vigile esa bocaza o ciérrela!

—¡Hablemos también de los vehículos! —exigió Randy—. Resulta muy extraño que los dos coches se hayan pinchado no muy lejos de su establecimiento, ¿no cree?

—...*podemos hacerlo durante la noche...*

Por amor de Dios, Stephanie, cállate.

—Y más extraño aún que usted y Betty no digan una palabra al respecto —siguió Randy, y parecía que se le salían los tendones del cuello.

Leslie hizo un gesto de dolor y se tocó la mejilla izquierda. Jack observó una gota de sangre. Examinó las puntas de su tenedor.

Pete miró con curiosidad, y luego con codicia, a Leslie.

—¿Y cree usted que puede aquí poner la mano en todo cuando le apetezca? —dijo Stewart, golpeando la mesa con los puños cerrados—. Usurpa nuestros cuartos, usa nuestras lámparas, se bebe nuestro té, usa nuestro baño...

—Soy un huésped, ¿no? —gritó Randy—. ¿Para quiénes cree que son las habitaciones, las lámparas y el té? Y en cuanto a ese baño...

Jack no tenía ganas de hacer de árbitro, pero estaba sintiendo un mal sabor de boca. Dejó los cubiertos en la mesa.

—Oigan, escuchen todos. Miren el lado bueno —dijo y Stephanie dejó de cantar—. Stewart y Betty, ustedes tienen huéspedes, eso significa clientela, y es lo que desean. Pues bien, todos nos hemos portado muy torpemente, hemos tenido un comienzo dudoso, seguro, pero podemos hacer que esto funcione...

—Ahora viene un verso que he oído antes —dijo Stephanie entre dientes.

Jack lo oyó, pero fingió que no.

—Tenemos un maravilloso lugar para pasar la noche, la cena está servida, la comida está deliciosa...

El bocado que acababa de tragar no estaba tan delicioso.

—¿Qué ha pasado? —dijo Randy al observar la herida de Leslie.

Ella estaba irritada, frotándose la mejilla con la servilleta.

—Me he pinchado —confesó.

—Puedo besarla y mejorará —dijo Pete.

Betty entró con una cubeta de hielo.

—Ya estoy aquí.

Una de sus uñas estaba ennegrecida. Jack no lo había notado antes.

—No necesito más hielo —insistió Stephanie, comiendo un bocado de carne. Le produjo náuseas y la escupió, lanzándola sobre la mesa.

—¿Algún problema? —preguntó Randy, esperando obviamente uno.

Jack miró la carne de su plato.

Se estaba moviendo.

Leslie chilló, con la mano en la boca y la mirada en su plato.

Stewart cortó un trozo de carne y se lo metió en la boca. Pete hizo lo mismo, rellenando una mejilla.

Jack miró detenidamente la carne asada de su plato y sintió náuseas.

Diminutos gusanos blancos se retorcían, se arqueaban y se abrían paso entre la carne.

—Cariño —dijo Betty—, te he traído más hielo.

Stephanie la vio depositar un cubito en el té.

Los guisantes de Jack se estaban hundiendo; un jugo putrefacto se encharcaba debajo de ellos.

—Parece que tardamos demasiado en comer —dijo, creyendo que sería mejor agregar un poco de humor para suavizar las cosas.

—¿Quisieras dejar de mirarme, *por favor*? —casi le gritó Leslie a Pete, y lanzó el tenedor.

—¿Vas a echarle la culpa? —dijo Stewart.

—¡Se acabó! —exclamó Randy, tomando a Leslie del brazo y poniéndola de pie—. Si ustedes nos perdonan.

—Siéntense —ordenó Stewart.

—Leslie, vamos.

Los dos apartaron sus sillas.

—¡SIÉNTENSE! —gritó Stewart, medio levantándose.

Randy lanzó una palabrota.

—Muchacho, no vales nada —le dijo Stewart, riéndosele en el rostro.

Leslie tiró a Randy del brazo hasta que salió con ella.

—No me digas que no te gusta el hielo, querida —sonrió Betty burlonamente a Stephanie, luego agarró un cubo de la hielera y se lo puso debajo de la nariz—. Piensas en ello todo el tiempo, ¿verdad?

—No —Stephanie retrocedió—. Por favor, es mentira.

—¡Basta! ¡Basta! ¡Esperen! —pidió Jack, apoyándose en la mesa.

—No te oigo cantar —Betty siguió a Stephanie con el cubo de hielo, meneándoselo en el rostro.

¿Qué pasa con esta gente?

—Betty, no quiere hielo ni desea cantar. ¡Baje eso ya!

—*Podemos hacerlo durante la noche...* —la voz de Stephanie temblaba.

Ya es suficiente. Más que suficiente. Jack se fue al lado de Stephanie.

—Se acabó la diversión.

—No puedes rescatarla, muchacho —rió otra vez Betty socarronamente—. No, ella no quiere ser rescatada.

Stephanie huyó del salón.

Jack corrió tras ella y la alcanzó en el vestíbulo.

Ella sonrió entre lágrimas.

—¿No es este el lugar más extraño en que has estado? Es tan... tan...
—comenzó ella a reír y luego a sollozar—. No puedo quedarme aquí.

—Steph, entiendo —la sujetó para evitar que saliera corriendo—.
Pero tenemos que pensarlo detenidamente.

—¿Pensar detenidamente *qué*?

—La realidad —dijo Randy; Leslie y él estaban cerca de las escaleras. Ella se sujetaba a la baranda con una mano; con la otra se
adhería un pañuelo a la mejilla. Respiraba lenta y rítmicamente con
los ojos cerrados—. Pensar en cómo y dónde ir sin vehículo en medio
de la noche en los bosques de Alabama.

—¿Y Lawdale? —preguntó Jack en voz alta—. Dijo que conduce
por esta ruta cada mañana. Verá nuestros coches en el arcén.

—¿Lawdale? —preguntó Randy.

—El policía de carreteras —contestó Jack.

Stephanie atisbó por encima del hombro de Jack y los ojos se le
llenaron de consternación.

Jack miró.

Betty, Stewart y Pete se acercaban a ellos, caminando hombro a
hombro con Stewart en medio. Betty parecía dolida.

—Siempre huyendo —dijo ella—. ¿Por qué siempre están huyendo?

—La comida era excelente hasta que ustedes llegaron —Stewart
estaba a punto de darle a alguien con ese cinturón.

—No te acerques, por favor —dijo Randy dando un paso adelante
y con la mano extendida en clara advertencia.

Stephanie se lanzó hacia la puerta de entrada, la abrió de un tirón
y salió corriendo por el porche. Jack corrió tras ella.

Ella subió hasta el peldaño superior, con las manos sobre la boca.

—Steph, tranquilízate. Tú...

Estaba temblando. Retrocedió un paso. Otro paso. Estaba mirando fijamente el camino enlosado.

Jack se aproximó y le tocó en el lomo... y entonces también lo vio.

A medio camino entre la casa y la puerta se acercaba una figura enorme, como de hombre, una vaga silueta cubierta por una suave lluvia. Un gabán le cubría el cuerpo hasta media pantorrilla, tenía el rostro oscurecido por la sombra de un sombrero de alas anchas muy calado. Tenía una escopeta y el cañón brillaba en la luz que iluminaba el sendero.

Detrás de ellos, Betty tomó aire en una brusca inspiración.

—Vayan adentro —dijo entre dientes.

Ellos no se movieron, inseguros.

—¡Vayan adentro! Es *él* —les gritó Betty, agarrándolos.

La figura empezó a caminar en dirección a ellos, con el gabán inflado y los talones de las botas taconeando en las piedras. El cañón de la escopeta giró hacia delante.

6

JACK Y STEPHANIE YA SE DIRIGÍAN DE ESPALDAS HACIA LA
puerta cuando dejaron de mirar la aparición, se volvieron y entraron
corriendo.

Jack dio un portazo y la aseguró. Agarró una silla del vestíbulo y la colocó debajo del pomo, aunque por un momento dudó de
que adentro estuvieran más seguros. Bueno, sus anfitriones estaban
locos, pero no portaban una escopeta.

—¿Qué es esto? ¿Qué está pasando? —preguntó Randy corriendo desde las escaleras.

—¡Aléjese de la puerta! —dijo Betty entre dientes y apagando las
luces del vestíbulo.

—¿Qué está usted haciendo? —preguntó Randy.

—No querrá usted que él lo vea.

Se quedaron en silencio, inmóviles, y oyeron los fuertes e inte-
rrumpidos taconazos de botas sobre el porche. Una sombra se elevó

sobre el cristal ornamentado de la puerta, una forma descomunal coronada por un sombrero de alas anchas.

El cañón de la escopeta tocó en el cristal.

Toc, toc, toc.

Jack y Stephanie se apretaron contra la pared del lado de la puerta, observando.

Toc, toc, toc.

—¿Quién es? —susurró Leslie.

—*Tiene un arma* —articuló Stephanie para que le leyera los labios, sacudiendo la cabeza y haciendo gestos.

—Bueno, podría ser un policía —cuchicheó Leslie acercándose—. ¿Por qué no le preguntamos quién es y qué desea?

Stephanie negó con la cabeza.

—No es un policía —susurró Jack.

Agarró la base de un jarrón y la sostuvo en alto y listo para atacar, como si fuera un arma.

—¿Recuerdan los clavos de la carretera? —siguió susurrando Jack mientras captaba la mirada de Randy, que señalaba hacia la puerta con la cabeza—. No creo que sea de Asistencia en Carretera.

—Sabe que estamos aquí dentro —siguió diciendo Jack mientras Randy se acercaba sigilosamente y agarraba una silla—. Esa era su idea.

—¿Qué vamos a hacer? —chilló Stephanie—. Oh, amado Dios, ayúdanos.

¿Dónde está la pandilla de locos? Jack revisó rápidamente y vio a los tres mirando a través del arco de entrada al comedor. *Lo mejor es no esperar ninguna ayuda de esos tres.* Betty desapareció de la vista. *Clic.* Se apagaron las luces del comedor. Eludiendo la prismática luz que venía del cristal ornamentado, Jack agarró con más fuerza la base del jarrón. Nunca antes había asaltado a alguien con un mueble.

Randy se afianzó contra la pared cerca de la cerradura, con la silla en las manos.

—¿Quién es usted? —llamó.

La cerradura empezó a crujir y a moverse.

Jack pudo sentir el tembloroso cuerpo de Stephanie a su lado.

—Ni en broma, amigo —gritó Jack, haciendo estremecer a Stephanie—. La puerta está cerrada, nosotros somos más, y estamos armados.

Leslie se escondió rápidamente detrás de la mesa de inscripción y atisbó por encima.

Se oyó un *golpe sordo*, como de un pasador encajando en su sitio.

Randy levantó su silla por encima de la cabeza.

La sombra continuó por un momento, luego se retiró del cristal. Unos tacones de botas sonaron entre las tablas, bajaron los escalones, descendieron a las baldosas y se alejaron.

Hubo suspiros audibles de alivio en el salón, pero Jack no se sintió seguro, todavía no, y no se separó de la base del jarrón.

—¿Quién era ese? —preguntó a Betty.

—Era él —contestó ella.

—¿Quién es él? —exigió Randy.

—El diablo mismo.

—Tranquila, Betty —dijo Leslie, con voz profesionalmente calmada, mientras se levantaba del mostrador—. Tú dinos quién es y qué quiere.

—Mejor empiecen a orar porque aparezca su amigo policía, es lo único que puedo decir.

Randy revisó la cerradura.

El pomo se desprendió en su mano.

Soltó una palabrota.

—Ese tío le hizo algo a la puerta.

Randy metió los dedos por el hueco resultante y movió el cierre. La puerta estaba atascada. Le dio un golpe, una patada, la golpeó de nuevo. No se iba a abrir.

Jack puso la base en el suelo y trató de encontrar alguna rendija por la que pudiera curiosear con los dedos. No la había.

—*Tienes* que sacarnos de aquí, Jack —gritó Stephanie.

—¡La puerta trasera! —dijeron al unísono Randy y Jack, mirándose el uno al otro. Al mismo tiempo chirrió la puerta mosquitera del porche trasero.

Los hombres corrieron por la casa, entre la oscuridad, a tientas, derrapando en la esquina, cruzaron el comedor, atravesaron el pasillo, entraron a la cocina iluminada, se dirigieron a la puerta trasera.

Cuando llegaron allí, la cerradura estaba crujiendo.

Jack golpeó la puerta, agarró la perilla, trató de hacerla girar.

En el otro lado, una mano más fuerte oprimía el pomo en sentido contrario.

Randy puso su mano sobre la de Jack y juntos trataron de girar la perilla, intentando abrir la puerta.

A través del cristal, Jack vio el sombrero agachado y, justo debajo del borde donde debía haber un rostro, una placa de acero con ojos helados que vigilaban a través de dos agujeros recortados.

Se oyó un *golpe sordo* como de un pasador encajando en su sitio.

El pomo se desprendió en sus manos, desequilibrándolos.

Se recuperaron a tiempo para ver la figura que atravesaba el porche trasero y salía por la destrozada puerta mosquitera, con la escopeta colgada al hombro.

Randy prorrumpió en una sarta de vulgaridades y agarró una escoba, listo para lanzar el palo a través del cristal. Jack lo detuvo.

—Cálmate, calma. No lo compliques.

Randy se resignó, lo entendió y tiró la escoba a un lado.

Las luces de la cocina titilaron, se atenuaron y se apagaron.

Otra sarta de improperios.

Jack se quedó quieto y permaneció en silencio, tratando de pensar. *¿Qué va a pasar a continuación? ¿Qué tiene en mente este granuja?*

•

Se oyeron unos torpes pasos que entraron rápidamente en la cocina, y él pudo ver a los demás como formas negras contra los aparadores.

—¿Jack? —gritó Stephanie.

—¡Ven! —contestó él.

Ella se dirigió hacia él y él la tomó de la mano. Ella lo miró con curiosidad y se mantuvo a su lado.

—¿Has visto quién era? —preguntó Leslie.

—Llevaba una máscara —contestó Jack—, algo metálico.

Stephanie se quejó y tiró al suelo un aparador.

—Ahora me van a decir exactamente qué está pasando —dijo Randy, alejándose de la pared y dirigiéndose a Betty y Stewart—. ¿Quién es este tipo?

—Creo que está aquí para matarnos —contestó Betty.

El pasmoso silencio duró solo un instante.

—¿Tiene usted algo que ver con esto? —preguntó Randy a Stewart directamente al rostro—. ¿Se las arregló para romper las cerraduras?

Los ojos de Stewart se clavaron en él como las garras de un tigre sobre su presa. Jack tocó el brazo de Randy pero se dirigió a Betty.

—¿Cómo lo sabe?

—¿Tiene algo que ver con los clavos de la carretera? —demandó Randy.

—¿Se cree usted mejor tropezando en la oscuridad? —preguntó Betty.

¿Tropezando...?

—¿Mejor que qué? —preguntó a su vez Jack.

—Traigan esa lámpara —ordenó Randy, sin dirigirse a nadie en concreto—. Y cerillas.

Jack, Randy y Leslie buscaron a tientas en el mostrador bajo la tenue luz hasta que Randy encontró la lámpara que había usado antes de cenar. Betty sacó una caja de fósforos de un cajón. Pronto todos se distinguían en el anaranjado resplandor y las llamas producían fantasmagóricas sombras que danzaban sobre sus caras.

Jack miró hacia las ventanas. Vio leves reflejos anaranjados del salón, pero afuera solo había oscuridad.

—Mejor nos aseguramos de que la casa esté segura. Comprobemos que estamos seguros por el momento y entonces podemos...

—¡Aseguren la casa! —ordenó Randy—. Revisen las puertas y las ventanas, iluminemos la parte trasera.

—¿Tienen un arma en la casa? —preguntó Jack a la extraña familia.

—Use mi escopeta —dijo Stewart—. Y perdigones.

—Entonces traigámosla y...

Algo golpeó y crujió encima de sus cabezas.

Se quedaron paralizados en el brillo de la lámpara, con los ojos hacia arriba, escuchando.

Un golpe. Otro chirrido. Una sucesión de golpes... como pasos.

—Está en el techo —susurró Betty.

Randy dio una patada a la puerta de un aparador y empezó a caminar exhibiendo bravuconadas, pero Jack pudo ver el brillo del sudor en su frente.

—Está tratando de alcanzar una ventana de la planta alta.

Betty miró hacia las ventanas de la cocina.

—¿Por qué no estas?

Randy agarró la lámpara. Jack y Stewart lo siguieron cuando se fue por el pasillo hacia las escaleras, dejando a las mujeres en la oscuridad.

—¡Jack! —gritó Stephanie— ¡Jack! ¡No nos dejes aquí!

Se fue otra vez. Si me dejas sola una vez más, yo... yo... Se cubrió el rostro.

—Stephanie, vamos, es hora de ser valientes —dijo Leslie—. Hay un tiempo para los sentimientos y un tiempo para ser fuertes. Ahora toca ser fuertes. Tienes que encontrar fuerzas.

A Stephanie ya no le quedaban más sonrisas de chica *country* esa noche.

—No me hables en tono condescendiente, Dra. Loquera. No soy tu paciente —dijo.

—Stephanie...

—Y tampoco soy una niña bonita y tonta, si eso es lo que estás pensando, y que conste: Jack y yo aún estamos casados.

Leslie le tocó el hombro a Stephanie, pero ella se apartó con un movimiento brusco.

—¡No me toques!

Podían oír las frenéticas y continuas pisadas de los hombres en la planta superior, que iban de habitación en habitación, al parecer revisando todas las ventanas.

—Los hombres aún están entre nosotros y... quienquiera que sea él —sugirió Leslie.

—¡*Bah!* —gruñó Betty, que solo era una sombra en la oscura cocina—. Si él quisiera, estaría adentro.

Stephanie se aferró a su ira. Trajo a la memoria su catálogo mental de ofensas de Jack hacia ella y empezó a repasarlas. *Eres muy insensible conmigo, siempre me dejas solo...*

—¿Podemos hacer que se enciendan las luces? —oyó que decía Leslie.

...y nunca has entendido lo que necesito de verdad.

—No —contestó Betty.

Stephanie recordó el cumpleaños de Melissa...

—Hay otra lámpara de queroseno sobre la repisa —habló Leslie.

...en que Jack perdió completamente el control. La abandonó de nuevo. Deseo progresar, pero tú sencillamente no puedes, Jack.

—Vamos —dijo Betty.

Amabas más a Melissa de lo que nunca me amaste a mí. No fue culpa mía.

—Stephanie.

No fue culpa mía.

—*Stephanie* —la voz de Leslie la sacudió de su diatriba mental. Leslie y Betty estaban saliendo de la cocina. Stephanie las siguió, poniendo las manos sobre las paredes para guiarse mientras entraba en el pasillo.

—Un momento —dijo Leslie—. ¿Dónde está Pete?

Betty siguió caminando, guiándolos al vestíbulo, que ahora parecía una caverna subterránea: ilimitado, irreconocible, muy oscuro. Stephanie no solo sintió la pared, estaba segura de que la pared la había sentido a ella. Sintió un hormigueo en las yemas de los dedos.

—Betty, ¿dónde está Pete? —volvió a preguntar Leslie, ahora con insistencia.

—Le gusta esconderse —contestó Betty.

—¿Esconderse?

Stephanie vio que Leslie miraba hacia atrás por encima del hombro y tropezaba.

—Ah, ¿hay *sentimientos*, doctora? —inquirió Stephanie.

—¡En absoluto!

Stephanie encontró bastante satisfactorio el tono irritado de Leslie. La Dra. Loquera tenía un punto débil. *¡Ajá! La Dra. Loquera tenía una debilidad.* Eso era algo digno de una canción.

Betty viró en la sala de estar y se abrió paso entre los muebles mientras Leslie y Stephanie seguían con la prudencia propia de su falta de familiaridad. Stephanie apenas logró percibir la enorme chimenea, pero Betty consiguió encontrarla y tomar de la repisa otra lámpara de queroseno.

El destello del fósforo fue enceguecedor. Stephanie entrecerró los ojos cuando Betty iluminó la lámpara y la colocó sobre la chimenea. El salón se hizo visible gracias a la suave luz amarilla.

Stephanie y Leslie examinaron el sofá, las sillas, la mesa de café, los estantes para libros, buscando algo fuera de lugar. Stephanie no vio ninguna forma o sombra que pudiera delatar la presencia de Pete, pero este salón brindaba muchos lugares donde ocultarse.

Una movida y oscilante luz brillaba desde arriba en el vestíbulo, lanzando sombras alargadas de la verja de las escaleras y de tres hombres sobre las paredes y el piso. Los tipos bajaban las escaleras.

—Creemos que se ha bajado del techo —informó Randy—. No ha entrado.

—Considerando lo que ha hecho con las puertas, empiezo a preguntarme si quiere mantenernos adentro —comentó Jack.

—¿Has encontrado el arma? —preguntó Stephanie.

—Randy la encontrará —predijo Leslie mientras se acercaba inclinándose.

Randy guió al trío a la sala de estar, con la escopeta en sus manos y cargando los cartuchos. Jack llevaba la lámpara. Stewart cerraba la retaguardia, lúgubre como un nubarrón, bajando pesadamente las escaleras.

—Quizás se haya ido, pero no podemos estar seguros —espetó Randy—. El piso de arriba está seguro por ahora.

—Ninguna de las ventanas se abrirá —informó Jack con tono grave.

—Nosotros somos siete y él uno —manifestó Randy—. ¿No, Stewart?

Stewart no contestó, tal vez solo por resentimiento hacia él.

Betty escarbó en un montón de periódicos de una canasta sobre la chimenea y extrajo una sección. Se agachó y luego lo desplegó al lado de la lámpara.

—¿Así que quiere usted saber quién es él?

Le dio un golpecito a una noticia de la primera página y se hizo a un lado.

Pareja hallada muerta

Stephanie se apiñó con los demás.

—...esposo y esposa, hallados muertos en una casa abandonada ... posible suicidio, pero las autoridades no han descartado el homicidio ... similitudes con otras víctimas ... muertos hace casi dos semanas antes de que los encontraran —leyó por encima las frases clave.

Oh, Dios mío.

—Parece que ha estado sucediendo desde siempre —susurró Betty, sus ojos refulgieron a la luz de la lámpara—. Individuos que entran en casas antiguas y nunca salen, y cuando alguien los encuentra llevan tanto tiempo muertos que es difícil descubrir cómo murieron. Pero Stewart y yo sabemos que se trata de él.

No, no es él, ¿verdad? No puede ser él. Aquí no, ahora no.

—¿Quién es? —preguntó Randy.

—La policía aún está tratando de averiguarlo. Lo llamamos White, en honor a la primera familia que aniquiló. Ha estado ocupado por estos lares. Nos preguntábamos cuándo aparecería por aquí.

—Bueno, nadie va a morir en esta casa —aseguró Randy—. Designaremos puestos de guardia y le resistiremos hasta que alguien encuentre nuestros coches...

Así es. Nadie va a morir. Todo va a ir bien. Siempre todo bien...

Un golpe distante. Algo que cruje. Todas las miradas se dirigieron al techo.

—Ahí está —dijo Leslie mirando de reojo a Randy—. Todavía está en el techo.

Randy movió la escopeta hacia arriba.

—¿Por qué el techo? —preguntó Jack—. ¿Por qué el techo cuando podría romper con facilidad cualquier ventana del primer piso? Este tipo tiene que estar siguiendo un plan.

Luego llegó un sonido: un golpeteo metálico extraño, como el de una lata de refresco cayendo por un aljibe estrecho, repiqueteando y entrechocando a toda velocidad. Estaba cerca, quizás en el salón. Stephanie se agachó y giró, con las manos en alto para protegerse la cabeza. Randy recorrió el salón con la escopeta, haciendo agachar a Jack y a Stewart.

—¿Pete? —dijo Leslie con voz tensa por la preocupación.

—No —contestó Betty.

¡Puf! Algo fue a parar a la chimenea, levantando una pequeña nube de cenizas. Rebotó en la chimenea, rodó hacia delante con un sonido enérgico y metálico, y se detuvo a centímetros del borde.

Jack acercó su lámpara. Betty se aproximó.

—¡No lo toque! —exclamó Stephanie.

—Tiene razón, escritorcillo —dijo Betty inclinándose para mirar más de cerca—. No quiere entrar.

Jack se agachó y levantó el objeto.

Era una lata de sopa, la etiqueta descolorida y algo raída, con el estampado ahora tapado por un llamativo mensaje garabateado con rotulador negro. Jack se sentó en la chimenea, dejó la lámpara en el suelo y giró la lata mientras leía en voz alta:

> *«Bienvenidos a mi casa».*
> *Reglas de la casa.*
> *1. Dios vino a mi casa y yo lo maté.*
> *2. Mataré a cualquiera que venga a mi casa,*
> *así como maté a Dios.*
> *3. Si me traéis un cadáver, a lo mejor prescindo de la regla dos.*
> *El juego termina al amanecer.*

Le pasó la lata a Randy, que leyó el mensaje para sí. Stephanie comenzó a temblar. Leslie le tocó el brazo y esta vez Stephanie le agarró la mano.

Encima de ellos, el sonido de tacones de botas cruzó el techo, descendió por la parte trasera y luego bajó.

Silencio.

7

22:27 PM

STEPHANIE FUE LA ÚLTIMA EN INSPECCIONAR LA LATA, dándole una y otra vuelta mientras leía varias veces el mensaje. Jack podía oír su rápida respiración.

—¿Quiere decir que...? —preguntó ella.

—Quiere decir que ese tipo es un enfermo —dijo Randy, escudriñando el salón como un centinela.

—Es psicológico —expresó Leslie—. Nos está metiendo en un juego mental.

—Excepto por las personas muertas —contestó Randy, señalando con la cabeza el periódico sobre la chimenea.

—Pero eso es imposible —Leslie miró a Randy, luego a Jack, después a Stephanie—. En realidad no espera que nos matemos unos a otros.

—Unos a otros no —Randy arrebató el tarro a Stephanie y leyó una vez más—. Solo uno.

—Creo que quiere dividirnos y hacer que nos ataquemos —comentó Jack, apoyando la teoría de Leslie.

Betty se rió socarronamente.

—¿Le parece cómico? —preguntó Randy.

—Eso sería muy fácil —contestó ella.

—Habla usted por sí misma, claro —Randy la presionó.

—Lo averiguaremos, ¿no?

—¿Usted de qué *va*?

Jack extendió la mano, sin tocar a ninguno de ellos.

—¡Escuchadme! —agregó—. Vamos. No tenemos que participar en este juego. Podemos decidir.

—UUUUh —aulló Betty, torciendo el cuello para mirarlo—. Oiga usted.

—Las diez y media —informó Leslie acercando su reloj a la lámpara—. A las seis amanece. Eso significa que tenemos siete horas y media.

—Seis y diecisiete, para ser precisos —dijo Stewart mientras todos lo miraban. Se encogió de hombros—. Me interesan estas cosas.

—No necesitaré tanto tiempo —gruñó Randy—. Ahora mismo termino con esto.

Agarró la lámpara de la chimenea y se fue hacia el vestíbulo con la escopeta en la mano.

Betty se sentó en uno de los sillones, ligeramente interesada. Stewart se hundió en el sofá, un cómodo espectador.

—Randy —dijo Jack yendo tras él.

—Quédate ahí. Solo tardaré un segundo.

—Poneos a cubierto —dijo Leslie, siguiendo a Randy hasta el arco, para regresar luego a la sala de estar—. Seguro que lo hará.

Antes de que Jack pudiera detenerlo, Randy llegó a la puerta principal, puso la lámpara en el suelo y apuntó.

—Randy —a Jack no le preocupaba la puerta, sino Randy y todos los inocentes presentes—, asegúrate de que sabes...

¡*Bum!* La escopeta vomitó llamas blancas y la percusión repiqueteó en la casa. El disparo hizo añicos la vidriera.

A juicio de Jack, el agujero parecía suficientemente grande como
para dejar pasar a una persona.

—¿Era necesario? ¿Por qué no bajas el arma...?

Randy volvió a apuntar y a disparar, acribillando a tiros la puerta,
el marco y el cerrojo. Stephanie gritó en la sala de estar. La puerta
tembló mientras entraban astillas de madera volando al salón. El vestíbulo se llenó de humo azul.

Randy resoplaba al poner el tercer cartucho en la recámara. Niveló la escopeta en la cadera y centró el cañón en la cerradura. Salió
fuego, plomo y humo explotando desde el cañón; el culatazo le hirió.
El marco se hizo pedazos. El destrozado pasador cayó.

Incluso cuando apretaba el gatillo sabía que, dado su apuro, sus
locos alardes eran absurdos, pero no podía detenerse. Su propio miedo lo había dominado. Ser consciente de eso solo aumentó su ira.

Intenta meterte con mi mente...

Una bala más hizo repiquetear las ventanas y crujir las bisagras
de la puerta. Randy volvió a accionar la escopeta, listo para empezar
de nuevo.

La cámara estaba vacía. Se palpó los bolsillos.

—Dame más cartuchos —le gritó luego a Jack.

Jack se quedó ahí parado sin más, casi oculto detrás del humo que
iluminaba la lámpara. Randy sabía que Jack tenía más balas en los
bolsillos, pero no buscaba en ellos.

—Randy —dijo Jack—, la puerta está abierta. ¡Basta ya!

—¡Seguro que la puerta está abierta! ¡Dame más balas antes de
que esa sabandija se arrastre hasta aquí!

Jack seguía inmóvil.

Sabía que la reflexión de Randy era válida; ahora eran vulnerables al peligro de afuera. Pero eso no significaba que las cosas no fueran peligrosas también dentro. *Si me traéis un cadáver...*

—¿Por qué no me dejas la escopeta un momento? —dijo.

—¡Dame esas balas! ¡Ese desgraciado aún está ahí afuera!

—Randy. Cálmate ya. Dame la escopeta.

Randy estrechó el arma con las dos manos.

—Yo he *encontrado* la escopeta —dijo y luego se dirigió a las mujeres—. ¡Vamos! ¡Moveos! ¡Salgamos de aquí! ¡Las balas, Jack! ¡Pásamelas!

—Randy —le habló Leslie desde las sombras—, dale la escopeta a Jack hasta...

—¡Cállate! ¡Aquí mando yo!

Jack oyó un auto acelerando. A través del hueco de la puerta principal logró ver faros que jugueteaban en el jardín delantero.

—Está bien —reconoció Leslie con una voz dominada—. Tú mandas, Randy.

Ella y Stephanie entraron en el vestíbulo. Leslie llegó hasta donde estaba Randy y lo abrazó.

—Gracias a ti —le dijo mientras le acariciaba los hombros—. Eres único, Randy. Buen trabajo.

Esto pareció calmarlo, al menos hizo que razonara.

Stephanie permanecía sola en las sombras, aterrorizada por completo. Sus ojos se posaron en esos faros que recorrían el frente...

Con una sacudida, un traqueteo y el rugido medio apagado de un motor, los faros avanzaron lentamente sobre un lecho de flores, a través de un seto y por el camino de losas. Por las luces del sendero, que reflejaban los guardabarros y la redondeada cabina contra el muro de piedra, Jack comprendió que se trataba de una camioneta vieja. Esta se dirigió hacia la casa y desapareció tras las cegadoras luces, iluminando por detrás un manto de lluvia torrencial. Los rayos de luz arremetieron por la puerta principal, cortando un túnel rectangular de resplandor a través del humo.

Jack se vio en ese rectángulo, con su sombra extendiéndose detrás de él mientras se quedaba cautivado, asombrado, haciendo suposiciones... pero solo un instante.

Quienquiera que estuviera conduciendo ese antiguo cacharro pisó el acelerador a fondo. El vehículo avanzó dando sacudidas, acelerando y subiendo por el camino de baldosas.

Justo hacia la puerta principal.

—¡Mirad! ¡Mirad!

Todos se dispersaron a izquierda y derecha, corriendo a esconderse, golpeando objetos y tropezando entre las sombras y el humo.

Jack se encontraba cerca de la sala de estar y huyó hacia allá, mientras sentía que los faros le quemaban la espalda y veía que su sombra huía frenéticamente delante de él.

Todo —rugido del motor; madera pisada astillándose; chirridos de metal; vidrios haciéndose añicos; crujido de paneles de madera comprimida, así como de tapicería y de accesorios— se combinaba en un estrépito discordante y ensordecedor mientras la camioneta subía los escalones, saltaba sobre el porche y se abría paso a través de la pared frontal de la casa. Jack oyó gritos al caer, mientras lo golpeaban la mesa, pedazos de tabla, fragmentos de jarrones y salpicaduras de comida podrida, todo ello procedente de una nube de polvo de hormigón.

Las desviadas luces de la camioneta titilaron, luego se apagaron.

—¡Stephanie! —gritó.

Jack arrastró los pies y se quedó vacilante e inseguro acerca de dónde estaba el vestíbulo. Girando, entrecerrando los ojos, escudriñando a través de la oscuridad y el polvo, divisó un confuso reflejo de luz que saltaba y giraba en el polvo. Lo siguió, tropezando con escombros.

—¡Leslie! —llamó Randy, la luz cambiaba de sitio en las tinieblas mientras buscaba—. ¡Leslie!

—¡Aquí! —se oyó la voz de Leslie.

La luz cruzó rápidamente la vista de Jack, atravesó el vestíbulo y entró en la sala de estar.

—Estás sangrando —gritó Randy.

—Stephanie —llamó Jack—. ¿Estás bien?

—Estoy bien —contestó ella, luego él la vio surgir de la niebla y se reunieron en medio del vestíbulo. La abrazó y, bajo esas circunstancias, ella se lo permitió.

La lámpara de queroseno volvió al vestíbulo, flotando en la nube, sostenida en alto por la mano de Randy, que ayudaba a Leslie con la otra mano. Ella se aguantaba un pañuelo en la frente. Un hilo de sangre le manchaba la mejilla derecha, un reflejo gemelo del corte que se había hecho durante la cena.

—Estoy bien —no dejaba de insistir, tratando de convencerse—. Estoy bien. Solo es un rasguño.

Randy giró la lámpara hacia los desperfectos. La puerta principal había desaparecido... no había marco, puerta ni dintel. Por todas partes había fragmentos de vidrio, molduras astilladas, cerámicas rotas y plantas de interior destrozadas; pedazos de paneles de conglomerado pendían de trozos despedazados de papel tapiz. En lugar de la puerta estaba la trompa abollada y deforme de una camioneta marrón con el parabrisas agrietado como un dibujo de telarañas, el techo derrumbado, los guardabarros doblados hacia atrás, los faros rotos e incoloros. Del radiador salía silbando vapor, mientras un chorrito de agua caía sobre la dura madera.

—¿Dónde está la escopeta? —preguntó Randy, soltando a Leslie.

Nadie la veía.

Randy giró, dirigiendo la luz de la lámpara en todas direcciones. El polvo aún era espeso en el aire.

—¿Dónde está la escopeta?

Sostuvo la lámpara en alto, dejando que la luz penetrara por el parabrisas destrozado como una telaraña y por la cabina derrumbada.

Ni rastro del conductor.

Durante unos largos segundos permanecieron en el arenoso aire con el sabor del polvo en las bocas y el picor de partículas en los ojos, mirando fijamente, con incredulidad, y luego comprendiendo que la pared frontal se había hundido y cerrado alrededor de los restos de la camioneta, sellando la salida.

Jack pudo leer en el silencio de ellos lo que él mismo estaba sintiendo: el juego no había terminado. En todo caso, no estaba más que empezando.

—Creo que debemos tratar de encontrar esa escopeta —dijo.

—Encontrad la escopeta —corroboró Randy, empezando la búsqueda.

—¿Buscan esto? —retumbó una voz desde la nube de polvo.

La otra lámpara surgió de la sala de estar, iluminando dos rostros fantasmagóricos y arrugados. Betty sostenía la luz y Stewart la escopeta, en la que cargaba cartuchos.

—La ha dejado usted caer —dijo Stewart, descontento—. ¿Es así como trata las pertenencias ajenas?

—No tenemos tiempo para quejas, Stewart —contestó Randy con los ojos en blanco, moviéndose hacia delante, mientras la lámpara hacía brillar el rostro de Stewart.

—Mire lo que ha hecho —resaltó Stewart rozándolo al pasar y examinando los daños a la casa, sin ninguna prisa en particular.

Afuera se intensificaba la lluvia, que golpeaba el techo y resonaba en el sobresaliente cajón de la camioneta. Una fuerte ráfaga soplaba debajo del abollado carruaje y extinguió la llama de la lámpara de Randy. Soltó una palabrota y la puso en el suelo.

—Él habla muy en serio, Stewart —manifestó Randy mientras acortaba el espacio que lo separaba de Stewart y agarraba la escopeta—. No podemos quedarnos esperando...

Stewart accionó el arma y levantó el cañón, con el que señaló hacia el pecho de Randy.

—¡Eh! ¿Qué está usted haciendo? —preguntó horrorizado Randy, inclinándose primero hacia abajo y luego de lado.

—Un cadáver, ¿eh? —exclamó Stewart mientras mantenía el cañón apuntándole la cabeza—. Tal vez debería ser el suyo.

Randy se agachó de nuevo y terminó en el suelo arrastrándose, rodando y retrocediendo mientras Stewart seguía todos sus movimientos riéndose con malvado regocijo.

—Sí —hizo un ruido sordo—. Arrástrese en el suelo. *Retuérzase.* ¡Ese es exactamente su lugar!

Jack revisó sus opciones. Randy estaba en tierra entre él y Stewart, lo cual ponía a Jack —y a Stephanie, aún colgada de él— a solo centímetros de la línea de fuego de Stewart.

—Stewart, tranquilo... tranquilícese.

—No se preocupe —contestó Stewart, sin dejar de mirar ni de apuntar la escopeta al cobarde Randy—. Este vándalo ya no me molestará más...

—...¿o sí? —continuó dirigiéndose a Randy.

—Betty —le susurró Leslie poniéndose a su lado—, ¿puede usted hablar con Stewart?

Betty se limitó a mantener la lámpara en alto, aparentemente boquiabierta.

—¿O sí? —gruñó Stewart.

—No, no —contestó Randy con voz temblorosa.

—Betty —susurró Leslie—. Haga algo.

—Stewart —le dijo Betty a Stewart, después de mirar a Leslie—, no montes un desastre ahora.

Leslie se replegó, helada. Jack escudriñó los ojos medio locos, pero no logró descifrarlos.

—Todos contra la pared —ordenó Stewart, moviendo el cañón en un arco hacia ellos.

—¿Q-qué? —exclamó Jack, sintiendo la misma consternación que veía en los demás. Levantó las manos, sin creerlo todavía—. Stewart. ¿Qué pretende?

—¡Contra la pared!

Leslie ayudó a Randy a levantarse. Jack guió a Stephanie hasta la pared que separaba el vestíbulo del comedor, poniéndose entre ella y la línea de fuego de Stewart. Se dejaron caer en el lugar como cuatro desertores ante un pelotón de fusilamiento.

—Stewart, tampoco quiero que arruines la escayola— protestó Betty.

—¡Cállate!

Ella ocupó su puesto detrás de él y se quedó en silencio.

—Ustedes son el grupo más lamentable de pecadores que jamás he visto —dijo Stewart mirándolos uno a uno con odio en los ojos—. Entran aquí como si fueran los dueños del lugar, aparentando que todo les va muy bien, pero con un montón de mentiras que ocultar. ¡Asquerosos ateos! ¡Pero son culpables! ¡Culpables como el pecado!

—Stewart —dijo Leslie con su tono profesional y tranquilizador—, quizás le debemos una disculpa...

Con un destello enceguecedor y una explosión ensordecedora que se mezcló con el grito de Leslie, Stewart arruinó el adorno de escayola por encima de la cabeza de Leslie. Ella se encogió de miedo, con las manos levantadas como suplicando rendida. Randy la agarró para evitar que cayera. Stephanie se derrumbó en las piernas de Jack, casi derribándolo.

—Ah, ya lo has hecho —gimió Betty.

—De pie —dijo Stewart accionando de nuevo el arma—. De pie.

Jack ayudó a levantarse a Stephanie, pero no la soltó. Sus manos temblaban entre las de él. El corazón de Jack palpitaba con tanta furia que lo podía oír dentro del cráneo.

Stewart balanceó el cañón atrás y adelante, la viva imagen de la locura asesina.

—Nosotros lo sabemos todo acerca de este asesino, más de lo que ustedes sabrán nunca, por eso es que nos han traído el problema. Lo han traído aquí como un perro acarrea las pulgas —dijo, moviendo la cabeza hacia la chatarra incrustada en la puerta.

—Pero será un auténtico placer marcharnos —manifestó Jack—. Solo déjenos marchar y...

—¿Marcharse? ¿Creen que dejará que alguien salga de aquí? Ustedes no irán a ninguna parte hasta que el Sr. White consiga lo que quiere.

—Pero ¿no entiende? Eso es lo que él quiere: que nos hagamos daño mutuamente.

—¿Y qué hay de malo en eso?

—Betty —comentó Randy mirando a la mujer—. Usted entiende lo que está pasando, ¿no?

Luego Randy miró hacia Stewart.

—Hable con él —continuó dirigiéndose a Betty.

—¿Hable con él qué? —preguntó ella mirando la camioneta destrozada y lo que había quedado de la entrada principal.

—Betty. Por Dios...

Eso captó la atención de ella. Su mirada cortó la frase como con tijeras.

—¿Por Dios? ¿Y nosotros qué? ¿Qué quiere que diga yo, muchachito? ¿Que hagamos lo que es debido? —miró a Jack—. ¿Que la vida es una gran farsa?

—No... —gritó Stephanie con la mano sobre la boca.

—O quizás solo deberíamos entonar una canción y hacer que se aleje el problema —continuó Betty alargando la mano y colocando un pelo suelto detrás de la oreja de la cantante.

Stephanie se soltó de Jack, se dobló sobre sí misma y vomitó.

—Betty —dijo Leslie con voz apenas audible—, todos los que estamos aquí somos seres humanos. Seamos sensatos.

—¿Seres humanos? —Betty parecía herida—. Cariño, esto es lo que los seres humanos hacen.

—Basta de conversación —ordenó Stewart, que agarró un pliegue del vestido de Betty y la trajo hacia atrás—. Vamos a pensar en esto.

—Como si yo pudiera pensar en otra cosa —murmuró Betty, acercándosele sigilosamente.

—Pero no todos tienen que preocuparse —dijo Stewart—. Solo uno de ustedes.

8

JACK SE FIJÓ EN LOS OJOS DE STEWART, TRATANDO DE DETEC-
tar la más leve pista de engaño, artimaña o incluso broma. Tenía los
ojos vidriosos, con los vasos sanguíneos dilatados, y detrás de ellos
yacía una oscuridad inquietantemente familiar, como las horrorosas
profundidades que había visto por la ventana de la puerta trasera, a
través de ojos recortados en una máscara de metal.

No era un engaño.

—¡Muévanse! —ordenó Stewart señalando el pasillo con el
cañón—. Entren en la cocina.

Betty se fue hacia el pasillo, sosteniendo en alto la lámpara, con la
que se proyectaban alargadas sombras en el poco iluminado camino.
Jack intercambió una mirada con los demás, luego se puso en movimiento con las manos en alto en señal de rendición para evitar un
tiroteo. Siguieron a Betty en fila india, primero Jack, después Stephanie, Leslie y Randy, todos con las manos levantadas. Stewart avanzaba
torpemente detrás de ellos con la escopeta paralela al suelo.

Jack se esforzó adrede por caminar lentamente, esperando que los demás estuvieran examinando el pasillo, las entradas, cualquier otro lugar, así como él lo hacía, en busca de ideas. Había muchos lugares adonde escapar desde ese pasillo: la cocina, el comedor, las escaleras, la sala de estar. Posiblemente, si salían corriendo, Stewart no podría contener a los cuatro y la oscuridad los ocultaría.

Sin embargo, no había dudas de que Stewart podría matar a uno, a dos si lograba volver a cargar a tiempo, quizás a tres o aun a cuatro si no encontraban otra vía para salir de la casa.

Jack siguió caminando, observando, haciendo tiempo, esperando el momento.

Entraron en la cocina, Stewart los pinchaba por detrás.

—Betty —gruñó Stewart—, abre la cámara frigorífica de la carne.

Stephanie dio un grito ahogado.

—No. No... —empezó luego a vociferar.

Stewart la pinchó con la escopeta y la mantuvo en movimiento.

Betty no dijo nada. Solamente les puso mala cara a ellos —y a Stewart— cuando se dirigió al fondo de la cocina, luego levantó el pasador de una gruesa puerta de madera y la abrió de un tirón. Una ráfaga de escalofriante niebla penetró en la cocina y serpenteó por el suelo.

—¡Nooo! —gritó Stephanie mientras intentaba correr, pero Stewart le agarró un mechón de la melena y tiró de ella. Ella volvió a gritar, tropezando. Jack la sostuvo, la colocó frente a él y fuera del alcance de Stewart, y entraron en la cámara. Los otros siguieron, todos a la vez y tropezando en la oscuridad. Betty entró la última, cerrando la puerta con un golpe sordo mientras el resplandor anaranjado de la lámpara inundaba el recinto.

La cámara frigorífica era mucho más grande de lo que Jack hubiera esperado, constaba de planchas de madera, con vasijas y estanterías para almacenar comida y carne. Inclinada contra la esquina del fondo había una enorme hacha-martillo, de las que tienen un extremo romo para dejar sin sentido al ganado y el otro extremo afilado para cortarles la cabeza. En una mesa de trabajo manchada de sangre se veía una colección de puñales y cuchillos de carnicería; del techo colgaban ganchos con carne.

Jack podía verse el aliento. Se frotó las manos para calentarse.

No podemos escapar de aquí. No deberíamos haberles permitido que llegaran tan lejos. Debimos haber intentado algo.

—Vuélvanse, con las manos sobre la pared —ordenó Stewart, y los cuatro se pusieron frente a la pared con las manos levantadas y las palmas apoyadas en las rugosas tablas. Estaban heladas y manchadas de sangre.

—¿Qué van a hacer? —preguntó Randy, con voz aguda y temblorosa.

—¿Puede imaginarlo? —contestó Stewart—. ¿Qué cree usted que vamos a hacer?

—Pero no merecemos... —empezó a balbucear Leslie. Stewart le presionó el cañón del arma contra el cuello y ella se calló.

—Otra mentira. No he encontrado un pecador que creyera merecerlo, pero siempre lo merecen. Todos ustedes lo merecen.

Jack miró por sobre las cabezas de las mujeres y se topó con los ojos de Randy. Eran frenéticos, vacíos, como los de un animal atrapado. *Vamos, Randy. Tenemos que arreglar esto juntos. Se nos debe ocurrir una idea, la que sea.*

—Pero podemos hacer precisamente esto —continuó Stewart—. El asesino solo quiere uno, así que solo tomaremos a uno.

Caminó detrás de ellos, yendo desde Randy y regresando hasta Jack.

—Incluso dejaremos que ustedes decidan quién —concluyó.

Ellos se miraron unos a otros. Stephanie estaba ya llorando, sus lágrimas caían al suelo.

¿Cómo vamos a tomar una decisión como esa? Pero así es la vida, ¿no? Nada más que un cruel disparate tras otro.

—Usted sabe que no podemos hacerlo.

—No pretenda que me crea eso —Stewart bajó el tono de la voz—. Sé lo que pueden y lo que no pueden hacer. Sé que pueden.

—No tiene ningún sentido hablar con Jack —saltó Betty—. Él cree que todo es una gran farsa.

—Yo no...

—¿Y usted, estrella *country*? —dijo Stewart moviéndose de lado y tocando la nuca de Stephanie con el cañón, con lo que la hizo estremecerse; sus gritos aumentaron—. ¿Cree que hay alguien aquí a quien no entregaría usted a cambio de salvar su propia vida? ¿Sabe qué creo que debemos hacer con usted? Dejarla aquí para que se congele hasta la muerte, larga y lenta.

—Oh, Dios...

—¿No sería un acto de justicia?

—¡Pero no fue culpa mía! —gritó ella.

Y luego miró a Jack.

A Jack se le heló el alma ante las palabras de Stewart, la mirada cortante de Stephanie y sus propios recuerdos: él había tenido esos mismos pensamientos acerca de ella. Se había dicho esas cosas una y otra vez. Nunca las expresó, solamente las pensó. *Justicia. No sé. Pero si el accidente no fue culpa de ella, el fracaso de nuestro matrimonio seguro que sí lo fue.*

—Esto ya es otra cosa, muchacho —murmuró Stewart.

—Stewart, escuche, en realidad toda esta situación podría resultar en su beneficio —habló Randy más fuerte—. Usted tiene ventaja sobre nosotros; yo tengo dinero. Podemos llegar a un acuerdo. Podría usted hacerse rico.

—Ahhhh, sí —contestó Stewart mientras se situaba detrás de Randy y le colocaba el cañón de la escopeta exactamente debajo de la oreja—. Pero, ¿cómo consiguió todo ese dinero? Tomando decisiones como esta, ¿o me equivoco?

—Los buenos comerciantes sopesan las alternativas —respondió Randy después de pensar unos instantes.

—Pues bien, aquí hay una alternativa para usted: escoja a alguien para que muera o lo hago yo —expresó Stewart, agarrando a Randy del pelo y lanzándole la cabeza contra la pared—. Cada vez me decanto más por usted, así que no se librará con facilidad. No tenga prisa. Voy a *ahogarlo*, como a un gato viejo del que me quiero deshacer. ¡Piense en eso!

Le dio un codazo a Leslie, que permaneció en silencio con los ojos cerrados, sobrellevando la situación resueltamente.

—En cuanto a usted, pequeña señorita comprometida, esperaremos hasta que Pete se haya ocupado de usted y entonces decidiremos.

Leslie conservó su fría expresión, pero la mandíbula comenzó a temblarle.

—¡Yo ya he decidido! —gritó Jack.

No tenía idea de cuál sería su próxima jugada, pero intentó captar la mirada de Randy.

Captó la atención de todos. ¿Ahora qué?

—Bueno, a ver —dijo Betty—. Puede que sí le importe de veras al escritorcillo.

—No —contestó Jack, enfrentando la mirada de Betty con una valentía que le sorprendió hasta a él mismo—. Tenía usted razón la primera vez. No me importa. La vida es una gran farsa.

—Este muchacho tiene su filosofía —dijo Stewart volviendo hacia él su odiosa mirada sombría.

Jack se dio la vuelta y se enfrentó a Stewart, con las manos levantadas.

—Si la vida tuviera algún sentido, no estaríamos aquí forzados a tomar esta ridícula decisión ni ese sádico asesino estaría afuera esperando un cadáver —se dio el lujo de sonreír un poco y captó la mirada de Randy. Al menos Randy estaba poniendo atención—. Escuchen, he tratado de entender por qué ocurren cosas como esta a las personas, y me he dado por vencido.

Pero Randy aún no parecía estar con él. Jack atrajo la mirada de Stewart.

—La vida no tiene sentido y, siendo así, usted tiene razón, Stewart, ¿qué hay de malo en que nos hagamos daño unos a otros? ¿Por qué no?

Randy, Leslie y Stephanie se quedaron mirándolo, las manos aún contra la pared. Tenían los ojos llenos de preguntas.

—Está bien —dijo Stewart poniéndole la boca de la escopeta entre los ojos—. ¿Quién va a ser?

—Este... ¿quién cree usted? —preguntó a su vez Jack lanzando una mirada nerviosa a Randy—. Quiero decir, es obvio.

Vamos Randy, colabora conmigo.

—Jack —manifestó Stephanie con voz débil—, ¡tú no quieres decir lo que estás diciendo!

Gracias, Steph. ¿Por qué no tenemos otra discusión matrimonial precisamente aquí mientras Stewart intenta matarnos?

—¡No me digas lo que quiero decir! —le gritó, tratando de representar su papel mientras se desprendía algunos centímetros de la pared—. Mira a tu alrededor, Steph. ¿Ves que suceda algo bueno en este cuarto? ¿Ves algún sentido a todo esto? ¿Y dónde está Dios, eh?

Se movió lentamente de lado, mirando el cañón de la escopeta, que no se apartaba de su rostro.

—Si Dios se preocupara lo más mínimo por nosotros, haría algo con este aprieto en que estamos, pero, ¿sabes qué? No hay Dios, ni ayuda, ni rescate, ni sentido —ahora se dirigió a Stewart, incluso inclinándose un poco—. Y tampoco hay culpa. No hay culpa, porque nada es bueno ni malo, nada es pecado... solo existe esa escopeta.

—Así que tal vez sus sesos deberían estar esparcidos por toda la pared —dijo Stewart empujándolo con el cañón.

—¡Stewart! —gritó Betty mientras golpeaba a Stewart en la parte trasera de la cabeza—. Hazlo afuera o limpias tú la porquería.

La aproximación de Stewart le dio a Jack una excusa para retroceder, moviéndose junto a la pared, lejos de los demás. El arma lo siguió.

—¡Oiga! —protestó Jack, tratando de captar la mirada de Randy por encima del hombro de Stewart—. Ha dicho que iba a ser justo, que nos iba a dejar decidir a quién. Bueno...

Solo unos centímetros más. Jack no tuvo que fingirse asustado —lo estaba de veras— mientras seguía retrocediendo y atrayendo hacia sí la atención de Stewart. Ni en sus peores pesadillas hubiera podido soñar una historia como esta.

—Pues bien. Me escojo a mí.

—¿Usted? ¡No puede escogerse a sí mismo!

Stewart le dio la espalda a los otros tres.

—¿Por qué no? —Jack tenía que mantener su atención—. Betty tiene razón. He perdido lo más valioso de la vida, y mi esposa lo único que quiere es salir corriendo y ser cantante *country*. No me importa dejar de vivir...

Stephanie apartó la mirada. Ahí. Una luz se encendió en los ojos de Randy. Sus manos se despegaron de la pared.

—...Por tanto, en el orden del universo no se pierde nada y ustedes obtienen el cadáver que necesitan...

—Se supone que usted tiene que escoger a otra persona —dijo Stewart un poco nervioso.

—Betty, hable con él —dijo Jack mirando a la mujer, que se apoyaba en la mesa de trabajo a su derecha—. ¿No lo entiende?

—Quizás él no sea el adecuado —Betty le lanzó una mirada fulminante, pero sobre todo a Stewart—. No parece decidido.

—¡Cállate! —gritó Stewart con la mirada aún en Jack y empujándole el cañón en el rostro.

—O tal vez sí lo es. Ahogar al otro tipo llevaría mucho tiempo.

—Que te *calles* —le ordenó Stewart mirando en dirección a ella. *¡Ahora!*

Jack bajó ambas manos y agarró el cañón, moviéndolo hacia un lado.

¡*Bum!* El arma se descargó, abriendo un hueco en las tablas del suelo. Stephanie gritó.

Randy, ¿dónde estás?

Después de una eternidad, Randy se abalanzó sobre Stewart, se subió a su espalda y trató de derribarlo, abrazándolo.

—El arma, ¡coge el arma!

Los tres hombres tenían firmemente agarrada la escopeta mientras el cañón recorría el cuarto. Leslie y Stephanie se tiraron al suelo. Jack mantuvo la mano cerrada sobre el mecanismo de recarga de la escopeta para evitar que Stewart pusiera en la recámara otro cartucho. Stewart giró, lanzando el cuerpo de Randy contra la pared. Jack tropezó en el pie de Stewart y cayó, colgado aún de la escopeta, incluso mientras la bota de Stewart caía sobre su tórax.

—¡Corred! —gritó a Stephanie y a Leslie—. ¡Salid de aquí!

¡ESTUUU-UART! —chilló Betty.

❧

Leslie cruzó la cámara frigorífica y agarró el brazo derecho de Betty justo cuando esta cerraba el puño en torno al mango de un cuchillo de carnicero. La mujer tenía una fuerza fuera de lo normal, resistiéndose, girando y aporreando la cabeza y el rostro de Leslie con nudillos huesudos como pequeños martillos. Leslie, abrazada con ambas manos del brazo derecho de Betty, solo podía agacharse, luchar y usar una rodilla cuando tenía la oportunidad.

—¡ESTUUU-UART!

❧

Stephanie corrió hacia la puerta y se lanzó contra el pestillo de la cerradura, el cual bajó, liberando el pestillo exterior. La enorme puerta chirrió al abrirse y ella entró a tropezones en la cocina, resbalándose en el suelo humedecido por la niebla. Antes de que surgiera ningún pensamiento en su mente, se encontraba atravesando la cocina por el pasillo y entraba corriendo en la cada vez más intensa sombra. *Huye, chica, ¡huye! ¡Corre!* Los gritos de Betty, los bramidos de Stewart y el sonido de golpes y de lucha la persiguieron hasta el vestíbulo. *¡Más rápido!*

⤙⤚

Leslie se aferró por pura fuerza de voluntad a la infatigable máquina giratoria que seguía gritando y blandiendo su cuchillo de carnicero. Una dosis más del huesudo puño de Betty en la cara, o solo otro golpe del cuerpo contra las arrugadas tablas, y las fuerzas de Leslie se acabarían. Una masa, el cuerpo de Randy, se estrelló contra la pared detrás de ella y la dobló. Jack aún estaba en el suelo, tratando de incorporarse, aunque...

Stewart apuntó la escopeta a la cabeza de Jack.

Leslie no podía terminar la violenta pelea con Betty, pero quizás podría redirigirla. Plantó un pie, extendió la otra pierna para ponerle una zancadilla a Betty e hizo que las dos se fueran de cabeza contra Stewart, aplastándolo contra la pared.

¡Bum! Volaron astillas de madera del suelo.

Era una maraña de cuerpos, piernas tirando patadas y brazos dando al aire. Leslie se soltó del brazo de Betty. Miró alrededor...

El cuchillo de carnicero se clavó en el suelo a pocos centímetros de su hombro.

Stewart se tambaleó al recibir una patada a media altura. Jack aún estaba vivo.

Betty se agachó sobre Leslie, tratando de arrancar del suelo el cuchillo de carnicero. Leslie contrajo las dos piernas y las soltó contra el estómago de Betty con suficiente fuerza como para lanzarla contra la pared opuesta.

❧

Stephanie se detuvo en la oscuridad, luego se volvió y se dio cuenta de que estaba sola. Nadie había escapado con ella.

Peor todavía, no estaba segura de dónde se encontraba. ¿*Estaba* en el pasillo? Un relámpago dibujó por un instante reflejos sobre el suelo y las paredes, disfrazando rincones, distorsionando ángulos, cambiando rasgos.

—¡Jack!

El ruido de la refriega se había transformado en una lucha distante, como si fuera detrás de una pared. Ella se dispuso a encontrarla, con los brazos extendidos, palpando su camino. Tocó una pared y la siguió hasta una esquina. Dio la vuelta, siguió más adelante y llegó a otra esquina. ¿No había una puerta en alguna parte? ¿Cómo había llegado aquí?

—Jack — logró a duras penas susurrar.

Una esquina exterior la llevó a un espacio que parecía más grande, pero no había luz que le mostrara la más pequeña extensión de superficie. Se movió junto a la pared, buscando un mueble, cualquier objeto que pudiera reconocer. Hasta donde podía alcanzar, no sentía nada. El miedo comenzó a revolverle las tripas, haciéndola temblar. Se sintió desfallecer.

Dejó de respirar y escuchó.

Nada.

Ni un sonido. Ni una luz.

Estaba perdida.

9

RANDY ESTABA SEGURO DE QUE IBA A TENER QUE PASAR POR quirófano para arreglarse las tripas, el estómago y el hígado, pero primero tendría que derribar a Stewart. Jack aún luchaba por la posesión de la escopeta, golpeándose contra las estanterías y haciéndolas caer de las paredes. Randy maniobró, en espera de que la cabeza de Stewart saliera por un momento de entre la sombra...

Betty lo entretuvo, le mordió la mano y agarró el hacha-martillo. Él gritó de dolor.

Leslie apareció detrás de Betty y le golpeó detrás del cráneo con un inmenso pedazo de hielo. El hielo se hizo añicos, esparciéndose por todas partes, y la mandíbula de la mujer se relajó, lo que permitió a Randy zafarse.

—Llévatela de aquí.

Betty renqueaba mientras Leslie tiraba de ella, peleaba con ella y arrastraba a la pesada mujer hacia la puerta de la cámara de la carne.

Era una misión de vital importancia. Con Betty fuera de escena, Jack y Randy podían encargarse de Stewart, dos contra uno. Si Leslie lograba sacar definitivamente a Betty, volvería a ayudar, pondría el combate en tres contra uno. Divide y vencerás.

Justo en la puerta de la cámara frigorífica, Leslie sintió que el cuerpo de Betty dejaba de ser un cooperador «saco de patatas» para convertirse en un mortal «tigre salvaje». Gruñendo como un enorme felino, Betty se movió, giró y lanzó a Leslie por la puerta como si no pesara nada. Leslie flotó en el espacio por un instante, ni arriba, ni abajo...

Su cuerpo —cabeza, caderas, codos— golpeó el suelo y ella cayó sobre las baldosas. Cuando se detuvo, la cabeza le daba vueltas, mareada en la oscuridad. Se orientó hacia la tenue luz de la lámpara de queroseno que aún ardía, enderezándose. Estaba en la cocina.

Oyó cerrarse la enorme puerta, con un golpe seco de madera, y el ruido metálico del pestillo encajando en su sitio.

Oscuridad.

Respiración.

—¿Betty?

La respiración venía de una gran tráquea. No de la de Betty. Leslie oyó vibración de flema, luego una risita baja con resoplidos. Tres pesados pasos se dirigieron hacia ella, luego el destello de un relámpago por la pequeña ventana sobre el fregadero iluminó un rostro que parecía flotar sin cuerpo.

Pete.

—No te puedes esconder de mí —sonó la voz fuerte del hombre.

Leslie se puso de pie. Otro relámpago iluminó el arco de salida de la cocina y entrada al pasillo. Huyó en esa dirección mientras la luz se desvanecía, entrando como alma que lleva el diablo en la oscuridad desconocida.

Él se fue tras ella arrastrando los pies.

❧

Jack estaba perdiendo. Podía sentir que las manos se le resbalaban de la escopeta. Las costillas le rugían de dolor cada vez que respiraba. Trató de darle otra patada a Stewart... Falló... de nuevo.

Betty había tirado fuera a Leslie, había cerrado la puerta. Vino de prisa hacia Stewart.

¡Tas!

La cabeza de Stewart giró hacia los lados, golpeada por el hacha-martillo que tenía Randy. El tipo se tambaleó. Jack dejó de agarrar la escopeta y lo dejó caer...

Justo a tiempo para que Jack viera un espectro de cabello alborotado y ojos fuera de sus órbitas que se abalanzaba hacia la luz de la lámpara.

—¡Randy!

Randy aún sostenía el hacha-martillo a la altura del hombro. El propio impulso de Betty la lanzó de frente contra el centro del extremo romo y rebotó en él.

Sin tener que consultarse, Jack y Randy medio corrieron, medio cojearon, hacia la puerta. Randy golpeó el pasador con la mano, ambos empujaron con todas sus fuerzas y la enorme puerta se abrió con facilidad, pero sin prisa. Betty y Stewart se estaban incorporando. Stewart estaba cargando otro cartucho.

Jack gritó mientras él y Randy se giraban sobre la puerta y la empujaban para cerrarla.

Casi.

Los dos cuerpos del interior chocaron con la puerta, pegándole para abrirla. Jack y Randy se apoyaron en ella, obligándola a cerrarse de nuevo, pero no podían aguantarla eternamente.

—Tenemos que trancar este pasador —dijo Jack.

Randy se revisó las manos, en ese momento descubrió que estaban vacías. Había soltado en el interior el hacha-martillo.

¡Tras!

La puerta se sacudió otra vez, enviando un breve reflejo de luz anaranjada dentro de la cocina, lo suficiente para revelar una fregona contra la pared a poca distancia. Randy extendió la mano para alcanzarla.

¡Bum!

Jack pudo sentir el impacto del escopetazo sobre el otro lado de la puerta. Esta se sacudió.

Randy tenía la fregona.

—¡Empuja!

Jack y Randy pegaron los hombros a la puerta y empujaron con toda la energía que les quedaba. El pasador entró en su sitio y Randy metió el palo de la fregona debajo de la manija del pasador.

El mecanismo de cierre chirriaba y vibraba mientras Stewart y Betty trataban de moverlo, pero la manija lo bloqueaba sólidamente.

—Buen trabajo —manifestó Jack.

¡Bum, bum, bum!

El estruendo se sintió una y otra vez a través de la puerta y del cráneo de Jack.

El hacha-martillo.

—¡Leslie! ¡Stephanie! —comenzaron a gritar.

No hubo respuesta.

¡Crack!

Notaron el cambio en el sonido de los golpes. Concretamente, hacha en vez de martillo.

—Pronto atravesarán la puerta —advirtió Randy—. Encontremos a las chicas y salgamos de aquí.

—Pete se fue tras Leslie —informó Jack.

Randy no contestó.

Jack buscó en su bolsillo el mechero de Stephanie y lo encendió. La diminuta llama amarilla fue suficiente para guiarlos por la cocina hacia el pasillo. Randy descubrió un anaquel con cuchillos de cocina

cerca de la tabla de carnicero, se hizo con uno de veinte centímetros
y se lo guardó en el cinturón.

—Toma uno tú también —masculló.

—¡Steph!

—¡Leslie!

Todavía sin respuesta.

∿✤∿

—¡Jack! —llamó Stephanie en la oscuridad, pero solo contestó el
silencio—. ¡Jack, aquí estoy! *¡Jack!*

No respondía.

—¡Jack!

Se golpeó contra una pared invisible, mientras algunos pensamientos le zumbaban en la mente: De todos modos no lo necesitaba.
Jack había muerto junto con su hija. ¿Por qué *iba* a contestar? Tal vez
permanecía en silencio porque la *oía.*

Empezó a tararear, tratando de alejar los pensamientos.

—*Mi corazón guarda todos los secretos, mi corazón no dice mentiras...*

No logró recordar el siguiente verso. Cantó dos veces el único que
recordaba, luego tarareó la melodía hasta que se calmó el miedo y
logró pensar. Había estado sola desde la muerte de Melissa. Se las
arregló. *Vete, chica. Jack no va a hacer nada por ti.* Al final todo
saldrá bien.

Stephanie no tenía idea de dónde estaba. Aún no había luz. Había
entrado por una puerta que había palpado y le pareció como un pasillo, pero no el pasillo que esperaba encontrar. Se había topado con
una mesa y algunas sillas, y luego un cuadro en la pared, pero este
sitio era totalmente desconocido. Cuando intentó dar marcha atrás y
encontrar la puerta por donde había entrado, sus manos solo encontraron pared.

¡Jack! Ayúdame...

Ahora oyó conmoción y voces, algunos pasos lejanos y apagados. Siguió el ruido.

❧

¡Crack!

Jack y Randy pudieron oírlo desde el pasillo entre la cocina y el comedor. Stewart estaba descerrajando rápidamente la atrincherada cámara.

El encendedor de Jack iluminó una puerta que estaba medio abierta. Aquella por la que Betty le había regañado.

—El sótano —dijo Jack.

—¿Qué crees? —preguntó Randy.

¡Bam! ¡Crack!

No había mucho tiempo para conversaciones.

—Alguien ha bajado ahí.

—Las chicas no han sido. Ellas habrán salido. Tienen que haber salido.

—¿Salir adónde?

¡Bam! ¡Bam!

Randy se fue hacia el oscuro vestíbulo, palpaba con los zapatos en la dura madera, tropezando en los escombros.

—¡Leslie!

Jack oyó choque de cuerpos. Una mujer gritó. Randy gritó, luego soltó una maldición.

Jack entró en el vestíbulo y entrecerró los ojos. Stephanie. Estaba dándole una paliza a Randy, que solo intentaba ayudarla.

—¡Steph!

Ella se detuvo.

—¿Dónde has estado? —dijo mientras se quitaba el pelo del rostro—. ¿No has oído cómo te llamaba?

—No tan fuerte —advirtió Jack.

—A lo mejor piensas que no merezco que me conserves, ¡pero aún soy un ser humano con sentimientos, y sigo siendo tu esposa! —exclamó marchando hacia Jack, con tono iracundo.

—¿Dónde está Leslie? —preguntó Randy.

—No lo sé. Jack, ¿podemos salir de aquí, por favor?

—¿Estaba Leslie contigo?

—¡No! ¿Podemos irnos ya?

Jack volvió a mirar las escaleras del sótano. La luz reflejó un brillo en el primer peldaño. Se agachó y recogió un pendiente plateado con forma de gota.

—Ha bajado —dijo sosteniendo el pendiente para que ellos lo vieran—. Está en el sótano.

—Eso no prueba nada —afirmó Randy.

—Yo no voy a bajar ahí, Jack —expresó Stephanie marchándose—. Debemos salir de aquí.

¡Bum!

La escopeta incrustó otra carga de perdigones en la puerta de la cámara frigorífica.

Jack levantó el encendedor y giró sobre su eje, ansiando una idea, una guía, un curso de acción. Reconoció la otra puerta, el armario. Corrió hacia él, lo abrió de un tirón. Sin las sillas sobrantes, había bastante espacio. De una barra colgaban suficientes abrigos para ocultar a alguien.

—Steph. Adentro —hizo un gesto a Stephanie.

—¿Estás loco? —contestó ella plantando los pies—. ¡No pienso entrar ahí!

—Ya lo discutiremos más tarde —insistió él mientras la tomaba del brazo y la hacía moverse—. Ahora mismo te necesito donde pueda encontrarte.

—¿Qué vas a hacer tú? —cuestionó ella entrando de espalda a tropezones en la oscura cavidad, bajo la firme guía de Jack.

—Voy a encontrar a Leslie.

—Ah, así que ella sí merece que la busques, ¿verdad?

—Ahora no, Steph —rogó él. Todo giraba en torno a ella, ¿no? El egoísmo de su esposa le estaba cansando—. Quédate aquí hasta que regresemos. Volveré pronto.

—¿Y qué pasa con...?

Él le puso la mano sobre la boca.

—¿Y qué hacemos con Stewart y Betty? —susurró ella levantándole la mano.

—Estarán buscándonos a Randy y a mí. Quédate dentro.

—Pero no puedes salir...

Jack cerró el armario y se dirigió a la puerta del sótano. El silencio y la oscuridad de allí abajo ocultaban algo. Lo podía sentir.

—¿Randy?

—No podemos estar seguros de que esté ahí... —empezó Randy a debatir.

¡Crash! La madera se astillaba en la cocina.

Jack entró por el hueco de la escalera.

IO

22:55 PM

BARSIDIOUS WHITE SE QUEDÓ EN LO ALTO DEL HUECO DE ladrillo de las escaleras que conducían al sótano, con los brazos cruzados, esperando. Esperar... esperar. Gran parte de la vida era esperar. Todas las cosas buenas llegan a quienes esperan, como dice el refrán.

Levantó el rostro hacia la lluvia torrencial y se fijó en su empapada piel. Se vio el resplandor de un relámpago. Esta tormenta era de las que traían visos de inundaciones. Buenas cosas para aprender.

Naturalmente, él sabía algunas cosas que ninguno de los que estaban dentro sabía. Más que algunas cosas. El juego se estaba ejecutando tan a la perfección que se preguntaba si su suerte se acabaría antes de que tuviera oportunidad de presentar la verdadera apuesta.

O, más bien, de mostrar su verdadero poder.

Si todas las cosas buenas llegan a quienes esperan, y él estaba esperando que el mal obrara su magia, ¿hacía eso que el mal fuera bueno? Si estaba esperando la hora del asesinato, ¿hacía eso bueno al asesinato?

Matar a una persona te convierte en criminal. Matar a un millón de personas te convierte en rey. Matarlas a todas te convierte en Dios.

Al final él sería Dios, porque el juego que se llevaba a cabo detrás de esas sucias paredes blancas no era distinto del que todas las personas jugaban en todas partes, cada día, hasta el último de todos los inmundos seres.

Al final todos se matarían, todos morirían, todos se pudrirían en el infierno.

Pero en esta casa todos jugarían su juego, que contaba con suficiente drama y deleite como para sacar una sonrisa a la más sucia de las almas. Suponiendo que ganara él. Pero ganaría. Nació para ganar, nació para arrancarles la sucia cabeza de sus esqueléticos cuellos para que todo fuera, como mínimo, más interesante.

White respiró hondo. Después de semanas de espera, cada segundo presente era suficiente recompensa para justificarlo todo.

Descruzó los brazos y caminó hasta el borde del hueco de las escaleras. Resonaban los sonidos de un hacha o un martillo golpeando una puerta. Si tenía razón, si había juzgado correctamente, los jugadores estarían pronto en el sótano y podía empezar el verdadero juego.

Por supuesto, el verdadero juego ya estaba en pleno desarrollo, pero ellos no entendían esto. Para el amanecer él lo clarificaría todo.

Clavar la camioneta en la puerta principal había sido un bonito detalle. Puso temor de Dios en los corazones de ellos. Y sería temor de él porque, tal como acababa de establecer, él era Dios.

—Bienvenido a mi casa, Jack —dejó escapar un resoplido de alegría—. Estás en tu casa.

White descendió. Montones de hojas y de suciedad habían cubierto el hormigón mucho tiempo atrás, levantando varios centímetros la zona de descanso, de tal modo que cuando se abría la puerta solían caer al sótano hojas en descomposición. Pero esa noche había más que un poco de podredumbre esperando entrar.

Puso la mano en la manija sin llave de la puerta y la presionó hacia abajo. Cerrada. Como debía estar. Esperaría.

White volvió a entrar en la noche. Los metódicos hachazos de dentro se convertían en un sonido apagado de madera astillándose. Un fuerte estrépito. Martilleo de pies.

La mano derecha de White empezó a temblar. No intentó calmarla. En la profundidad de los bosques de Alabama, donde nadie observaba y donde la oscuridad había engullido toda luz, a él se le permitía disfrutar un poco la vida, ¿y la estaba disfrutando?

El encendedor de Jack titiló sobre las viejas escaleras de madera. Hizo una pausa a medio camino, forzando la vista para tratar de ver algo. Un olor repugnante —huevos podridos o azufre— le llenó la nariz. Trató de respirar superficialmente.

No estaba seguro de qué estaba buscando, salvo a Leslie. Logró ver que el suelo era de hormigón y las paredes de ladrillo rojo. Nada más.

—¡Leslie! —gritó, inclinándose hacia delante.

—¿Qué estás haciendo? —susurró Randy detrás de él—. ¡Te van a oír!

—*Quiero* que me oiga, ¿no es eso lo que importa?

—*Ella*, no toda la casa. Se van a enterar de que la buscamos.

—Están en la cámara de la carne sin enterarse de nada... no hay manera de que me oigan.

—¡Jack! —llamó desde el armario la voz apagada de Stephanie.

Él no le hizo caso y continuó. Cuatro peldaños antes de comprender que Randy no lo seguía. Su compañero aún permanecía en lo alto de las escaleras.

—¿Vienes?

—¿Seguro que es buena idea?

¿Qué le hacía creer que podía entrar tan campante en esta mazmorra, hallar a Leslie, liberarla de la bestia y meterse en el bosque sin recibir una ráfaga de perdigones de la escopeta de los dueños? ¿O de la de White? Esa es la probabilidad que les esperaba allí afuera.

—No tenemos alternativa —contestó, sabiendo que unos golpes más y Stewart habría salido de la cámara de la carne.

—Deben de tener más escopetas aquí abajo —añadió por consideración a Randy.

Eso es. Escopetas. Volvió hacia las escaleras y descendió rápidamente, ahora ansioso de seguir su propio consejo. Primero las armas, después Leslie, porque estaba claro que sin una escopeta eran hombres muertos. Fuera lo que fuera esta casa, no se trataba de un pintoresco hotel habitado por dueños comunes llenos de buenas intenciones hacia los viajeros cansados.

Las náuseas se podían palpar. La muerte los acechaba y la única manera de sobrevivir muy bien podría ser matando.

Jack parpadeó ante la audacia de sus propios pensamientos y se paró sobre el suelo de cemento. Randy bajó con fuertes pisadas los peldaños que le faltaban.

El sótano se abrió ante Jack. Del techo colgaba una bombilla de baja potencia. Dejó que se apagara el encendedor. Había un amplio corredor de hormigón y ladrillo con tres puertas corroídas de acero en cada lado que terminaba en una sólida pared de ladrillo rojo. El corredor parecía salido de una antigua película de prisiones.

La pared derecha dejaba escurrir un par de hilillos de agua que luego corrían por el suelo hasta una rejilla.

—¿Qué es ese olor? —preguntó Randy—. ¿Qué clase de lugar es este?

—El sótano.

—Más parece una... alcantarilla.

—Vamos.

—Ese olor...

Jack trató de ignorar el asqueroso hedor. Caminó por el corredor, enfrentándose ahora a un dilema inesperado. El pensamiento de abrir una de las puertas, cualquiera de ellas, le pareció absurdo. Pero aparte de regresar rápidamente y subir las escaleras, no había otra opción.

Jack se precipitó a la primera puerta de su derecha. Puso la mano en la oxidada manija. Vaciló.

—¡*Crack!*

El apagado sonido del avance de Stewart sobre la pesada puerta de la cámara frigorífica le recordó el cercano terror pasado. Giró el pomo. Empujó la puerta.

El cuarto que se abrió ante ellos estaba tenuemente iluminado por otro foco de pocos vatios. Ninguna amenaza inmediata, ningún arma en el rostro, ninguna ridícula trampa, ninguna flecha tensada apuntando a sus corazones. Simplemente una habitación.

No, no era una estancia cualquiera.

Jack, Randy y una mirada alrededor. Cuatro sofás color poso de vino, dos bastante nuevos, dos muy viejos y con la tapicería raída. Muchas almohadas esparcidas. Una alfombra de color habano y negro cubría la mayor parte del hormigón. Pinturas. Al menos una docena de pinturas colgaban de las paredes de ladrillo. De alguna manera excéntrica, era casi acogedor. Una extraña combinación de antiguo y nuevo, de asqueroso y limpio.

—Busquemos un arma, un armario de escopetas —dijo Jack entrando—. ¡De prisa!

Había un calentador panzudo en uno de los extremos del cuarto, reluciente y limpio como si nunca lo hubieran usado. Una espesa telaraña con insectos momificados se extendía desde la parte superior del tubo del calentador hasta la pared adyacente. ¿Por qué limpiar el calentador y dejar la telaraña?

Había otro mobiliario interesante: un telar, un perchero, una mecedora antigua... ¿una lavadora oxidada?

El cuarto añadía una dimensión totalmente distinta a la idea que Jack tenía sobre Betty y Stewart. El problema era que esa dimensión no estaba clara.

Entonces Jack vio algo que aclaró bastante las cosas. Sobre la pared de su izquierda había una estrella de cinco puntas pintada de rojo. La atravesaba una amenaza garabateada en negro. *La paga del pecado es muerte.*

Las acusaciones de Stewart le resonaban en los oídos: culpable de pecado. Debajo de la estrella de cinco puntas había un sofá con mesa, y sobre su mesa un círculo de velas negras. Parecía que los anfitriones eran muy religiosos.

En alguna parte profunda de la casa se cerró una puerta.

—¿Qué ha sido eso? —preguntó Randy.

—Revisa ese armario —dijo Jack, señalando una puerta al lado de la estrella de cinco puntas. Atravesó corriendo la sala hacia una segunda puerta de armario.

—¡Mantente alerta!

El armario que él revisó estaba lleno de cachivaches. Velas. Trapos. Una escoba. Nada parecido a una escopeta o a cualquier cosa con la que deshacerse de Pete, de quien creía que podría bajar.

—Esto... ¿Jack?

Al girar vio que la puerta de Randy se abría hacia otra estancia.

—¿Qué es? —dijo, y atravesó corriendo el cuarto.

—Otro cuarto.

—Eso ya lo veo. ¿Qué...

Metió la cabeza en él. Hormigón por todas partes. Espesas telarañas en todas las esquinas y a lo largo de las paredes. Un solo escritorio en medio del cuarto. Ningún otro mueble. Parecía como un enorme estudio. En cierto modo lo era.

Jack entró. Unas largas cortinas rojas enmarcaban un enorme espejo sobre la pared izquierda. Se veía otra estrella de cinco puntas con las mismas palabras en la pared de enfrente. *La paga del pecado es muerte.* Eso era todo. Solamente el escritorio, el espejo, el graffiti.

Y tres puertas más, una de las cuales parecía conducir de vuelta al pasillo principal. Las otras dos estaban directamente frente a la pared opuesta. Quizás se adentraban más en el sótano.

—¿Crees que esa puerta lleva de vuelta al pasillo? —preguntó Randy—. Esto no tiene buena pinta. No me gusta. Tenemos que encontrar el almacén, o cualquier sitio donde guarden armas.

—Dime, ¿qué clase de sitio raro es este? —continuó, dirigiéndose aprisa hacia una de las puertas del frente.

Jack pensó que Randy empezaba a ablandarse.

¿No les estaba pasando a todos?

Randy agarró la manija, la levantó un poco. Miraba fijamente el espejo. ¿Por qué? Jack no iba a gastar un tiempo precioso averiguándolo.

—Bueno, tenemos que separarnos. Tú vete, corriendo —Jack corrió hacia la puerta que suponía que volvía al corredor principal—. Registremos todos los cuartos y volvámonos a encontrar en el corredor.

Jack abrió la puerta de un empujón y entró audazmente en la oscuridad. Agua goteando. Grato aroma a humedad al lado del hedor a huevo podrido que impregnaba el cuarto que tenía detrás de él.

Randy aún parpadeaba ante el espejo, y ahora lo sacudía.

—¡Reacciona, Randy! ¿Me oyes? ¡Hay que darse prisa!

—Yo no... Hay algo raro en este espejo.

—¿A quién le importa? ¡Vamos!

—No me refleja.

La ridiculez de la afirmación de Randy subió hasta la mente de Jack. Soltó la puerta y se dirigió hacia Randy, que aún miraba estupefacto.

Jack se puso a su lado y miró en el espejo. No había reflejo.

Corrección. No había reflejo de ellos dos. Se veía con claridad el escritorio detrás. Igual que la pared del fondo.

—Debemos irnos —comentó Randy.

—Es un espejo de mentira o algo parecido. Los hacen así.

Puede que Betty y compañía hubieran formado parte de algún circo gitano. Eso explicaría algunas cosas.

—No, esto no es un espejo de mentira. ¡Amigo, aquí somos como vampiros!

—No seas tonto. Vamos, tenemos que ser razonables. Anda a...

—No voy a moverme.

—¡Basta! ¡Leslie está ahí fuera!

—Vamos a morir aquí abajo, Jack. Todos nosotros. Todos vamos a morir.

—Así es, si no nos movemos. Sígueme.

Corrió hacia la puerta que había abierto, ahora con Randy pisándole los talones.

—Busca un interruptor de luz.

Randy palpó la pared de la derecha. Húmeda y fría. Ningún interruptor. Levantó la mano y comenzó a agitarla.

Una cuerda colgaba a varios centímetros. Le dio un suave tirón, con lo que prendió una bombilla engarzada a las vigas de arriba. Esta sí era la clase de cuarto que Jack esperaba encontrar aquí abajo. Paredes húmedas y mohosas con estantes de madera. Dos puertas más.

—Una bodega —comentó.

—¿Dónde está el pasillo?

—Debería estar detrás de esa puerta.

La realidad era, partiendo de lo que había visto ahí abajo hasta ese momento, que el sótano no estaba diseñado como cualquier otro que hubiera visto. Jack atravesó la bodega y abrió la puerta. Como esperaba, el corredor principal. Soltó la manija con gran satisfacción.

Randy lo pasó aprisa.

—Revisa una de las otras puertas —le dijo Jack.

Un sonido de botas corriendo retumbó sobre sus cabezas.

Randy giró con brusquedad la cabeza hacia arriba y miró fijamente el laberinto de tubos que atravesaban el cielo raso.

—¡Ya vienen!

Como para recalcar el punto, arriba tronó un tiro de escopeta. ¿Stephanie? No, ella aún estaba en el armario, y el sonido había venido del área de la cocina. A menos que lo hubiera abandonado a los cinco minutos y corrido hacia la puerta trasera. ¿Vendrían directamente abajo, o buscarían primero en los pisos de arriba?

Se volvió a oír el sonido apenas perceptible de un tarareo, como se había oído arriba.

—¿Has oído eso? —preguntó Jack, dando la vuelta.

—El canto...

Pero ninguno de los dos logró localizarlo.

Jack no se puso a esperar. Trató de abrir la puerta que daba frente a la bodega. Cerrada. Los pasos se oyeron en la otra dirección. No se podían arriesgar. Jack agarró el brazo de Randy y lo arrastró adentro de la bodega. Cerró la puerta detrás de ellos.

—¿Adónde vamos?

—A cualquier parte que no sea el corredor. Sigue agachado.

Atravesaron aprisa la bodega, haciendo caso omiso de la puerta de su izquierda. Volvieron a entrar en el estudio, pasando el extraño espejo.

—¿Adónde vamos? —volvió a preguntar Randy.

—¿Dejamos abierta la puerta que da al primer cuarto? —dijo Jack, deteniéndose.

—¡La van a ver! —exclamó Randy mirándolo con evidente horror—. Van a saber...

Otra vez el tarareo, a su derecha, apenas perceptible. Luego silencio.

Jack corrió hacia una de las puertas que aún no habían revisado. Ahora podía oír el sonido de pasos en las escaleras.

—¡No digan que no se lo advertimos —resonó la voz de Betty—. Dijimos que el sótano no, pero no, ustedes no querían escuchar. ¡No se les ocurra decir que no les advertimos!

—¡Rápido! —dijo Jack.

Se deslizó contra la puerta. Si sus anfitriones seguían el rastro de puertas abiertas...

Agarró la manija de la puerta y tiró. La puerta se movió unos centímetros, luego la soltó y se cerró rápidamente, como si la aspirara un vacío.

—¡Intenta con la otra puerta!

Randy corrió hacia la única puerta que aún no habían revisado.

Jack volvió a tirar de la puerta. Esta vez la abrió quince centímetros... suficiente para percibir la oscuridad que había más allá. El cuarto se llenó de un profundo sonido succionador.

—¡Está cerrada! —gritó Randy.

Empujado por la amenaza de que Stewart disparara dentro del cuarto, Jack hizo caso omiso de la voz de su mente que le sugería que no era buena idea abrir a la fuerza una puerta contra una corriente subterránea de aire.

Tiró con más fuerza.

La puerta se abrió más. ¿De dónde podía venir tal corriente de aire? La única luz del estudio se debilitó. Algo andaba muy mal en ese cuarto.

Para él se hizo claro de repente que, fuera cual fuera la amenaza que había tras ellos, no podían, no debían traspasar la puerta. Jack soltó la manija.

Cesó el sonido succionador. Pero en vez de cerrarse bruscamente, la puerta se quedó suelta, abierta donde él la había soltado.

Más allá, silencio. Ningún tarareo.

—¡Ya! —susurró Randy—. ¡Ya!

—No. Algo iba terriblemente mal.

Jack extendió la mano. Antes de que sus dedos tocaran la manija, la puerta se abrió de golpe, por su cuenta. Abierta del todo.

Por un breve instante, Jack se enfrentó a una entrada de oscuridad absoluta. No había ninguna pared a la vista.

Antes de ser consciente de ninguna succión, corriente de aire o fuerza alguna que lo arrastrara, sintió que tiraban de su cuerpo hacia la entrada.

Era rápida y silenciosa, como una fuerza magnética. En un segundo pasaba de mirar fijamente la oscuridad a volar dentro de ella.

¡Tas!

Con una sacudida que pudo aplastarle los huesos, se estrelló contra una pared a no más de metro y medio dentro.

¡Bum!

La puerta se cerró con fuerza.

II

HELADO POR LA INDECISIÓN, RANDY MESSARUE MIRÓ FIJA-
mente la puerta que se había cerrado de súbito detrás de Jack. No
estaba seguro de qué era peor: ir tras Jack o escaparse solo. Normalmente podía tomar decisiones repentinas. Debía de ser la casa. Esta
casa espantosa y maldita. Y sus chiflados dueños. Su mente había
empezado a crisparse en el momento en que Stewart se le apareció
en el baño.

Además, cuando este se volvió contra ellos, la erosión de la con-
fianza de Randy se convirtió en un desmoronamiento de su psiquis.
Podía sentir que había llegado a perder solidez, a deshacerse. Débil.
Ni el personal de su junta había logrado algo así.

Se odiaba por eso. Odiaba el modo en que su estómago le decía
que corriera. En realidad odiaba el hecho de que probablemente se
salvaría a expensas de Leslie. Odiaba el terror que había gritado en
su propia mente como una colegiala.

Sudaba copiosamente a pesar del aire frío del sótano. Las manos le temblaban y el corazón le latía con fuerza. *No seas pelele*, solía decirle su padre antes de darle una paliza. Quizás merecía una buena tunda, y Stewart parecía demasiado ansioso por hacerle ese favor.

Clack, clack.

Zapatos sobre el hormigón, caminando, no corriendo. En su mente centelleó la imagen de las enormes botas de cuero de Stewart dando zancadas.

Corrió hacia la puerta e hizo girar la manija. Esta se negó a moverse.

—¡No se atrevan a decir que no se les advirtió, asquerosos ateos!

Stewart estaba en el salón contiguo.

—Solo te pido que no seas muy duro, Stew —estaba diciendo Betty, tratando de mantener la calma, cuando todos sabían que no había un ápice de calma en ese endogámico marido suyo—. No tienen dónde ocultarse. Tú no seas muy duro. Nada de arrebatos.

Randy se quedó sin alternativas. Dos puertas, cerradas. La bodega le expondría al pasillo. Giró desesperado en busca de una salida. Pero no había salida. *Escóndete. Ocúltate, despreciable criajo. ¡Escóndete!*

Se fue corriendo tras el escritorio. Demasiado pequeño. Hacia la cortina que enmarcaba el espejo. Detrás de la cortina.

Pero detrás de la cortina no podía calmarse y los pulmones le resollaban como colchones viejos. Presionó la espalda contra la pared y deseó con todas sus fuerzas que sus músculos se relajaran.

Clack, clack.

Las botas se detuvieron. Estaban en el corredor. Randy contuvo el aliento. Por un instante se hizo silencio en el cuarto.

—¿Dónde estás, ratita? —preguntó Stewart. Luego ordenó a Betty—. Cierra la puerta.

La puerta se cerró. Se oyó correr un pestillo.

—Esa también —dijo.

La puerta a la bodega, cerrada. Trancada.

—Han pasado por aquí, ¿no? Puedo oler su peste a ciudad.

—¿Crees que habrán llegado al túnel? —preguntó Betty.

—No, a menos que puedan traspasar puertas cerradas.

—¿Entonces dónde?

—Probablemente en la bodega. Lo más seguro es que ahora estén en lo alto de la escalera tratando de vislumbrar cómo regresar.

—No hay manera de pasar ese cerrojo —aseguró Betty—. Estos pasillos los volverán locos. Nunca saldrán.

¿Los había atrapado Stewart en el sótano?

—Yo digo que los cacemos nosotros mismos —gruñó Stewart—. Ahora los tenemos atrapados como ratas.

—Ese no era el trato —dijo Betty—. Si quieres pasar de esta noche, abrámosle la puerta.

—Ábrela tú. Él no dejará pasar esto. Te juro que nos cortará como filetes de pescado. Va a asesinar a todos los de este sótano como ha hecho cientos de veces. Ya sabes cómo actúa.

Pausa.

—¿Crees que la encontrarán? —preguntó Betty.

—Pete la encontrará...

—A ella no. A la otra.

Stewart hizo una pausa, respirando fuertemente por la nariz.

—No antes que nosotros. Y si lo hacen, sin duda ella los usará. Ella es un taimado montoncito de basura.

Durante un momento, ninguno de los dos habló. Luego Stewart taconeó hacia el extremo del rincón y Betty lo siguió. Tintinearon llaves. Una puerta rechinó. La puerta se cerró. Se habían ido.

¿Se habrían ido de veras? ¿Y si lo hubieran visto y fingieran su conversación, y fingieran salir para entretenerse con él? Retiraría la cortina y se vería frente a una escopeta cargada.

Randy esperó hasta ya no poder aguantar más. Asomó lentamente la cabeza alrededor de la cortina, los ojos bien abiertos.

El cuarto estaba vacío.

Corrió de puerta en puerta, revisando las manijas. Cerradas. La que daba a la estancia con sofás, la que daba a la bodega y la que succionó a Jack. Eso dejaba la puerta que Stewart y Betty habían usado, y él no tenía intención de ir tras ellos.

Randy pegó la oreja contra la puerta, no oyó nada, revisó la manija. Sin llave. Sus intenciones apenas importaban ya.

Caminó de un lado al otro diez segundos, inseguro y nervioso. Si esperaba aquí, ellos podrían volver y dispararle como a una rata enjaulada. No tenía más alternativa que la de traspasar esa puerta.

Puso una mano temblorosa en la manija, la giró lentamente y la puerta crujió. Luz tenue. Ningún sonido. Tranquilizado, abrió la puerta del todo.

El corredor del otro lado de la puerta estaba hecho de vigas de madera sostenidas en gruesos postes. Suelo de piedra. Una bombilla en una viga emitía luz hasta el extremo opuesto, donde algunos peldaños daban contra una vieja puerta de madera.

Ni rastro de Betty o Stewart. Debieron de salir por uno de los tres pasadizos que cortaban la pared izquierda del corredor.

Al fijarse atentamente en el corredor, Randy quedó impresionado por la extensión de lo que había visto en el sótano hasta entonces. Se veía a las claras que los cimientos sobre los que se asentaba la casa no eran cuadrados, sino un laberinto de cuartos y pasillos. Esto quería decir que eran bastantes las posibilidades de que el sótano tuviera otra salida. Si tenía razón, ahora mismo estaba mirando una salida. La puerta del extremo del corredor tenía tres escalones en lo alto. El fondo era medio visible para Randy; la parte superior parecía tener tierra encima.

Betty había dicho: *Si quieres pasar de esta noche, abrámosle la puerta.*

¿Qué había querido decir? Esa puerta era la que le permitiría entrar a él.

White entra.

O Randy sale.

Se dirigió al pasadizo caminando de puntillas. El primero de los tres pasadizos cortaba la pared izquierda y terminaba en una puerta metro y medio adentro. Pero a Randy no le interesaba otra puerta. Ahora solo quería una cosa, y esta se hallaba al final del corredor.

Pudo ver que habían abierto un enorme candado y quitado el pasador de la puerta.

El corazón le palpitó con fuerza en el pecho. White podía estar al otro lado de la puerta, lo sabía, estaba seguro. Lo sabía y odiaba saberlo.

Si el asesino hubiera entrado, habría cerrado la puerta detrás de él, ¿verdad? Seguro que lo habría hecho. Por supuesto que Randy lo habría hecho. Se repitió eso miles de veces mientras se tranquilizaba sobre el suelo de piedra hacia la puerta de madera.

❧

Habían dejado la puerta abierta y se habían ido, como White pidió. Como exigió. Ahora una petición y una exigencia eran la misma cosa, porque ahora todos participaban en su juego.

Al ser parte del juego de White, lo hacen a la manera de White o a la de los muertos. Todos aprendían eso tarde o temprano.

Por supuesto, eso significaba que él también tenía que seguir las reglas. Sus reglas.

Las reglas de la casa.

Ahora había llegado el momento de hacer cumplir esas reglas. Un poco de disciplina para meterlos en vereda.

Descendió los escalones con paso firme. Se enderezó la gabardina, respiró profundamente y abrió la puerta de un empujón.

Luego White, que en realidad era negro, entró en su casa.

❧

Randy estaba al lado del segundo pasadizo cuando la puerta osciló hacia adentro y las botas apretaron el paso de lluvia torrencial, sobre el umbral y sobre el descansillo de hormigón.

No había ni sombra de confusión en la mente de Randy acerca de la identidad de esta persona. La forma de esas botas negras, el largo de la gabardina; todo esto estaba estampado en la memoria de Randy con suficiente claridad para llenar mil horas de terapia. Se trataba del asesino que todos habían visto en el sendero que llevaba a la casa.

Dos cosas lo salvaron en esos primeros instantes. La primera fue que el asesino no tenía una vista directa del corredor mientras descendía los peldaños de este lado del descansillo. El techo le cortaba la visión.

La segunda fue que Randy reaccionó por instinto, antes de percibir por completo el peligro en que estaba. Giró a su izquierda. Dentro del pasadizo.

Contra la pared.

Una vez allí, se quedó paralizado. Pudo haber tratado de entrar un poco más, por la puerta, lejos del asesino, pero se paralizó.

Y esto también le pudo haber salvado la vida. No tenía ilusiones de que White fuera ningún leñador corriente con tendencia a matar extraños. Golpearía a Randy como a un vulgar cerebrito. Sin duda, el más leve sonido lo alertaría.

La respiración de Randy volvía a ser jadeante.

Se tapó la boca con la mano y se obligó a controlarse los pulmones. No podía controlar el corazón, pero dudó que el otro fuera tan dotado como para oír sus latidos.

White reenganchó el pasador y cerró el candado, sin pretender salir sigilosamente.

Apretó el paso hacia el suelo de piedra, luego se detuvo. Randy no necesitaba ojos para ver lo que estaba ocurriendo. White estaba mirando por el pasillo, creyendo haber oído algo fuera de lugar. El palpitar de un corazón. Un apuro al respirar. La filtración del sudor.

Silencio, un buen rato. Luego las botas de White se movieron, doce o quince pasos. Se detuvieron otra vez.

En alguna parte se estaba escurriendo agua. En ese momento Randy sintió que se desvanecían sus últimas reservas de fortaleza. Empezó a sentirse demasiado relajado.

Y, mientras lo hacía, una extraña especie de resignación —no, de paz— empezó a darle vueltas en la mente. Una silenciosa resolución de no preocuparse. De no agotarse peleando con White. De no consumirse huyendo. No tenía fuerzas para huir. O para resistir. En un rincón de su mente se preguntaba si no sería mejor tratar de llegar a un acuerdo con White.

Durante unos segundos, eso le supuso una eternidad, no iba a pasar nada. No podía oír la respiración de White, así que tal vez este no podía oírle a él.

Las botas se dirigieron al estudio. Una puerta se abrió y se cerró.

Randy se deslizó hacia el frío suelo de piedra. Bueno, tal vez a él le importe poco.

—¡Toma, vampiro enfermo! —masculló bajo su aliento e hizo crujir los molares.

Estaba temblando. Pero vivo.

Leslie había desaparecido entre esos pasillos. Al menos de eso estaba muy seguro. ¿Estaría viva? El pensamiento lo sorprendió, más porque era la primera vez que pensaba en el asunto, que porque se preocupara de la seguridad de ella. Es asombroso lo rápido que un poco de estrés puede reorganizar prioridades.

Se odió. En realidad siempre se había odiado. Si se las arreglaba para sobrevivir esta noche, quizás podría ocuparse de eso.

Ahora la salida estaba cerrada. El cuarto del que había venido estaba cerrado.

Randy volvió al pasadizo en que había estado y revisó la puerta del fondo. Llevaba a un pequeño cuarto de colada. A su derecha tenía la puerta de un armario. Cada estancia de la casa parecía tener uno. Examinó las paredes. Palas, cubos, una horca de labrador, rastrillos. Varios rastrillos.

Una escopeta.

Randy parpadeó ante el arma inclinada en el rincón, inseguro de que sus ojos estuvieran viendo correctamente. Sin embargo, allí estaba: una cosa de un solo cañón que parecía tan vieja como la casa. La pregunta era: ¿funcionaba? Amartilló el cañón para abrirlo en su gozne. Dos balas. Miró alrededor. Revolvió entre tarros de clavos y cajas de bombillas sobre un estante. Nada que pareciera municiones. Tendría que apañarse con dos balas.

Una puerta se cerró de golpe y sonaron pasos en el corredor del que él acababa de venir.

Clack, clack.

¿*Clack, clack* de Betty? ¿De Stewart? ¿O de White?

Randy agarró el arma tan silenciosamente como le fue posible y se dirigió hacia el armario con la agilidad de un gato. Sin embargo, mientras se movía comprendió que ya no sentía pánico.

—¿Stewart? —preguntó Betty.

Abrió el armario de un tirón, vio que dentro tenía el suelo como treinta centímetros más bajo que el del cuarto de la colada, y los bajó.

¿Estaba asustado? Seguro. Pero ya había llegado hasta aquí. Cerró la puerta, pensando que donde había entrado no era en absoluto un armario.

Randy se dio la vuelta en aquel espacio. No era un armario. Ni nada parecido. Estaba en una especie de oscuro túnel de hormigón. Iba desde la puerta a la derecha y a la izquierda.

¿*Crees que habrán llegado al túnel?* Quizás debería reconsiderar el asunto. Una rendija débilmente iluminada marcaba el contorno de la puerta del cuarto de la colada. Pero Betty estaba en alguna parte al otro lado.

Se vio de nuevo frente al túnel. Tal vez, solo tal vez, tendría una salida. Había visto la lluvia torrencial cuando White entró en el sótano... si encontraba agua de lluvia, simplemente podría encontrar una abertura o algo parecido.

Miró a uno y otro lado y, como parecía no haber motivo para ir en dirección alguna, giró a la izquierda y caminó, escopeta en mano.

Tenía un arma, eso era lo importante.

Se topó entonces con que la débil luz venía de la rendija debajo de la puerta. El túnel estaba oscuro adelante. Y detrás.

Habría dado unos veinte pasos cuando se oyó un fuerte sonido metálico en el túnel. Como una escotilla abriéndose. Atrás, retroceso. Giró. Un retroceso demasiado largo como para ver nada.

Algo había entrado en el túnel. Algo pesado. Y algo que podía correr. *Tas, tas, tas, tas.* Se dirigía directamente hacia él. Una respiración firme pero pesada seguía tras el eco de las pisadas.

Randy giró y corrió para salvar la vida.

12

LESLIE PODÍA VER DE DOS MANERAS EL APRIETO EN QUE ESTA-
ba: había escapado de la bestia, o más bien había saltado de la sartén
al fuego.

O al infierno. A decir verdad, no sabía en qué se había metido.

En su terror por escapar de Pete, Leslie vio al principio la puerta
abierta del sótano como su único escape. Casi ni cayó en la cuenta
de que ya antes les habían advertido que no entraran. Fue el olor lo
que le recordó la advertencia de Betty. La invadió el hedor a huevos
podridos en el momento en que puso el pie en el suelo de hormigón.
Pero para entonces era demasiado tarde. Arriba se oían los resoplidos
de Pete y sabía que iba tras ella. Mirando hacia atrás, Leslie corrió
hacia delante, bajó por el corredor, pasó tres puertas antes de girar
en otro pasilllo a su izquierda. Trató de controlarse la respiración.

No se podía quitar de encima la sensación de que había entrado en
algo más que un sótano común. En primer lugar, había demasiados

cuartos y, en caso de que esos pasillos fueran algún indicio, el espacio se extendía más allá de lo que creía razonable para el tamaño de la casa que tenía encima.

Pero la compulsión por escapar del hombre que bajaba estruendosamente las escaleras detrás de ella quitó en aquel momento toda cautela de su mente. Casi no importaba que el pasillo de hormigón al que había entrado estuviera chorreando agua y que solo lo iluminaran aquí y allá unas bombillas descubiertas; casi ni calculó que había demasiadas puertas. La insinuación de que ya estaba perdida solamente le pasó una vez por la mente.

Leslie caminó más deprisa de puntillas, alrededor de una esquina, por una entrada, dentro de un pasadizo más pequeño, hasta el fondo, y se encontró con una puerta a su izquierda y otra a su derecha. Prefirió la de la derecha.

Entró en la estancia sin examinarla. Cerró la puerta y la trancó, convencida de que la cerradura no se podía abrir desde el otro lado. Pero estaba demasiado nerviosa para abrir la puerta y asegurarse.

Leslie se dio la vuelta y observó el cuarto en que había entrado. Su respiración se detuvo casi de inmediato.

No por el miedo.

Ni por la impresión.

Ni porque estuviera sufriendo un ataque cardíaco.

Su corazón comenzó a latir aceleradamente. Ella había estado aquí, podía jurarlo. No se trataba de una habitación cualquiera. Esa sensación de haber estado ahí antes la invadió de manera tan fuerte que no la podía distinguir de la realidad.

Leslie se paró en una gruesa alfombra turca. Morado y anaranjado fueron los primeros colores que vio, pero rápidamente se les unió un sorprendente despliegue de colores inverosímiles para un cuarto sin ventanas enclavado en el rincón de un laberinto en un sótano. Colores brillantes: verde, azul y rojo.

Pero no fueron los colores los que la atrajeron. En ese cuarto había un orden que le pareció tranquilizador. Casi seguro, porque casi podía borrarle lo pasado. Era como enfrentarse a un monstruo conocido y saber que, haga lo que haga, serás mejor que él y escaparás con vida. Así que en realidad estarás segura. Incluso tendrás el control.

El cuarto la envalentonó. Leslie había estado ahí antes y había escapado de cualquier horror que transmitiera la historia. Ese cuarto era la razón de que hubiera decidido estudiar psicología. Su fascinación por la mente humana comenzó con su propia necesidad de comprender cómo ella podría sufrir lo que había sufrido de joven y superarlo todo, igual que millones de otras mujeres.

Situada contra la pared principal había una cama de matrimonio con un dosel destrozado de terciopelo rojo. Cortinas en el otro lado. Encima un grueso edredón de color azul lavanda con no menos de una docena de agujeros roídos por las ratas.

Leslie caminó hacia delante y puso la mano sobre el edredón, una obra de retazos de terciopelo satinado. No, no era un mero producto de su imaginación. Estaba aquí, en una habitación del fondo de un laberinto de pasadizos, enfrentada a un terror tan grande que la estaba haciendo alucinar.

Franjas de tela roja, violeta y azul colgaban del techo para ocultar el mohoso hormigón, el cual aún se veía en algunos espacios. Detrás de la tela, el cuarto estaba iluminado por sucesiones de luces blancas como las navideñas... un intento de alguien por aclarar el ambiente.

Había un tocador blanco con un espejo, de esos en los que destaca el color rosa, propio de la habitación de una niña en un cuento de hadas. En realidad era muy parecido al tocador de su propio cuarto cuando tenía nueve años.

Las paredes estaban abarrotadas de retratos pintados, espejos, platos de porcelana, candelabros. Muchos candelabros. Varias docenas de velas. Una enorme estrella de cinco puntas pintada en la pared entre dos de los candelabros. No la sorprendió.

La otra característica que destacaba para Leslie en su primer examen de la habitación fueron las dos máquinas de videojuegos al otro lado del tocador. Una era una máquina Batman, la otra era una máquina Barbie. Al lado de ellas, pegado a la pared, había un enorme tablero redondo de dardos que giraba sobre un eje. Como los que se usaban en las exhibiciones de lanzamiento de cuchillos.

El agradable aroma de rosas mezclado con vainilla llamó la atención de Leslie. Investigó de dónde venía, petrificada por la extraña combinación de terror y deseo. La mitad de ella le ordenaba huir, escapar de la casa y de sus extraños habitantes.

Pero la otra mitad le sugería que respirara hondo y dejara que el aroma calmara sus nervios crispados. En su antigua casa, su abuela solía perfumar las almohadas rellenas con vainilla y popurrí, y el olor siempre había producido una limpia calma en Leslie, aun en los peores momentos.

Como ahora.

Allí tenía que haber una explicación para la inquietante familiaridad de esa estancia. Si se tomaba las cosas con más calma y aplicaba la mente, lo entendería todo. Siempre se había dicho eso y siempre funcionaba.

Leslie caminó hasta el tocador y se concentró en el olorcillo de un tazón de popurrí. El acre aroma de lavanda y vainilla penetró profundamente en sus fosas nasales. No más rosas. Cerró los ojos y exhaló lentamente. La emoción aumentó y por un momento creyó que iba a llorar. Tragó con dificultad, melancolía. Un leve temblor le llegó a la boca y se mordió el labio.

Piensa, Leslie, ¡Piensa! Estás permitiendo que la emoción dirija tu mente.

Estaba allí por una razón, ¿no? Es posible que cuatro viajeros nunca pudieran encontrar la manera de entrar en una casa tan extraña sin que los condujera alguna detallada intriga. Sea quien sea este asesino al acecho, no era del estilo de Jason con un machete. Era un pensador más profundo, mucho más profundo.

Otro aroma se mezcló con la vainilla y Leslie abrió los ojos. Había un tazón de crema al lado de una vela. Sin pensar, encendió la vela con unos fósforos que había a un lado.

La crema la atrajo. Levantó el tazón y lo olió. No era una crema fresca. Pudin de vainilla con un poco de caramelo.

De nuevo sin pensar, Leslie metió un dedo en la crema y se lo puso en los labios. El dulce sabor de pudin de caramelo era inconfundible. Ahora de modo impulsivo, metió cuatro dedos dentro del tazón, sacó un puñado de pudin y se lo metió en la boca. Una gotita cayó en el seno de su blusa roja. Lo rebañó con el dedo y también se lo comió.

Durante breves instantes le horrorizó comprender lo que había hecho. Era algo inexcusablemente irracional. Y entre todas las personas, ¿por qué a ella —que tenía tanto control, que caminaba en lo alto de la razón y la lógica de manera que su mundo tuviera sentido— se le había ocurrido comerse ahora de un tazón en el dormitorio de un extraño?

Tendría que estar vomitando y buscando una salida.

En vez de eso, gimió, con los dedos metidos en la boca, como una niña que roba algo rico de la nevera una hora antes de cenar, cuando sabe muy bien que su madre lo reprobaría.

Sin embargo, era tan fuerte el aroma a pudin de caramelo, y tan dulce el sabor prohibido, que había que ser transigente con reglas así, en particular cuando el resto de su vida era un infierno.

Leslie se quedó inmóvil, con los dedos en la boca. En su confusa mente entró la claridad del aprieto en que se hallaba. Ella era una mujer de casi treinta años, no una adolescente robando pudin a hurtadillas antes de cenar. Peor aún, era una mujer hecha y derecha en un sótano que pertenecía a Pete...

La puerta del armario se abrió detrás de Leslie. Dejó caer el tazón sobre el tocador y se giró, lanzando un grito ahogado.

Pete se quedó parado en la entrada, con los ojos fijos en Leslie, que tenía pudin en los labios y en los dedos. Le miró la boca y los dedos, y el tazón que tenía detrás. Pero no sonrió. No mostró una sonrisa de malvada intención. No se acercó a ella por la fuerza.

Solo la miraba como el que ve un venado ante los faros.

El tiempo pareció detenerse.

—Mi habitación —expresó finalmente Pete, con la voz henchida de orgullo.

Soltó la puerta del armario y entró.

El cuarto de Pete.

—¿Te gusta mi habitación? —preguntó el gigante como un niño curioso.

Leslie enfrentaba una decisión crítica. ¿Le seguía el juego o le escupía en la cara?

Dirigió una larga mirada a la puerta cerrada al lado derecho de Pete, y una larga mirada a él, que esperaba una respuesta. Pero estaba viva. Además, toda su vida se había mantenido viva por jugar con inteligencia. Por seguir el juego de los demás. Hoy era solo otro día en el juego, aunque en este en particular parecía jugarse mucho más de lo habitual.

La mente sobre la materia. La existencia consistía en ganar y perder en la mente, fin de la historia. De modo que ella se enfrentaba aquí a un hombre que era su adversario más en la mente que en el cuerpo. Y, de los dos, ella tenía la mente más fuerte.

—Sí —contestó ella—. Sí, Pete, me gusta tu habitación.

Pete se iluminó como el sol, corrió hacia la cama y enderezó la colcha. Recogió una vela que se había caído al suelo y la reinsertó afanosamente en su sitio, todo esto con la mirada fija en ella.

Cuando terminó se agarró las manos detrás de la espalda como si dijera: *Vamos, ya está perfecto.*

—Tenemos que estar en silencio —dijo él, revoloteando los ojos hacia la puerta—. Mamá nos oirá. Ella no debe venir aquí.

La vela que Pete acababa de poner en su sitio perdió el equilibrio y cayó, rodando por el tocador, y fue a parar al suelo. Él pareció no notarlo. Sus ojos estaban fijos en ella de manera particular.

En ese momento se le ocurrió a Leslie que en realidad no se sentía amenazada por él. No era más que un niño demasiado grande.

Luego recordó dónde estaba y le volvió el temor, una nueva clase de miedo motivado más por lo que había fuera de ese cuarto que por Pete.

Una imagen de Stewart se deslizó en su mente. Él parecía inclinado a darle al asesino un cadáver. Betty podría ser la mejor esperanza para la supervivencia de Leslie. ¿Seguirían vivos los demás? ¿O estaban heridos en la cámara de la carne?

Leslie se imaginó a Jack entrando de golpe por la puerta con una escopeta. ¿Jack? Sí, por supuesto, Jack. Randy no tiene suficiente firmeza de carácter para salvar a nadie, hasta él lo sabe. Ella lo usaba a él como él a ella, pero en un momento como este Randy era inútil. Jack... sintió que Jack era un animal totalmente distinto.

El pensamiento la sorprendió. ¿Acaso deseaba que Jack entrara de repente y le metiera una bala a Pete en el cráneo?

Sí, pensó. Eso quería. Una bala por esa frente, sin importarle que el mismo Pete pudiera ser otra especie de víctima, parecía el final adecuado para este juego mental en que ella nunca había querido participar.

Pero, aparte de eso, tenía que jugar con inteligencia. Manipular. Millones de años de evolución habían convertido la mente humana en un asombroso instrumento recursivo de supervivencia, capaz de mucho más de lo que exigía la vida común. Había leído montones de casos que demostraban tal realidad y ahora ella se convertiría en uno de esos casos.

—Me gusta mucho tu habitación... mucho —contestó Leslie sonriendo y agarrándose las manos en la espalda para corresponder a la postura de él.

Pete se sonrojó. Se sentó con cuidado en un sillón reclinable muy estropeado, se inclinó hacia delante y la miró como si no estuviera seguro de qué hacer con su pesca.

Leslie demostró interés examinando más de cerca el cuarto, tocando las velas, palpando la colcha, oliendo un poco los demás tazones de cerámica llenos de popurrí.

Podía sentir la mirada de él, adorándola. Pero de modo amenazador. Ella habría esperado que el terror le inundara la mente en un momento así, pero no fue así. Se dijo a sí misma que estaba por encima de eso. Ser objeto de una adoración tan pura y quizás hasta inocente le pareció interesante en cierto sentido, aun en este sombrío rincón del infierno.

Tal vez precisamente ahora, en este sombrío rincón del infierno, fuera donde la más leve concesión de sufrimiento apareciera como un faro brillante de esperanza.

El aroma del azufre parecía haberse disipado un poco. Quizás se debía al popurrí.

—¿Dónde conseguiste el popurrí? —preguntó ella.

Una extraña primera pregunta de una cautiva, pero una pregunta inteligente. Tenía que jugar con inteligencia. Entretenerlo para tener la sartén por el mango cuando se presentara la oportunidad.

—¿El qué?

—Esto —explicó ella, levantando el tazón—. Huele bien.

—Es para ti —contestó él con la mirada fija en ella.

Mucha sinceridad, mucha inocencia en la voz de Pete...

—Gracias. ¿Dónde lo conseguiste?

—De la casa —dijo.

—¿Quieres decir de arriba?

—A veces. Hay otras casas. ¿Te gustan los retratos?

—Sí —contestó ella, dejó a un lado el popurrí, se dirigió a su izquierda y examinó las fotos—. ¿Conoces a algunas de estas personas?

—No. Pero ahora ya no estaré solo.

Significaba que ya la tenía agarrada. Ella sintió repugnancia por unos instantes, pero la sensación pasó. Debía controlar la conversación, mantenerlo en la senda de ella.

—Sobre todo me gusta el tocador. Me recuerda... —se detuvo frente al espejo.

No se podía ver. El espejo reflejaba el cuarto, pero no a ella.

—¿Qué le pasa a este espejo? —preguntó, dándose la vuelta.

—No funciona —contestó él.

—Pero... —Leslie volvió a mirar el espejo—. Pero refleja otras cosas. ¿Por qué no me puedo ver?

—Está estropeado —dijo él.

Leslie se estremeció. Estrechó sus brazos desnudos. Nunca había oído algo así. Estiró la mano y tocó el vidrio. Normal, hasta donde pudo ver.

Inteligente, Leslie, sé inteligente. No pierdas la calma.

—¿Te puedo hacer algunas preguntas, Pete? —dijo frente a él.

—Sí, podemos hablar. Me gustaría hacerlo —respondió él poniéndose de pie, desabrochandose la pechera del mono y quitándose la camiseta; mostró los bíceps y sonrió de oreja a oreja—. ¿Crees que soy fuerte?

El alarde musculoso del gigante la desconcertó tanto que no le contestó.

La sonrisa de él se desvaneció.

Ella se sorprendió y dejó ver su disgusto.

—Sí —contestó al fin—. Sí, eres muy fuerte.

—Te puedo lanzar —expresó él, animado otra vez.

—Sí, supongo que tú...

—¡Mira! —exclamó él, corrió hacia el armario, abrió un cajón y sacó una gran bolsa morada de comida para perros marca Purina—. Cereal. Te hace fuerte.

—Estoy... estoy segura que así es. ¿Cuánto tiempo has vivido aquí?

—¿Quieres ser fuerte?

—Quizás. ¿Pero podemos hablar primero?

Él le ofreció la bolsa, mirándola aún a los ojos con asombro infantil, le tomó la mano izquierda y se la puso en el pecho de él. Luego sacó sus músculos.

No había lugar para la vergüenza. No era necesaria. Ella estaba jugando su juego y eso significaba hacer lo que él esperaba. Hasta cierto punto.

Leslie movió los dedos sobre la tez de Pete, sintiendo el músculo tensado bajo la piel.

—¡Vaya! — exclamó ella, y una pequeña parte de sí misma lo dijo en serio.

El pecho era frío y suave. Tal vez se lo había afeitado. Piel blanca, casi traslúcida, pero no mostraba venas. Piel suave como pétalos de lirio blanco, más suave que la de ella. Pero, debajo de la piel, músculo como roca.

Leslie lo masajeó y levantó la mano hasta su hombro, donde los músculos se dividían como cuerdas. ¿Qué estaba haciendo? Obligó a su mano a retroceder, horrorizada por su fascinación momentánea.

—Eres muy fuerte —comentó ella, y cubrió de inmediato su rechazo con una sonrisa.

—Gracias —aceptó él.

Pero él no se movió. Su aliento era duro.

—Pues bien, ¿cuánto tiempo llevas viviendo aquí? —se volvió a dirigir a él, apartando la mirada, deseosa de impedir que continuara ese momento.

—¿Quieres ser fuerte como...?

—Si quieres que yo sea tu esposa, tengo que saber más acerca de ti, ¿entendido?

Su reto lo pilló desprevenido.

—Por favor —continuó ella—. Solo quiero saber más de ti.

—Mucho tiempo —dijo él, retrocediendo, inseguro.

—¿De dónde eres?

—Del circo —contestó frunciendo el ceño—. Éramos gitanos y nos divertíamos mucho. Pero entonces Stewart mató a un hombre y también mamá. Yo también maté uno. ¿Tú lo has hecho?

—No. No creo que matar sea algo bueno.

—Tienes que ser fuerte.

—¿Cuántas personas has matado?

Él se encogió de hombros.

—White también mata gente —dijo sonriendo—. Él es fuerte.

Leslie debía hacer que siguiera hablando.

—¿Quién es White?

—¿White?

—Sí. ¿Quién es?

—Creo que va a matarnos si no matamos a la chica.

—¿Qué chica?

—Susan.

—¿Hay una chica oculta aquí abajo?

La luz de los ojos de Pete se apagó. La expresión de su rostro cambió de inocencia infantil a irritación.

—No te gusta Susan. ¿Por qué?

Sin pensarlo, Leslie se había metido en el papel de psicoanalista.

—Ella es peor que White.

—¿Peor que el asesino? ¿Qué es lo que hace?

La mirada de él se ensombreció. Se le hundió la piel debajo de los ojos y empezó a mirar a Leslie como si estuviera enfermo.

—No puedes confiar en ella —le indicó él.

Pete cerró con fuerza los ojos y gritó. Leslie contuvo el aliento y retrocedió. Pero él se detuvo con la misma rapidez con que dio rienda suelta a las terribles emociones.

Abrió los ojos. La miró, perdido.

¿Habría oído alguien su grito? Por favor, Jack. Por favor, dime que lo has oído.

—¿Por qué quiere matarla White? —preguntó ella.

No hubo respuesta. Solo esa mirada en blanco.

—Tengo que saber cosas si voy a ser tu esposa.

Pete se negó a contestar.

—¿Por qué no puedes encontrarla? Este es tu sótano, tu casa.

—Ya no quiero hablar más.

—Tienes que contármelo todo —presionó Leslie, aunque sabía que lo estaba perdiendo—. Tengo que saber más sobre la chica. Tengo que...

—¡No! —exclamó, mientras el rostro se le enrojecía.

Lo había presionado demasiado.

—Lo siento. No hablaré de ella.

Se quedaron frente a frente en un largo silencio. Pete aún sostenía la bolsa de comida para perros. Metió la mano dentro de ella y sacó una taza llena del producto, luego depositó la bolsa.

—Te gusta mi pudin —dijo él—. Es vainilla. Mezclaré más con agua y lo pulverizaré para ti.

Corrió hasta el armario, tomó del suelo un tazón lleno de agua y regresó, echando el contenido del tarro dentro del tazón.

—¡Te hará fuerte! Como yo.

Leslie parpadeó ante el mejunje que había mezclado. Miró el tazón de pudin que había comido unos minutos antes. Era lo mismo. Pero había desaparecido su atractivo. Por completo.

—Cómetelo —ordenó él, poniéndole el tazón en la cara.

Leslie volvió el rostro ante el fétido olor. No solo era comida de perros, era comida podrida de perros. Se acordó de cuando metió los dedos tan ansiosamente y palideció.

—Ya he comido un poco —dijo ella.

—Pero tienes que terminar. Mamá lo dijo. Te hará fuerte como yo —repitió él—. Cómetelo.

—No... No, de veras, no puedo.

—¡Sé que te gusta! ¿Ves? —explicó él mientras sacaba con los dedos un poco de la mezcla y se la metía en la boca—. Dulce. ¿Ves?

Él agarró la bolsa y le mostró la foto del enorme filete jugoso que evidentemente atraía a los perros que comían esa marca en particular.

—No voy a ingerir comida para perros —contestó ella—. No me gusta la comida para perros.

A él se le mudó el rostro y se le aflojó la mandíbula. Ella lo iba a hacer sentirse nada. Pero aquí estaba marcando la línea. Si volvía a oler esa papilla se lo tiraría todo encima.

—Cómetelo — rogó él—. Mi mamá me lo hacía comer y ahora soy fuerte.

Ella solamente lo miró.

Pete metió los dedos en la papilla y le acercó un puñado.

—Aquí, por favor... por favor —le suplicó llegando directamente hasta ella y poniéndole la mezcla en la cara.

Ella se alejó y empujó con la mano.

—¡Para! Yo... —señaló ella.

—Estabas comiendo, ¡yo te vi! —la acusó él mientras la agarraba del pelo y trataba a la fuerza de meterle la papilla en la boca—. ¡Cómetelo!

—¡Para! —ordenó ella dando golpes y llena de pánico.

El tazón voló por el aire y cayó boca abajo sobre el hormigón.

Pete miró impresionado la suciedad. Se le ensombreció el rostro. Lentamente, levantó los enfurecidos ojos. No se necesitaba ser psicóloga como Leslie para comprender que había cometido una terrible equivocación.

Él gritó largo y fuerte. Luego recogió la papilla del suelo y la devolvió al tazón.

—¡Tú eres mi esposa! —manifestó poniendo el tazón frente a ella—. ¡Cómetelo!

13

AL PRINCIPIO, JACK NO ESTABA SEGURO DE ESTAR VIVO.

Debía de estarlo. El corazón aún le palpitaba, los pulmones inhalaban y exhalaban... el aliento le resonaba dentro de la oscura cámara hacia la que había sido succionado.

Quizás estaba inconsciente. Se había golpeado tan duro contra la pared que se quedó sin sentido. Pero movía las manos por debajo, tanteando en la húmeda superficie de hormigón.

¿Tenía abiertos los ojos? Sí. Solo que estaba demasiado oscuro para ver nada.

Jack se esforzó para ponerse sobre las rodillas, luego se volvió y se sentó, intentando despejar la mente. ¿Dónde estaba Randy?

Lentamente, reconstruyó los acontecimientos que lo habían llevado allí. Betty y Stewart, el asesino, la casa, el sótano. El armario negro, suponiendo que estuviera dentro de un armario.

Ya no había tarareo. Nada más que su propia respiración.

Se puso en pie temblorosamente y palpó a su alrededor. Una pared a su espalda. Hormigón. No logró sentir ninguna puerta.

Se movió lentamente con las manos extendidas. Nada. Caminó un poco más, pero ya no podía decir en qué dirección avanzaba. No sin luz.

El encendedor. Buscó en el bolsillo, distinguiéndolo de los casquillos de repuesto de la escopeta, y lo sacó. Menuda brillante idea la de poner esos dos artículos en el mismo bolsillo. Anotó mentalmente la observación de no volver a hacerlo y encendió el mechero. Este se prendió en el segundo intento.

En las dos direcciones había un largo pasillo de suelo áspero de hormigón y techo arqueado de ladrillo. La puerta... allí.

Se volvió y trató de abrir la puerta, pero estaba fuertemente cerrada.

Ahora no había corriente de aire. ¿Qué lo había succionado entonces? ¿Podía una corriente subterránea de aire ser tan fuerte para hacer eso?

No digan que no se lo advertimos.

Jack sintió que le corría un nuevo tipo de miedo por los huesos. *Bienvenido a mi casa.* ¿Y si White sabía algo acerca de esta casa que ninguno de ellos había imaginado? ¿Y si todo este juego tenía que ver con la casa? ¿No con White, ni con los anfitriones, solo con la casa?

Trató de desechar ese pensamiento. No tenía sentido. Una casa era una casa. White, por otra parte, era un psicópata demente impulsado por sus ansias de matar. La casa podría ser parte de su enfermiza conspiración, pero ellos tenían que comprender la verdadera amenaza: carne y sangre, no hormigón y ladrillo.

Ellos. Tenía que volver junto a los demás.

Jack respiró hondo y se concentró en calmar el temblor que había en sus manos, en el silencio, en la quietud, en no saber qué le perseguía, o por qué. Debería estar corriendo por ese túnel, desesperado por encontrar una salida, en vez de permanecer ahí paralizado, pensando.

Pensando y, de repente, mareado. Se le ocurrió que estaba respirando demasiado fuerte. Cerró la boca y respiró por la nariz.

El encendedor se calentó y él soltó el botón del gas. El túnel se ennegreció. Esperó unos cuantos segundos y luego lo volvió a encender.

Las dos direcciones le parecieron iguales, así que se dirigió a la derecha. La corriente de aire había venido de alguna parte, quizás de una abertura más allá de la casa. Si lograba encontrar la salida escaparía de White, se dirigiría a la carretera y regresaría con las autoridades.

Pero sabía que Leslie no sobreviviría a eso mucho tiempo, aunque fuera una mujer fuerte. Tal vez por eso decidió acudir a ella.

A Randy no le importaba. Lamentable pero cierto. Jack había llegado a la conclusión de que el tipo ese era un cerdo egoísta.

Stephanie... también entraba en la categoría de egoísta. No, no estaba seguro de cómo se sentía respecto a ella pero, sinceramente, ahora mismo no le importaba si seguía o no dentro de ese armario. Ella podía tomar su decisión y dejar que al fin llegase la conclusión natural. ¿Cuánto tiempo más podría protegerla de sí misma? La soportaría como siempre lo había hecho, pero cada vez se volvía más y más difícil...

Jack se detuvo. Él no era un amargado por naturaleza. ¿O sí? No. Steph se llevaría la culpa de haberle provocado esa amargura. Gimió. El sonido resonó en la cámara. Su luz alcanzaba unos siete metros antes que la oscuridad la superara. ¿Por qué no estaba corriendo? No era el momento de dar un paseo dominical por ese túnel.

Dejó otra vez que se apagara el encendedor. En ese momento, en la oscuridad extrema, el terror que había sentido antes volvió rugiendo a la superficie, ahora sin distraerlo de sus pensamientos.

Había algo maligno en la casa.

Jack debía encontrar una salida antes de que el mechero dejara de funcionar. ¿Cuánto tiempo llevaba ahí? Lo encendió de nuevo y comenzó a correr.

Desde alguna parte más allá de las paredes de ladrillo le llegó un prolongado grito. Se paró y dio media vuelta. El grito continuó, un gemido ronco que parecía más masculino que femenino.

Terminó de repente.

Jack corrió diez metros y se detuvo al resbalar cuando el túnel terminó de súbito en una gran puerta de madera. Tiró de la manija. Cerrada. Igual que las otras miserables puertas de ese miserable sótano.

Regresó corriendo por donde había venido. Le tomó menos tiempo, mucho menos, llegar al otro extremo del túnel.

También sin salida. La misma clase de puerta. Cerrada.

¿Cómo era posible? ¿De dónde había venido la corriente de aire? Él había entrado, ¡allí debía haber una salida!

El encendedor no iba a durar para siempre. De todos modos, ¿cuándo duran estas cosas? La idea de estar atrapado para siempre en un oscuro túnel de hormigón lo llenó de una nueva urgencia. Algo parecido al pánico.

Jack buscó la puerta que había atravesado. Tal vez podría volver al estudio.

Se desplazó a lo largo del túnel. Nada. La puerta había desaparecido.

Imposible. Regresó hasta el otro extremo corriendo, con una mano sostenía el encendedor y con la otra impedía que se apagara.

Pero nada había cambiado. La puerta de madera estaba cerrada. Le dio una patada y descubrió que era sólida. Giró el pomo en vano.

Una última carrera hasta el extremo opuesto rubricó su idea de la situación.

No había salida.

El débil sonido de un canto llegó a sus oídos. La misma voz que había escuchado varias veces desde que entró en la casa. Un dulce canto atrapado en su cabeza.

La llama estaba comenzando a menguar. Era necesario ahorrar el combustible, no sabía para qué, pero le aterraba pensar en que se agotara.

Jack se deslizó en la pared hasta quedar sentado, dejó que el túnel se oscureciera e intentó disminuir el ritmo del pulso.

Había ocasiones en que ser una psicóloga entrenada venía muy bien, como las veces en que una hábil manipulación mental justificara sus decisiones y su pasado; pero había momentos, como ahora, en que era tan útil como ser titulada en hacer rodar piedras. Leslie consideró esta realidad en el fondo de su mente, donde el subconsciente estaba ya haciendo de las suyas.

Le dolía la cabeza. Deseaba satisfacer las expectativas infantiles de Pete, pero no podía obligarse a comer la papilla. A diferencia de él, ella no era una niña a la que habían amoldado a un patrón de conducta antes de que se le acabara de formar la mente. Su cerebro había aprendido hacía mucho tiempo que no era sano ingerir alimentos que olían como algo lavado en una alcantarilla. Ya la boca y la garganta estaban reaccionando... no podría querer la cosa esa aunque su vida dependiera de ello.

Y así iba a ser, pensó.

Se arrodilló en el piso frente a la papilla y comenzó a llorar.

Eso pareció suavizar a Pete. Retrocedió y la observó unos cuantos segundos. Minutos.

—Por favor —rogó él—. No quiero hacerte daño, pero tienes que ser una buena esposa y comerte el pudin. Te hará fuerte. ¿Quieres morir?

Ella lloraba demasiado fuerte como para contestar.

—No llores, por favor, no llores —le dijo él con desesperación.

—No puedo comérmelo —contestó ella, controlándose.

—Pero eres culpable —le reprochó él—. Si no te comes tu pecado, él te comerá, eso es lo que mamá dice. Tú ya has comido del
pudín. Te he visto. A todos les gusta el pudin cuando lo prueban.
¿Qué pasa con esta gente y el pecado?

—¡No soy culpable! —gritó ella, enojada ahora—. No me importa
lo que te haya metido en la cabeza esa bruja que dice ser tu madre.
¡Es nauseabundo!

Aunque chillara, ella era consciente de que había comido del pudin.
Con gran avidez. Y de que antes había comido algo parecido a ese
pudin, muchas veces. Como un cerdo revolcándose en su pocilga.

—Si tu madre te obligó a comer esta porquería, es una cochina
—espetó ella, enfurecida por el pensamiento.

—No, no, no, no —respondió él poniéndose las manos en las orejas y caminando de un lado al otro—. Culpable, culpable. Tienes que
comer, tienes que comer.

—Lo vomitaré. No puedo...

Él se agachó frente a ella, con la desesperación grabada en el rostro.

—Por favor, por favor —le rogó, apoyándose en una rodilla y
sacando con los dedos un poco de papilla—. Por favor, ¿ves?

Ansiosamente se metió la masa en la boca, con ojos suplicantes.
Le salieron gotas de sudor en la frente.

Bueno por ahora. Mente sobre materia. Comer esta basura era parte fundamental de la mente de Pete. Formaba parte de su religión. Tan
real para él como el cielo y el infierno. Una extensión de la fe que la
sociedad tiene en los inexistentes poderes de Dios y de Satanás.

Leslie nunca había odiado tanto la religión como en ese momento.

Tenía que intentarlo, debía mostrarle que al menos quería agra-
darle.

—¿Eres inocente? —preguntó Pete.

—Sí — contestó ella.

—¿Eres mejor que yo? —volvió él a preguntar, poniéndose de pie, indignado.

Según parece, la afirmación lo había ofendido profundamente.

Ella no sabía qué tenía en mente él. Si seguía desafiándolo, podría ver la necesidad de corregirla.

—No.

—¿Por qué entonces no comes como yo?

—Está bien, está bien, lo intentaré.

El rostro de él se relajó.

Leslie miró el tazón. Metió tres dedos en la mezcla pastosa y sacó una porción del tamaño de un caramelo. Había comido más que eso y lo había saboreado. Y sabía que lo que tenía en la mano era lo mismo. Sin embargo, ahora la apariencia y el olor le provocaban náuseas. Le empezó a temblar la mano.

Lo intentó, lo trató. Cerró los ojos y contuvo el aliento, levantó la papilla hasta la cara, abrió la boca y sintió náuseas.

El día sin comer le había dejado vacío el estómago, suspiró en seco dos veces. Luego lanzó la papilla de los dedos, se colocó en el lado opuesto y comenzó a sollozar.

—Mala esposa —susurró Pete caminando de lado a lado con los puños fuertemente apretados.

De dos zancadas atravesó el cuarto, le clavó una mano por encima del talle, con la otra la sujetó de la parte superior del brazo y la sacudió como si fuera una muñeca Barbie.

—Tienes que aprender —le dijo, y a continuación la lanzó contra la cama y se dirigió hacia el tablero redondo de tiro al blanco.

Desató rápidamente las correas del borde del tablero.

—¿Qué estás haciendo?

—Tienes que aprender.

La agarró y la tiró contra el tablero. La amarró fuertemente a la cintura. Luego a los tobillos, con los brazos y las piernas extendidas. ¿Iba a darle una paliza?

—Por favor...

Sacó un puñado de dardos de una lata que había en el suelo, puso a girar la rueda y retrocedió.

El mundo de Leslie se puso a dar vueltas.

—Avísame cuando hayas aprendido —le ordenó.

Sin duda estaba repitiendo el tratamiento que le había dado su propia madre, lo que en absoluto daba cabida a la lástima.

—¡Para! He aprendido... ¡Soy culpable!

Pete o no estaba convencido o quería jugar de todos modos. Lanzó su primer dardo.

Se lo clavó en el muslo.

Leslie gritó.

14

Dos sonidos le llegaron a Jack mientras estaba senta-
do en el sombrío silencio. El primero fue un grito distante. Esta vez
de una mujer.

El segundo fue otra vez el casi imperceptible tarareo. Más cerca,
mucho más que el grito.

Encendió el mechero y se puso de pie, escuchando atentamente.

¿Podrían ser las tuberías?

Se alejó de la pared y se detuvo.

Hm, hm, hm. No. No era la tubería. Era el sonido de una niña
tarareando, débil pero claro. ¡Como si estuviera en el túnel!

—¿Hola?

Su voz hizo eco y cesó el tarareo.

Jack se movió sigilosamente por el túnel, nervioso.

Hm, hm, hm. Adelante y a la derecha. ¿Cómo era posible? Él ya
había recorrido este túnel de arriba a abajo.

La cada vez más débil llama reflejó el borde de una pequeña puerta. ¿Cómo era posible que no la hubiera visto antes?

¿O era la puerta por la que había sido succionado, que había resurgido?

Levantó la luz.

La puerta era más pequeña que la que había atravesado, de poco más de un metro de alto. Se detuvo frente a ella.

Hm, hm, hm.

Luego silencio.

—¿Hola? —susurró, pero su voz aún pareció perjudicialmente enérgica en la cámara vacía.

Colocó la mano en la perilla, el corazón le latía con fuerza.

Esto es ridículo, Jack. Ábrela sin más.

Giró la perilla de la puerta y jaló.

Un pequeño espacio de almacenaje. Una niña, sentada en el suelo, apoyada contra la pared del fondo. Tenía el rostro pálido y los ojos cerrados.

Muerta.

Se apagó la llama en las manos de Jack y las tinieblas lo envolvieron. Accionó el encendedor, desesperado por luz, luz, cualquier clase de luz. Vamos, vamos. Estar parado en una entrada frente a una niña muerta no era la situación para...

La llama se encendió.

Los ojos de la niña estaban abiertos, mirándole, pero sin verlo. Opacos círculos grisáceos.

Él gritó y cerró la puerta de golpe. Se fue a tropezones hasta la pared opuesta.

Hm, hm, hm.

¿Más canto? ¿Estaba viva? ¿Por qué entonces le había parecido muerta? ¿Y cómo podía haber tarareado si estaba muerta?

Te estás volviendo loco, Jack. Tu miedo está distorsionando la realidad. ¡Está viva!

De todos modos, abrir la puerta otra vez parecía como...

¿Como qué? Ella era una víctima, atrapada y con necesidad de ayuda, y había estado llamándolos desde que entraron a la casa. Pero ¿por qué no gritaba?

Hm, hm, hm.

Jack se dirigió otra vez a la puerta, se esforzó por disipar sus temores, luego la abrió y entró.

El espacio de almacenamiento había desaparecido. En su lugar había un cuarto pequeño lleno de cachivaches, iluminado por una lámpara de petróleo. Ahora la niña estaba de pie, sosteniendo una tabla en las manos, lista para golpearlo. Su rostro era pálido y manchado, pero no muerto, y los ojos eran marrón claro, no grises como la tumba. Su cabello castaño estaba recogido a los lados y atado por detrás. Tendría unos trece años, pero tal vez no medía más de metro y medio.

Ella parpadeó, examinándolo. Pero no parecía asustada. Resuelta a golpearlo si era necesario, pero no asustada. A juzgar por las mantas arrugadas y las latas de refresco vacías, llevaba algún tiempo escondida en el cuarto.

—¿Estás... estás bien?

La niña masculló algo que él no logró entender. No estaba seguro de que estuviera totalmente lúcida.

—¿Estás bien?

—¿Parezco estar bien? —preguntó ella a su vez—. ¿Cómo se llama usted?

—Jack. Estoy... —echó una mirada al pasillo—. Estoy atrapado aquí abajo.

Ella bajó la tabla. Con cautela, salió del cuarto, echó un vistazo en ambas direcciones y lo miró. Parecía estar bien.

—¿Quién eres? —preguntó él.

Otra vez ella dijo algo suavemente, luego hizo una pausa.

—Susan —habló con más claridad—. ¿Está solo?

—No. Somos cuatro.

La niña caminó hasta Jack, dejó caer la tabla sobre el suelo y le estrechó la cintura con los brazos. Se aferró a él.

Jack le puso las manos en la cabeza, con torpeza. Evidentemente, era una víctima en el mismo aprieto que ellos. Dejó que se apagara el encendedor y la agarró con los dos brazos.

—Gracias, Dios —respiró ella —. Gracias, Dios.

Él quiso decir algo que la consolara, pero sus nervios estaban tan deshechos que no supo cómo reaccionar. Lo único que atinó a hacer fue acariciarle el cabello, se le hizo un nudo en la garganta.

—Todo saldrá bien —susurró ella —. Todo saldrá...

Él no logró captar el resto.

Qué extraño que ella dijera eso. La pobre niña estaba delirando. No quiso ni pensar en qué acontecimientos la habrían traído. O la mantenían ahí.

—Yo... parecía que estuvieras durmiendo o algo así cuando abrí la puerta la primera vez —comentó él—. Luego te he encontrado de pie. ¿Estabas cantando? ¿Por qué no has gritado?

Susan retrocedió.

—Hay algo malo en esta casa —dijo ella—. Lo sabes muy bien, ¿no es así?

—¿Algo malo?

—Está embrujada.

Jack no era precisamente un creyente en casas embrujadas. En realidad no creía en nada de eso.

—¿Cuánto tiempo llevas aquí? —preguntó él.

—Debemos darnos prisa —dijo ella mirando hacia una de las puertas cerradas de madera—. Ahora podrían encontrarnos.

Al temor de la pobre niña lo había reemplazado la desesperación, pensó él. ¿Era esto obra del asesino? ¿La trajo aquí como parte de su juego? Jack tragó saliva.

—¿Sabes cómo salir de este túnel?

—Ellos no saben de este cuarto —dijo ella, metió la mano en un bolsillo cosido delante de su vestido blanco de algodón, extrajo una llave y la mostró en alto.

—Chica lista —suspiró Jack aliviado—. Muy bien. ¿Sabes adónde lleva el túnel?

—Sí. Pero tienes que ser rápido.

—¿Conoces toda la casa?

—No.

Jack hizo una pausa por unos instantes. ¿Podía confiar en ella? Por supuesto que sí, porque ella estaba en el mismo aprieto que él. Seguramente no podía mirarla a los ojos y no confiar en ella.

—¿Sabes dónde está Pete? ¿O Leslie?

—¿Quién es Leslie?

Por supuesto.

—Una de nosotros cuatro. Estoy seguro de que está en alguna parte aquí abajo —dijo Jack y luego miró hacia el túnel—. ¿Qué clase de sótano es este?

—Uno monstruoso, desde luego. Sígueme.

—Espera. ¿Sabes cómo salir de la casa?

—¿Y tú?

Ella había esperado que él la llevara a un lugar seguro.

—No, todavía no —contestó él.

Ella asintió, sorprendentemente tranquila.

—Primero tenemos que encontrar a Leslie.

—Sígueme —dijo ella.

15

STEPHANIE SE SENTÓ EN EL ARMARIO, TEMBLANDO. Y LLO-
rando.

El apuro en que estaba se había vuelto totalmente...

No había palabras con que describir lo mala que era su situación.
Tal vez *iba a morir*. En realidad estaba agonizando. O había muerto
y ahora estaba en el infierno. El infierno del que los sacerdotes de su
infancia le habían advertido.

No lograba pensar con claridad. Estaba oscuro, solo había abierto los ojos para recordarlo. Con excepción de un distante silbido,
posiblemente lluvia, la casa estaba en silencio. Sin embargo, Betty y
Stewart estaban ahí afuera. Ella los había oído caminar ruidosamente por los alrededores después de escapar de la cámara frigorífica. Al
cabo de un rato los podía oír moviéndose alrededor y los olía cuando
pasaban. Una vez se detuvieron frente al armario, pero no entra-

ron. Ella no sabía por qué. Nada de eso podía ser real, pero tenía dificultades para convencerse de ello.

La casa parecía viva, y que la buscaba a ella. Excéntricos, endogámicos o perversos, no importaba, todos ellos eran lo mismo para ella. Pensó que podrían estar en el comedor, moviéndose con sigilo, esperando a que ella hiciera un ruido.

—Oh Dios, oh Dios, oh Dios —masculló entre dientes una oración silenciosa, pero en realidad no quería decir «oh Dios».

Esto es lo quería decir: *Te voy a estrangular, Jack. Te odio, te odio, ¡te odio! Te odio por haberte conocido, por fastidiarme la vida, por traerme obligada hasta aquí, ¡por dejarme en este armario! Por culparme de la muerte de nuestra hija. Por tu implacable amargura. Por la manera en que miras a Leslie.*

Pero tenía los nervios demasiado crispados para procesar una y otra vez ese largo pensamiento, así que simplemente lo comprimió todo en una falsa oración habitual. Oh Dios.

Había susurrado miles de esas oraciones desde que puso el pie en este oscuro espacio. Hasta intentó desenterrar algo del *Libro de Oración Común*, que contenía algunas declaraciones de fe que aprendió de memoria hacía mucho tiempo, pero no lograba recordar esas palabras. En todo caso, lo cierto es que no tenía ilusiones de que algo grandioso descendiera del cielo, extendiera su larga mano a través del techo y la sacara con seguridad del armario.

Stephanie necesitaba algo a lo que aferrarse, y no era Jack. Tampoco era una canción. A los pocos minutos de que él la abandonara en ese hoyo se dio cuenta de que con esta realidad en particular no valía un medio infantil y tonto de escapar. Es más, reducida a su ego marchito, encontraba repugnante la idea de cantar.

Y al menos descubrió cierto consuelo en esta salvaje emoción incipiente. De modo que se aferró a este odio que sentía por Jack.

Lo odiaba por su amargura.

Lo odiaba por haberla dejado, sabiendo muy bien que ella no merecía menos.

Lo odiaba por ir tras Leslie. La trampa podría seducirlo de verdad.

Lo odiaba por dejarla para que se pudriera en este armario oscuro.

Lo odiaba por hacerla enfadarse, porque ese enojo significaba que aún se preocupaba por ese mulo terco y caprichoso.

La mente se le había vuelto a obstruir, ella lo sabía muy bien. Primero se le atascó hacía un año, cuando se quedó mirando el hielo rajado sobre la laguna donde solo unos instantes antes estaba de pie su hija.

Que en realidad no fue culpa de ella fue lo que dijeron todos. Había nieve sobre el hielo y ella era del sur... cómo iba a saber que el hielo era demasiado fino.

Cómo se iba a culpar por poner a Melissa sobre lo que ella creía que era nieve para poder sacarle una foto a la pequeña con su lindo abriguito amarillo.

Cómo iba ella a saber que la cámara iba a dejar de funcionar en ese instante, obligándola a apartar su atención de Melissa durante esos treinta segundos en que cambiaba las pilas.

Desde la tragedia, cada momento que pasaba despierta lo había pasado respirando negación, lo sabía muy bien. Todo iba a salir bien. Solo tenía que dejarse llevar por el curso de la vida. Lanzar una sonrisa y cantar. Pero aquí, en este sofocante espacio, se había sacudido de encima todas esas tonterías.

Si me traéis un cadáver, a lo mejor prescindo de la regla dos. Ella había ya entregado su cadáver —Melissa—, pero eso no impresionaría a este asesino.

Cuando ese montañés, Stewart, se había puesto a llamarlos ateos a todos, Stephanie pensó más de una vez que quizás tenía razón. Ella pensaba que creía en Dios. Al menos solía hacerlo, cuando era niña.

Pero una vez alguien le había hablado algo de ser cristiana y seguir siendo «atea práctica»; es decir, alguien que creía en Dios, pero que no seguía sus caminos. ¡Caray! Hasta los demonios creían en Dios y temblaban, ¿no decía eso la Biblia?

Ahora Stephanie estaba temblando. No porque fuera un demonio, sino porque estaba muy segura de que fuera del armario había algo parecido a los demonios.

Su problema era que no estaba totalmente segura de creer en Dios. El único demonio que conocía era ella misma.

Y Jack.

—Oh Dios, oh Dios, oh Dios...

16

CUANDO RANDY GOLPEÓ EL MURO DE HORMIGÓN, IBA corriendo a toda velocidad en una oscuridad total, alejándose del ruido de unas botas.

Quince o veinte segundos de rápida carrera y luego ¡tas! Rebotó unos palmos y cayó de espaldas, aturdido y apenas consciente. La escopeta pegó contra el suelo y él tanteó rápidamente con las manos, buscándola.

Necesitaba esa escopeta, la necesitaba como al aire. Tenía un cuchillo, pero ni con toda la suerte tendría a Stewart lo bastante cerca como para que la hoja le sirviera de algo. En caso de que la escopeta no funcionara, la usaría como un bate. El viejo Stew tenía que aprender una o dos cosas de béisbol.

Más de una vez había estado tentado a pararse en seco, dar media vuelta y esperar los pies que corrían para sorprenderlos antes de disparar. O de golpear.

Fuera cual fuese la opción, lo animó el hecho de que estaba pensando otra vez. En cierto modo se sentía más vivo corriendo por ese túnel de lo que se había sentido durante años haciendo de matón. ¿Por qué?

Terror. Un miedo despiadado le bombeaba plenitud de vida. No había pánico. Solo miedo puro e implacable. Como el que lo había lanzado desbocado por un túnel más negro que la boca de un lobo.

Directo contra una pared.

Randy encontró la escopeta. Gracias a Dios, la necesitaba. Se puso en pie tambaleándose, consciente de que algo frío le corría por encima de los labios. Sudor, mocos o sangre.

Se enfrentó a las botas que se aproximaban, se dijo que debían de pertenecer a Stewart. ¡Hemos atrapado a uno, Betty! Randy no se imaginó que White fuera de los que perseguían a su presa en un túnel. Lo más probable es que apareciera por el otro extremo. Randy estaba buscando el gatillo y levantando la escopeta, cuando sintió la manija de la puerta en la parte baja de la espalda.

La agarró, la giró, abrió una puerta y pasó por la abertura.

Más bien, tropezó por la abertura. El umbral empezaba en un muro de treinta centímetros de alto. Cayó de cabeza dentro del agua.

Una haz de luz grisácea se filtraba en el charco a unos treinta metros a su izquierda. Debía de ser una alcantarilla, o un desagüe. El agua corría de derecha a izquierda, con unos quince centímetros de profundidad. Se empapó sus zapatos finos.

Los retumbantes pies aminoraron la marcha. Randy se giró a su izquierda justo cuando un disparo de escopeta sonó por el túnel, salpicando a su derecha.

Un gruñido de frustración siguió al sonido.

No se oyó un grito, tampoco una exclamación, ni un *Toma eso, rata inmunda.*

Un gruñido gutural. Era Stewart, tenía que ser Stewart, y el sonido le recordó a Randy, ¿por qué antes no había tenido deseos de enfrentarse a él? Quizás debía replantearse la idea de usar la escopeta como bate de béisbol.

Randy chapoteó por el corredor hacia el rayo de luz. Había más allá un cuarto y otra fuente de luz, a los que debía llegar antes de que Stewart diera vuelta a la esquina y apareciera en un segundo...

¡Blam!

Varios perdigones dieron contra su hombro derecho y gritó de dolor. Pero llegó al cuarto y se paró detrás del muro a su derecha antes de que pudieran hacer un tercer disparo. Stewart chapoteaba en el agua detrás de él. Ahora caminaba.

Tomándose su tiempo.

Otra bombilla sola en el techo. Por las paredes caía agua. Aquí había al menos treinta centímetros de profundidad y alrededor ondeaban toneles de petróleo, ruedas dentadas, grandes trozos de taladros, un martillo neumático. Flotaba un casco con una lámpara agrietada.

Por un costado del muro de hormigón entraba un tubo redondo de sesenta centímetros de ancho. Pero había una puerta en el muro opuesto: una elevada ventanilla de madera con la parte superior curvada, de las que suele haber en las mazmorras.

Randy se dio la vuelta para mirar por la esquina. No había la menor duda de que por el corredor venía, como un búfalo, la figura de Stewart cargando la escopeta con las dos manos. A veinte metros de distancia.

Randy tenía dos alternativas: se arriesgaba con esta escopeta antigua y que no había probado u observaba qué había detrás de la puerta. Lo único que le permitía detenerse un poco era el lento caminar de Stewart.

¿Qué es lo que sabía él?

¿A quién le importaba? Randy corrió hacia la puerta y la abrió de golpe, agradecido de que no estuviera cerrada.

Pero allí es donde terminó su gratitud. Stewart, que iba justo hacia él desde allá, caminaba en dirección a Randy también en ese corredor, ahora solo a quince metros. ¿Cómo...? Stewart puso la escopeta en una mano y usó la otra para desabrocharse el cinturón y sacárselo de la cintura, algo absurdo para alguien que ya tenía una escopeta, ¿para qué necesitaría un cinturón?

Randy estaba tan aterrado por la ilusión óptica que disparó la escopeta sin apuntar.

Clic. Aquella antigualla no iba a disparar.

Randy cerró la puerta de un golpe y saltó hacia atrás. ¿Cómo era posible? ¿Dos Stewart? ¿O ese era White? Todo era fruto de su imaginación. No. Stewart aún seguía viniendo por el otro lado.

Ahora Randy comenzó a sentir pánico. Esto era el final. La única salida que había era...

Movió la cabeza hacia el enorme tubo que penetraba en el muro. Podía entrar en él. Sin pensarlo dos veces, Randy atravesó de un salto el espacio, lanzó la escopeta por la boca del tubo, trepó por uno de los toneles y metió la cabeza y los brazos por el tubo.

Encajaba apretado con sus anchos hombros, pero atravesó retorciéndose como una serpiente y salió dos metros después a un cuarto de hormigón con sesenta centímetros de profundidad de agua. Arriba y abajo del tubo abierto, unas varillas de metal incrustadas en el muro formaban una escalera, posiblemente para mantenimiento. Dos fuentes de luz: el hueco por el que acababa de entrar y una rejilla directamente encima de la cabeza, frente al tormentoso cielo nocturno.

Sujeta a un techo de hormigón.

Entraba agua al espacio a través de dos tubos de quince centímetros. ¿Agua de lluvia? Todos los muros eran de hormigón. No había otras aberturas. ¿Qué era ese lugar? ¿Alguna especie de pozo séptico?

Algo ensombreció la luz del tubo.

¿Venía Stewart tras él? Volvió a girar, buscando de nuevo otra salida. Nada. Estaba en un ataúd sellado. Con agua entrando, deprisa.

Y Stewart venía por la única salida.

Randy buscó a tientas la escopeta. La había lanzado y la había oído caer. Ahora solo valía como bate, pero él sabía usar un bate.

El agua subía rápidamente.

Sus dedos chocaron con la escopeta, la sacó del agua antes de darse cuenta de que lo que sostenía era una pala. Igual de buena.

Randy gritó y metió el extremo afilado en el hueco. El pensamiento de golpear a su padre con una pala lo hizo temblar, pero no tenía alternativa, ¿verdad? ¡Ese tío enorme lo iba a matar!

Y Stewart no era su padre. Estaba perdiendo la cabeza.

Una ráfaga de plomo caliente le desgarró el costado. Retrocedió de un salto hacia un lado, quitándose la camisa. Pequeña herida en la carne. Había tenido suerte. La próxima lo cortaría en dos.

El tipo seguía acercándose, la escopeta delante, era de los que disparan a la menor provocación, y lo único que Randy tenía era una pala. De un golpe, le arrebataría el arma a Stewart de las manos cuando saliera.

Pero ahora a Randy el agua le llegaba hasta la cintura. Y la corriente se dirigía hacia el agujero que Stewart bloqueaba ahora.

El energúmeno gruñó. Venía corriendo muy rápido. Randy esperó a que apareciera el cañón de la escopeta.

El agua seguía subiendo.

Pero no apareció el cañón.

Esperando allí con el agua por la cintura, Randy comenzó a prever un escenario que lo aterró más que la escopeta. No es que fuera ningún experto en cómo morir, pero de todas las maneras que se había imaginado la muerte, ahogarse le parecía la menos favorable.

Stewart volvió a gruñir con frustración.

El cañón asomó por el hueco y desapareció de su mente la escena de su muerte ahogado. Levantó la pala, esperó hasta que la mayor parte del arma de Stewart estuviera afuera y la dejó caer con fuerza.

Chocó metal contra metal. Un fogonazo iluminó la cámara, perforando con plomo el hormigón sin causar daño. A juzgar por la cantidad de problemas que Stewart estaba teniendo para atravesar el tubo, Randy dudó que hubiera espacio para un nuevo proyectil.

Agarró el cañón con las dos manos y tiró de él con todas sus fuerzas. La escopeta quedó suelta y Randy voló hacia el muro trasero.

Ahora tenía la escopeta de Stewart. Un arma que sabía que funcionaba. La salvación estaba en sus manos. La cargó, poniendo una bala en la recámara.

Las manos de Stewart estaban afuera y arañaban la boca del tubo, arrastrándose hacia delante. Randy lograba verle los ojos redondos y brillantes como a sesenta centímetros dentro, llenos de miedo.

Alineó el cañón con la triple cicatriz y estaba a punto de apretar el gatillo cuando su buen sentido empresarial se las arregló para dominar sobre su pasión. Lo menos que necesitaba era un cuerpo muerto atascado en ese tubo.

—¡Ayúdeme! —bramó Stewart.

¿Ayudarle?

—¡Estoy atorado!

Randy sabía que no había un gramo de grasa en el macizo torso de Stewart. No era falta de fuerzas lo que había estancado momentáneamente su avance. Era falta de un punto de apoyo. Desde luego que necesitaba ayuda.

Randy estaba demasiado aturdido para responder. Hacía unos instantes estaba dispuesto a volarle la cabeza al individuo, dada la oportunidad. Ahora ese mismo tipo le suplicaba que lo ayudara.

—¡Ese lugar se va a inundar! ¡Empújeme hacia atrás!

—¿Está usted chiflado?

—Por favor... —Stewart se revolvió, tratando de moverse—. Usted se va a ahogar. ¡Empújeme!

Randy miró hacia la rejilla de arriba. Entre las varillas se metía la lluvia. No había manera de superar los barrotes. Miró hacia el tubo, con esa cabeza calva que se movía con desesperación.

De repente, Stewart soltó un rugido aterrador, un gruñido nada corriente. Le empezó a temblar la cabeza, y después a sacudirse. Luego se calmó y miró a Randy.

—Por favor —suplicó—. Le juro que se ahogará si no me saca de este tubo. Empújeme.

—¡Usted estaba tratando de matarme! —le recordó Randy, como si esa información fuera útil.

—Le dejaré en paz, juro que le mostraré cómo salir. Mire, usted no tiene la más mínima idea de cómo salir de este sótano. No. Se quedará encerrado aquí hasta que muera. Pero yo sé cómo. Empújeme. Por favor, ¡tiene que sacarme!

Ahora el agua le llegaba al pecho.

Quizás Randy podía dispararle después de empujarle. Una cosa estaba clara: el cuerpo de Stewart bloquearía el agua. Los dos se ahogarían, a menos que él retrocediera.

—Agarre esto y empújese usted —ordenó Randy mientras metía el cañón dentro del hueco—. Y recuerde que mi dedo está en este gatillo.

El hombre agarró el cañón y empujó. Pero fue Randy, no Stewart, quien se movió.

—¡Tiene que empujarme! —dijo el hombre.

—¿Cómo?

—Mi cabeza. Ponga las manos en mi cabeza y empuje.

La idea de empujar esa cabeza calva parecía escabrosa.

El agua le llegaba a las axilas, a punto de entrar en el tubo.

Como no quería que la escopeta se mojara, Randy la equilibró en una de las varillas que sobresalían del muro sobre el hueco. Se apuntaló en un travesaño más bajo, se metió en el tubo y colocó ambas manos en la cabeza calva del hombre que se había empeñado en asesinarlo.

—Recuerde que tengo la escopeta.

—¡Empuje! —gritó Stewart.

Randy empujó. Él podía presionar cuatrocientas libras y ahora estaba poniendo casi esa presión en la cabeza de Stewart. Un cuello normal se podría haber doblado.

El hombre se movió como quince centímetros y luego se detuvo con un grito de dolor.

—¿Qué?

—Mi hombro. ¡Creo que me dislocó el hombro!

—Está usted atascado —dijo Randy.

—Sé que estoy atascado, ¡pecador!

—Tranquilícese, ¡estoy tratando de sacarnos de aquí!

Gritaban. El agua se metía en el tubo.

—¿Y si tiro de usted?

—Nunca saldré de aquí... —ahora el hombre lloriqueaba—. Por favor, tiene que ayudarme. Empújeme.

—¡Ya lo he hecho!

—Inténtelo otra vez.

Randy lo intentó de nuevo, pero de inmediato se hizo evidente que no había manera de empujar hacia atrás a Stewart mientras sus anchos hombros estuvieran fuertemente atascados.

Randy pensó en el cuchillo que tenía en el cinturón, el que sacó de la cocina. Quizás podría cortar a Stewart. Dispararle y descuartizarlo.

Reflexionó sobre ello. Él nunca había matado a nadie. Ni en defensa propia, ni en guerra, ni en un arrebato de furia. Desde luego, a nadie atascado en un tubo e implorando ayuda a gritos, aunque se tratase del mismo diablo.

De repente no estaba seguro de poder hacerlo. Le pareció horripilante la idea de meter el cañón en ese tubo y volarle los sesos a Stewart. Absolutamente imposible. Comenzó a dejarse llevar por el pánico.

Tranquilo muchacho. Tú respira hondo. *Si me traéis un cadáver.* Este sería el cadáver. Defensa propia. Lo haces o mueres, así de sencillo.

—Por favor...

—¡Cállese! —gritó Randy.

—Por favor...

Randy recordó las propias palabras se Stewart a principios de la noche. *Le gusta el agua, ¿verdad?*

Agua. Tal vez no tuviera agallas para matar abiertamente al hombre, pero podía dejar que se ahogara.

Vivo o muerto, el tipo estaba atascado. Pero Randy tenía un cuchillo. Y una pala.

—¡Por favor! —ahora su voz era confusa, mientras el agua le salpicaba alrededor de la boca—. ¡Sáqueme de aquí!

Randy empezó a temblar.

17

—¡Lo juro! ¡Soy culpable! ¡Basta, basta!

Leslie estaba sollozando, no tanto por el dolor de los dos dardos que sobresalían de su cuerpo, sino por el pavor de todo el daño que podía venir.

Él era un muchacho demente y ella era la mascota que había escogido para extraerle una lealtad. Si existía eso de los demonios, sin duda Pete era uno metido en alguien con cuerpo de hombre y mente de niño.

Pete detuvo la rueda giratoria con ella en posición vertical.

—¿Lo juras? —preguntó.

—¡Lo juro!

—Dilo de nuevo.

—Soy culpable.

—Pecadora.

—Pecadora.

—¿Me puedes mostrar lo mala que eres?

¿Qué quería decir? Ella aspiró y respiró profundamente. ¿Qué quería decir con eso?

—¿Te comerás los cereales?

La madre de Pete le había hecho comer comida para perros podrida a fin de recordarle que él no era mejor que esa comida. Al obligarlo a adoptar la idea de que era malo, se volvió maligno. O, más exactamente, él creía que era malo y, por consiguiente, estaba dispuesto a exhibir un comportamiento antisocial —que era la verdadera definición de maldad en la manera de pensar de ella— en un mundo sensato sin religión.

Ahora Leslie estaba absolutamente segura de que no se podía librar fácilmente de esas falsas creencias.

—Sí —contestó, resollando; decirlo le produjo alivio—. Lo haré. Y estoy avergonzada por ser una esposa desobediente.

Él la miró. Le salió una tonta sonrisa en la cara.

—Está bien.

Le desató la cintura y las piernas, y la colocó en el suelo. Luego caminó hacia el tazón de comida para perros.

—¿Puedes quitarme primero estos dardos? —preguntó Leslie, sentándose en la cama.

La adrenalina le había calmado el dolor del muslo, pero ahora le dolía el dardo del bíceps. Ella podía habérselo quitado, pero quería que lo hiciera él. Algo que lo entretuviera.

Pete regresó a la cama, dejando el tazón por el momento. Ella se hizo a un lado, insegura de no volver a perder el control.

Él se sentó a su lado y le agarró el brazo. Pero no sacó el dardo. Le tocó levemente la piel desnuda. La examinó con suavidad.

En vez de retroceder ante su tacto, ella lo recibió con agrado. Quizás... quizás si se granjeara su cariño. Desarmarlo con una muestra de ternura. ¿Cuándo fue la última vez que él había sentido algo de ternura humana? De una mujer, nunca.

Leslie alargó la mano y la descansó en la de él.

—Seré una buena esposa. ¿Te gustaría?

La respiración de él se hizo más fuerte.

—Quítame el dardo.

Él extrajo cuidadosamente el dardo del muslo. Ella apenas era consciente de su capacidad de ignorar el dolor. Superaba la preocupación por algo tan trivial como el dolor. Había tratado de hacerle tragar comida para perros podrida y le había lanzado dardos... en sí no era tan horrible como las cosas que ella imaginaba que White había planeado para ellos. Pero se sentía violada. Peor.

Destruida. Ahora pensó en aflojar las cuerdas que habían mantenido intacta su psiquis, y renunciar a todo su valor por él.

¿Por qué? ¿Para no tener que comerse la comida de perros? No. Porque sentía una desesperada necesidad de aferrarse a alguien. Hallarse a sí misma en cualquier cosa que no fuera su alma destrozada.

La verdad no tenía verdadero sentido para ella, todavía no. Nada de los libros de texto reflejaba ni remotamente las emociones que ahora la atravesaban, mientras estaba tendida en la cama de él.

Pete sacó el dardo del muslo de la mujer.

Ahora ella ya no podía sentir el hedor. Se había acostumbrado al olor.

—Eres muy hermosa —expresó él lentamente.

Ella se estiró y le pasó los dedos por la cabeza, con repulsión, pero satisfecha por tener fuerza para hacerlo de todos modos.

—Y tú eres muy fuerte —manifestó ella mientras hacía girar la cabeza.

—Los cereales me hacen fuerte —dijo él.

—El amor me hace fuerte —expuso ella.

Eso lo detuvo.

—¿Me... me amas? —preguntó él buscando con sus ojos los de ella.

—Soy tu esposa, ¿no?

—Eres mi esposa —contestó y puso el rostro en el cuello de ella.

Él simplemente se sentó allí, inclinado sobre Leslie, inmóvil, sin ideas. Ella no era más que su juguete favorito. Presionó la mejilla contra la de ella y la mujer olió el asqueroso sudor dulzón del cuello de él. ¿Qué estaba haciendo ella?

Leslie alejó la cabeza de la de él y suspiró aliviada.

Pete se enderezó con el ceño fruncido. Se levantó y fue al tocador de niña pequeña, abrió un cajón y comenzó a revolverlo.

Ella empezó a sollozar sin hacer ruido. Estaba ni más ni menos que en el mismo aprieto en que se encontraba un interminable mar de personas que se ocultaban en sus propias prisiones de maltrato, alcohol, sexo, dinero y cualquier otra clase de adicción o vicio que una vez los atormentaron y los consolaron. Ella no era mejor ni peor que cualquier otra persona de las que vivían detrás de paredes blanqueadas para esconder de los vecinos los problemas en sus sótanos.

Pete regresó, sosteniendo una cuerda.

—¿Más pudin, Leslie?

Randy no se movió, sabiendo que Stewart se estaba retorciendo en el hueco ahora sumergido en agua. Los gritos del hombre se los había tragado una garganta llena de lluvia, y luego se habían acallado.

El padre estaba muerto. Muerto, muerto, tenía que estar muerto. Y el agua llegaba ahora al cuello de Randy. Si no bajaba y quitaba ese tapón que era Stewart, también se ahogaría.

Tenía una pala. Una pala debajo del agua le podría llevar algunos minutos, así que debería empezar ya. Pero pensar en bajar y cavar en el torso de Stewart le produjo una extraña mezcla de temor y ansiedad que lo dejó paralizado.

La realidad era que quería hacerlo. El hecho era que no estaba seguro de poder. La realidad era que el agua le llegaba ahora a la nariz y en unos cuantos minutos llenaría el tanque.

Randy tomó una profunda bocanada y se sumergió, pala en mano. Abrió los ojos, pero el agua estaba sucia. Tenía que palpar el hueco. Palpar la cabeza.

La sola posibilidad de cortarlo con la pala obligó a Randy a volver a la superficie.

El agua entraba a chorros.

Respiró entrecortadamente, peleando contra un arrebato de pánico. Tenía que hacerlo. Tenía que bajar allí y cortar a trozos el cadáver de Stewart. Estaba muerto, ¡por favor!

Randy volvió a bajar, sintió el hueco y solo encontró muro sólido. ¿Estaba en el muro equivocado? Cómo...

El agua comenzó a arremolinarse a su alrededor. Se sacudió y volvió a la superficie. Le llevó solo un instante comprender que el tanque se estaba vaciando, y muy rápidamente.

El agua le bajaba por la cabeza y salpicaba aprisa en un río de agua enlodada que era succionada hacia el muro de adelante. Hacia el agujero.

Randy permaneció inmóvil con los pies extendidos, la pala firmemente agarrada. El tubo enorme que Stewart había obstruido solo unos minutos antes estaba abierto. ¡Habían tirado del cuerpo de Stewart hacia afuera! ¿Lo había liberado el aumento de presión?

Randy no se decantaba por ninguna posibilidad, de ninguna manera, por ahora. Miró con cautela por el agujero y buscó a Stewart. Por lo que podía deducir, el tipo no se había ahogado y estaba esperando afuera.

Pero entonces vio el cuerpo, tendido en el cuarto donde evidentemente lo había lavado el agua en retirada.

Randy vigiló el cuerpo durante un minuto completo antes de decidir que definitivamente estaba muerto. Recuperó la escopeta de lo alto y la empujó hacia fuera con la pala. Trepó por los travesaños de mantenimiento, luego se metió en el tubo.

Lo había matado, ¿no? *Le gusta el agua, ¿eh, Stewart? ¿Cree que es divertido?*

¿Ahora qué? Tenía que salir de ese lugar antes de que todo se inundara. ¿Y el otro Stewart que había visto venir por la otra puerta? Trucos mentales, ¿está claro? Tenían que serlo.

De vuelta al cuadrado uno. Dos salidas del cuarto. Revisó la escopeta. Le quedaba una bala. Una buena señal era el hecho de que nadie hubiera aparecido para ayudar a Stewart por detrás o que hubiera estado esperando la salida de Randy cuando salía por el tubo.

No es que le hubiera importado enfrentarse ahora a un cómplice. Tenía una escopeta. Que vengan unos cuantos.

Permaneció en el agua cubierta de barro, pensando.

—¿Qué estás haciendo, Randy? —se preguntó suavemente—. Ya tienes bastantes aprietos.

—*Así es.*

—Sí, así es. Ya lo has oído. No hay modo de salir de aquí.

—*Así es.*

—Escúchate. ¿Te crees que has triunfado?

Los hechos aún no habían cambiado. Debía encontrar a los demás. Tenía que encontrar a Leslie. Suponiendo que todavía estuviera viva, cosa que dudaba. Más importante aún, tenía que encontrar una manera de eludir a White. Nada sería igual después de hoy, eso era seguro. Jamás.

Se dirigió a la puerta por la que había entrado, asomó la cabeza a la vuelta de la esquina. Vacía. Pero no iba a regresar por ahí.

Atravesó el cuarto hacia la otra puerta, lo cual significaba que debía pasar a Stewart. Apuntó con la escopeta al cuerpo, que estaba boca abajo. Tal vez debía dispararle, solo para asegurarse. Por supuesto, solo tenía una bala. Además, el ruido podría alertar a quien anduviera cerca.

Randy se acercó sigilosamente, el dedo listo en el gatillo, totalmente listo. El cuerpo no se movió. Le dio un golpecito con el pie extendido. Muerto, con toda seguridad. Empujó el cadáver con la pierna derecha.

La luz era tenue, pero eran inconfundibles la enorme cabeza calva de Stewart, la horripilante cicatriz y el asqueroso mono con peto. Un delgado chorrito de humo salía de la comisura de los labios retorcidos y partidos de Stewart. Una niebla oscura. Humo negro.

Randy dio un paso atrás y contempló la extraña visión. Había algo maligno en esa niebla, pero su mente se había entumecido y no lograba explicarla de ningún modo. Quizás White había entrado subrepticiamente y le había disparado de cerca. Se podría tratar de humo de pólvora.

Randy miró hacia la puerta, hacia el túnel. No había nadie allí.

No estaba seguro de si eso era bueno o malo. Ni siquiera había evidencia de que le hubieran disparado a Stewart. Había muerto ahogado, ¡no por disparos!

Randy esculcó en los bolsillos de Stewart y sacó una caja de cartuchos. Bueno, definitivamente bueno. Ahora tenía la escopeta y unas quince balas. Ellos se lo habían buscado.

Recargó, luego se dirigió al túnel.

Escopeta en mano, no estaba tan asustado como supuso que debería estar. Matar a ese cerdo allí atrás le había hecho sentir...

—Dame un cadáver, Randy —oyó leve un susurro en el túnel.

Él se giró y descargó la escopeta con la mano derecha. Casi le arranca el brazo. No había nada.

En realidad... En realidad, ¡no había ningún cadáver! ¡El cuerpo de Stewart había desaparecido! ¿Habría vuelto su cómplice?

—Ese no contaba —oyó de nuevo, detrás de él.

Soltó la pala. Dio la vuelta y disparó otra vez antes de que la herramienta tocara el suelo. No había más que negro espacio vacío.

—Me estoy volviendo loco —susurró.

Interesante. No estaba molesto por volverse loco. Ni siquiera triste.

—Ayúdame, Dios mío, me estoy volviendo loco.

18

La niña, Susan, guió a Jack por un corto pasillo que iba a dar al primer cuarto por el que este y Randy habían entrado al bajar al sótano, el de los sofás.

Se detuvo, confuso por el sitio donde habían entrado. Él no recordaba la puerta por la que ahora entraban. Eran los mismos cuatro sofás brillantes, así como los cuadros que cubrían las paredes. El calentador panzudo.

Susan atravesó rápido el cuarto hacia la puerta principal, moviéndose con confianza, pero también con cautela. Jack la veía moverse, sin saber muy bien cómo sentirse al haber encontrado a esa niña inocente, pero con conocimiento, que por una parte parecía hecha para ese lugar y por otra parecía la clara víctima.

—Espera.

Susan se volvió. Ahora a plena luz, él vio que su vestido estaba rayado y rasgado. Unas rayas marrones le manchaban las mejillas.

—¿Sí?

—No recuerdo haber visto este pasillo —afirmó él, mirando hacia atrás a la puerta que acababan de atravesar—. Puedo jurar que era un armario.

—Es confuso, lo sé —contestó ella.

—Embrujada —añadió él, pasando a la niña hacia la puerta principal.

—Embrujada —confirmó ella.

Él abrió la puerta de un tirón y miró en el corredor principal. Las escaleras ascendían por la izquierda hacia el primer piso.

La muchacha estaba diciendo algo, pero Jack estaba concentrado en esas escaleras. Miró por el pasillo, vio que las otras puertas estaban cerradas y luego subió corriendo las escaleras. La puerta de arriba estaba cerrada. Tiró de ella, pero estaba trancada. Lógico.

—Trancada —manifestó la niña, que estaba en la base de las escaleras—. No podemos dejar que nos pillen aquí.

—¡Stephanie! —gritó Jack, golpeando la puerta.

Si ella aún estaba en el armario de al lado, no oía ni contestaba. Conociéndola, habría escapado y estaría muerta en el sendero de losas.

—Debemos irnos —insistió la niña—. Yo podría saber dónde está tu amiga.

—¿En qué puerta? —dijo él bajando los peldaños de dos en dos.

Susan ya estaba atravesando la última puerta a la izquierda. La abrió, entró corriendo, bajó por otro pasillo con pequeños focos que colgaban de un cable, como una sucesión de luces navideñas. Él siguió tras ella girando en tres esquinas.

La niña pasó por una puerta baja y se escabulló agachada dentro de un hueco. Del techo bajito colgaban unos tubos. Ella corría agachada para evitar golpearse la cabeza.

—Allí adentro —susurró Susan, señalando una puerta pequeña—. Va a dar al armario.

—¡Qué armario? —preguntó Jack parado ante la puerta, conteniendo el aliento.

—Donde él se esconde.

—¿Quién?

—El retrasado.

¿Pete?

—¿Dónde estamos, Susan?

—En el sótano —contestó ella.

—Eso ya lo sé. Me refiero a esta casa. Hay un asesino acechándonos, por Dios. Nos rajaron las ruedas y solo se nos ocurrió llegar hasta esta casa, situada en el lugar preciso, con montañeses esperando a una nueva alma desgraciada que cayera en su trampa. Y entonces dio la casualidad de que allí estabas tú.

—Salir de este sótano es un problema —expresó ella mirándolo con sus ojazos abiertos.

Está bien. Ya se encargaría más adelante del panorama general.

—¿Quieres decir que estamos atrapados? ¿Cómo ha logrado que vinieras aquí abajo?

—Quiero decir que no debiste haber bajado.

—Créeme, eso no era exactamente lo que yo quería —se excusó él mientras miraba a la puerta—. Solo que no podíamos dejar a Leslie. ¿Qué hay detrás de esta puerta?

—Va a dar a un armario.

—¿Y?

—Algo malo pasa en esta casa, Jack. Ves cosas. Si entras ahí, él te matará.

—¿Quién? ¿Pete? ¿Cómo sabes que está con ella?

Los ojos de Susan insinuaban que ella sabía algunas cosas acerca de Pete.

—¿Cómo has llegado aquí abajo? —le preguntó él.

—Llevo aquí tres días —contestó ella, titubeando—. Ustedes no son los únicos que han caído en su trampa.

—¿Así que te has escapado?

Ella lo miró sin responder. *Ridícula pregunta, Jack. Por supuesto que se había escapado.* Sus ojos buscaron los de él. Él detectó el peso de la terrible experiencia que ella había vivido y ahora se sentía responsable de rescatarla igual que a Leslie, aunque en realidad no tenía idea de qué hacer.

Jack miró la pequeña puerta que llevaba a la parte posterior del armario de Pete. *Y una niña los guiará.* Él había oído esa letra en alguna parte. Quizás era una de las canciones de Stephanie. En muchos sentidos, Susan le recordaba a una niña, ahora crecida, pero inocente. Como Melissa...

—Pues bien, voy a mirar lo que se pueda ver —afirmó él deteniendo su breve pensamiento—. ¿Estás segura de que entró en un armario?

—Se puede abrir.

Él asintió y echó mano del pestillo de madera que mantenía cerrada la puerta.

—Quizás yo deba ir contigo —dijo ella.

—No. ¿Es que no hay cómo salir de este sótano?

—Con un cadáver —contestó ella.

Así que ella también era parte de este juego descabellado. *Si me traéis un cadáver, a lo mejor prescindo de la regla dos.*

—Allí hay un túnel —informó ella señalando hacia las sombras a su izquierda—. La casa es mala, recuérdalo.

—Quieres decir...

—Quiero decir maligna.

Maligna. Embrujada. No sabía qué pensar al respecto. Seguro que mala, pero en realidad, ¿qué era malo? Ahora mismo estaba más preocupado en sobrevivir a tipos con cuchillos de carnicero y escopetas.

—Está bien, solo voy a echar una mirada —manifestó él, levantando el pestillo—. Ya vuelvo.

—¿Jack?

—¿Qué? —susurró él.

—Prométeme que no me abandonarás —le dijo ella tocándole la mano con la suya.

Jack giró y vio que los ojos de la niña estaban cubiertos de lágrimas.

Le acercó la cabeza y le besó el cabello. Otra imagen de su propia hija le atravesó la mente.

—No te abandonaré. Lo prometo. Igual que no voy a abandonar a Leslie. ¿De acuerdo?

—De acuerdo.

—No te vayas a ninguna parte.

Jack abrió la puerta y metió la cabeza en el armario. Había basura amontonada en ambos lados. Algunas chaquetas y monos con olor a moho colgaban directamente frente a él.

—Voy a entrar para ver si puedo pasar entre la ropa —expresó Jack retirando la cabeza.

Susan no dijo nada.

Él entró con cuidado en el armario, separó dos chaquetas viejas. Pudo ver luz a través de varias ranuras en la puerta, ahora de paneles. Logró oír el sonido de la voz apagada de un hombre. La de Pete.

Lo cual quería decir que probablemente Leslie estaba dentro.

Jack buscó alrededor un arma... alguna cosa que le viniera bien. Vio una tabla con mango. Un bate de *cricket*. No se imaginó cómo podría haber allí un bate de *cricket*, pero no le importó, solo sabía que aquí estaba por si lo necesitaba.

Pasó con cuidado los abrigos, conteniendo deliberadamente el aliento, y presionó un ojo en una ranurita.

Al principio solo vio a Pete, sentado en un costado de la cama de espaldas al armario, hablando entre dientes. Pero luego Pete se puso de pie y dejó de obstaculizar la visión de Jack, permitiéndole tener una vista directa de la cama.

Leslie estaba amarrada con correas a los montantes de la cama por las muñecas y los tobillos. Aún llevaba pantalones blancos y blusa roja. Los sollozos la hacían temblar.

Jack miró, momentáneamente abrumado.

—Tienes que ser una buena esposa y comer —dijo Pete, atravesando la puerta con un tazón en las manos. Sacó un poco de pasta. ¡La había amarrado y estaba tratando de obligarla a comer algo!

Jack no sabía qué había reducido a Leslie a ese bulto tembloroso que había sobre la cama, pero se dio cuenta de que él también temblaba. De repugnancia.

No solo de repugnancia. De ira.

19

Stephanie había luchado cientos de veces con la tentación de salir del armario a buscar a Jack, cuando sonó un fuerte golpe en el comedor. Se sobresaltó. ¿Se había quedado dormida? Escuchó una llamada sorda.

—¡Stephanie!

¿Quién la llamaba? Ella abrió muy bien los ojos en la oscuridad, totalmente alerta. ¿Quién la llamaba? ¡Era Jack!

Algo crujió. Ella contuvo el aliento. Allí era donde estaba la pared, ¿de acuerdo? La puerta del armario estaba a su izquierda y la pared a su derecha

Era un crujido prolongado que corría como una uña bajando lentamente por una tabla. Se detuvo.

Escuchó pies que bajaban escaleras. ¿Se estaba yendo Jack?

¡Jack! —gritó ella; su voz tronó en el armario—. ¡Jack!

Ahora Stephanie se enfrentaba a una decisión. Podía salir del armario y hallar a los demás, o seguir aquí sentada como hasta ahora... ¿cuánto tiempo llevaba aquí? ¿Minutos u horas? Su teléfono móvil aún estaba en la cartera en alguna parte de la sala de estar.

—Jack, ¡no te atrevas a abandonarme de nuevo! —lanzó un insulto.

Se había ido.

Apretó la mandíbula y la ira le comenzó a recorrer el cuerpo, un miembro tras otro. Primero las manos y la cara, luego todo el cuerpo. La ira no parecía natural, pero le daba una sensación de calidez y valor, de la que infundía aliento al hacerse cargo de una mala situación. Su respiración era pesada, pero de momento no le importaba quién la oyera. Se reorientó en el espacio. Abrigos. Botas. Fondo del armario. Los lados. Rozó algo frío y metálico, que cayó, arañando la pared y aterrizando con un ruido sordo. Ella lo recogió y lo examinó con los dedos. Quizás una palanca.

Una imagen del hacha-martillo le cruzó por la mente. Solo que estaba en sus manos, no en las de Stewart. La hacía oscilar. Tal vez contra el estómago de Jack. Quizás a su cabeza. Tal vez...

Se detuvo. Alguien estaba susurrando. Más allá de la puerta. ¿Jack?

Pero ella sabía que no podía ser Jack porque se trataba de más de una voz, y venían en más de una dirección.

Algo le hizo cosquillas en el tobillo. Se le deslizó por la pierna. El largo y fino deslizarse de un reptil.

¡Oh Dios, oh Dios, oh Dios! ¡Era una serpiente y le estaba subiendo por la pierna!

Stephanie no se podía mover para quitársela de encima. El armario se llenó de un grito terrible y cortante. Su grito.

El suelo que había bajo sus manos se movió. Algo se deslizaba. El suelo del armario estaba plagado de serpientes, serpientes flacuchas, serpientes frías y resbaladizas.

Un lugar de lo profundo de la psiquis de Stephanie resurgió de la muerte; el lugar donde el horror y la ira chocaban con el impulso de supervivencia; el lugar donde no había reglas, ni absolutos, ni Dios, ni diablo. Solo Stephanie; el lugar donde se puede afrontar hasta el gran riesgo de morir si eso significaba la oportunidad de salvarse.

Su grito se convirtió en un gruñido. Soltó la palanca y se movió.

Se golpeó contra la puerta. Agarró la manija y de un salto salió del armario. Luego se dio la vuelta y miró el suelo, lista para pisar las serpientes. Pero el armario estaba vacío. Habían desaparecido. Dio un prolongado chillido en el suelo.

Stephanie comprendió que estaba en el pasillo de la sala de estar, de donde habían venido los susurros. Se volvió lentamente. También habían desaparecido. O nunca habían estado.

La casa crujió, el prolongado crujido que había oído dentro del armario, solo que ahora venía de las cuatro paredes.

Stephanie tomó entonces su decisión con un razonamiento demasiado complejo para entenderlo. Pero una vez tomada se movió rápidamente. Se fue hacia la puerta del sótano. Giró y movió el picaporte. Estaba trancado. Un pasador. Lo retiró. Luego abrió la puerta de un tirón y bajó por las escaleras.

Jack estaba aquí abajo y ella le iba a decir unas cuantas cosas acerca de lo que sucedía. Acerca de que ya estaba harta. Acerca de que era hora de ir a casa, con o sin asesino. Acerca de qué podría hacer con sus tonterías de superioridad moral...

La puerta que había detrás de ella se cerró de golpe. El sonido que oyó era exactamente el del pasador entrando en su sitio. No podía pretender que fuera otra cosa.

Se detuvo en los peldaños y parpadeó. Su valor se desvaneció.

—Oh Dios, oh Dios, oh Dios...

20

JACK NO ESTABA SEGURO DE PRETENDER SALIR CORRIENDO del armario blandiendo el bate de cricket, pero necesitaba un arma en las manos para satisfacer su ira, así que regresó y agarró el bate.

Pero en su euforia por agarrar el objeto, tiró de él muy rápido. Y cuando el bate quedó libre soltó algo más.

Eso ocasionó un golpe metálico.

Por un instante, todo se paralizó por completo. Pete dejó de mascullar. Leslie dejó de luchar. Jack dejó de respirar.

Pudo oír su reloj haciendo tictac más rápido de lo normal.

Su plan de acción se clarificó en ese instante. Tenía que salir, y debía hacerlo ahora.

Jack se lanzó contra la puerta con el hombro por delante y ya con el bate de *cricket* atrás, listo para agitarlo en el aire. Cualquiera que fuese el mecanismo que mantenía cerrada la puerta se rompió bajo su peso. Saltó dentro del cuarto e hizo girar el bate antes de alcanzar su objetivo.

Pete no tuvo tiempo de defenderse. El grueso tablero silbó por el aire y se estrelló contra el cráneo con un fuerte *crujido*.

Él gruñó y se quedó pasmado. Cayó sobre sus manos y sus rodillas.

Jack llegó a la cama y rompió la cuerda deshilachada que ataba los dos tobillos de Leslie a uno de los postes de la cama. Pero cada una de las muñecas estaba atada a cada uno de los postes de la cabecera y Pete ya se estaba poniendo de pie.

Jack volvió a golpear al bruto.

¡Tas!

El bate golpeó a Pete en el estómago, la clase de golpe que difícilmente lo haría tambalearse. Pero lo sorprendió.

—¡Retroceda! —le ordenó Jack levantando el bate.

—¡Golpéalo! —gritó Leslie—. ¡Mátalo!

Jack se estremeció. ¿Matarlo? Él nunca había dirigido un bate a la cabeza de nadie con esa intención. No es que no estuviera totalmente justificado.

Leslie estaba tratando de liberarse las muñecas.

Pete dio un pesado paso hacia delante, como un buey.

Jack volvió a agitarlo. El bate golpeó el brazo del tipo y lo hizo doblarse sobre su rodilla derecha. Algo crujió, y no fue el bate.

Pete parpadeó. Miró hacia abajo a su rodilla.

—¡Muévase! —dijo bruscamente Jack—. Al lado de la pared.

—¡Mátalo, Jack!

—¡Deja de gritar!

Tenía que pensar. Sencillamente no podía matarlo a golpes. Pero tal vez podría neutralizarlo y dejarlo amarrado a la cama.

—¡Mátalo! —siguió gritando Leslie, desesperada. Una de sus muñecas empezó a sangrar.

—¡Espera! —volvió a hablar con brusquedad. Entonces se dirigió a Pete— ¡Muévase!

—Ella... ella es mi esposa —dijo Pete, mientras cojeaba hacia un gran tablero de tiro al blanco con varios dardos.

—¡Cállese! —ordenó Jack, atravesando la cama—. No se mueva.
Con una mano se encargó de las ataduras de Leslie.

—Tienes que matarlo, Jack —susurró Leslie—. ¡No puedes dejarlo!

—Ssh, ssh, ¡está bien! —contestó él liberándole una muñeca.

—No está bien.

Él corrió al otro lado de la cama y soltó la cuerda con la mano libre, los ojos fijos en Pete. El hombre se acercaba cada vez más a la puerta.

—¡No se mueva!

Por el rabillo del ojo vio movimiento en la puerta. Dos pasadores estaban encajados en este lado. Ambos tenían pomos planos de bronce.

Los dos pomos estaban girando silenciosamente al mismo tiempo. Abriéndose. Aparentemente solos.

Jack se quedó paralizado. Cómo...

Pete gruñó y se fue tambaleando hacia la puerta.

—¡Jack! —gritó Leslie.

La puerta se abrió. Betty entró en el cuarto con una escopeta a la altura de la cadera. Había algo en su rostro que parecía distinto. Algo malvado en la mirada. La mirada de una mujer que hacía el papel de anfitriona.

—Atrás —dijo con suavidad.

—Está bien —contestó Jack soltando el bate y levantando las manos.

Todo sucedió rápidamente. Ella estaba a punto de apretar el gatillo.

—Stewart tiene razón. Todos ustedes son pecadores —manifestó ella.

Pete corrió hacia su madre y golpeó el cañón con ambas manos mientras de él salía una carga de plomo que voló en añicos el poste de la cama a la derecha de Jack.

—¡No mates a mi esposa! —gruñó Pete.

Betty levantó la escopeta y le dio un culatazo a Pete en la cabeza.

¡Tas!

Él se dobló sobre las rodillas mientras Jack rompía la cuerda de la muñeca de Leslie.

—¡Los dos deben morir! —exclamó Betty.

—No deben morir —se oyó una voz desde el armario que los paralizó a todos.

Jack giró la cabeza. Susan estaba en la puerta abierta, mirando a Betty, cuyo rostro había palidecido del impacto.

—White es quien debe morir —expresó Susan, entrando en el cuarto; hablaba tranquilamente pero tenía bien abiertos los ojos.

—Susan... —dijo Jack, extendiéndole la mano.

—Usted sabe que si me mata —dijo Susan dirigiéndose a Betty—, White no tendrá ninguna razón para dejarla vivir. Tan pronto como yo muera, él matará a los demás. ¿No es ese el trato? Y una vez que ellos estén muertos también la matará a usted.

Betty se quedó helada.

—Pero ella no me puede matar todavía —continuó Susan, esta vez mirando a Jack—, porque White aún me necesita para su juego.

Betty se relajó lentamente. Comenzó a fruncir el ceño.

Susan se lanzó hacia delante.

—¡Susan! ¡No!

Ella chocó contra Betty, que volvió tambaleándose al pasillo.

Leslie rodó por la cama hacia Jack, aterrizó de lleno sobre el suelo y se escapó hacia el armario.

Jack se quedó paralizado por la extraña visión: esta debilucha niña con su vestido de verano hecho jirones, lanzándose contra una mujer mucho más grande. Era evidente que tres días en el sótano le habían redefinido la necesidad de sobrevivir.

La puerta se cerró de un portazo detrás de Susan y Betty.

La escopeta se descargó detrás del corredor.

—¡Jack! —exclamó Leslie.

Pete se había levantado y caminaba lentamente hacia Leslie.

Jack saltó por sobre la esquina de la cama y atacó violentamente a Pete. El hombre se estrelló contra la pared.

—¡Por el armario! —gritó Jack.

Leslie ya estaba dentro. Se fue al fondo. Entró en el espacio donde debía ir agachada.

—¡A la derecha! —susurró Jack, pasándola aprisa—. ¡Sígueme!

Agarró la mano de Leslie y corrió agachado, huyendo de los rugidos de Pete, que hacía caso omiso de sus heridas y destruía todo a su paso dentro del armario.

Hallaron una rejilla que cubría un hueco como de un metro. Exactamente donde Susan le había indicado que estaría. Un conducto de aire o algo parecido. Jack quitó la rejilla.

—¡Entra! —susurró.

Ella lo pasó y se dirigió con dificultad al hueco, golpeándose la cabeza en la parte superior.

—No me abandones —suplicó ella volviéndose a mirarlo, con los ojos bien abiertos. Su respiración era pesada y todavía frenética.

—Estoy justo detrás de ti.

Ella se escabulló dentro.

Jack echó una mirada hacia atrás exactamente cuando Pete se abría paso en el espacio en que se debía agachar. El bruto miró alrededor, no los vio, y entonces se fue en dirección opuesta.

Jack entró en el hueco, sacando la rejilla detrás de él.

21

3:02 AM

STEPHANIE ATRAVESÓ EL SÓTANO TAN ATERRADA QUE SU miedo le volvió a reavivar la ira.

Cuarto a cuarto, pasillo a pasillo, sin ocuparse de los cuadros, de la inverosímil decoración, ni de las estrellas de cinco puntas. Es más, tenía que hacer caso omiso de todo para mantenerse concentrada, porque sabía que no era más que una mujer que se alejaba serpenteando para volver a la planta principal, y esta estaba cerrada.

Comprendió que tal vez iría directo hacia Stewart antes de toparse con los muchachos, pero aceptó el riesgo. Randy o Jack, aunque en ese momento pensaba que preferiría encontrar a Randy.

¿O estaba equivocada? Jack era tan terco como cualquier otro hombre. Él no se volvería atrás, nunca lo hacía. A decir verdad, ahora ella lo necesitaba, aunque fuera solo para sobrevivir.

Por otra parte, Randy era la clase de hombre que haría cualquier cosa por tomar la delantera, lo que significaría que, si Jack le fallaba a ella, Randy podría ser su resguardo.

En cuanto a Stephanie, Leslie podía pudrirse en la tumba. Y a juzgar por la mirada que había en los ojos de Pete en la mesa, lo más probable es que ya estuviera pudriéndose.

¡Óiganla!

Ella decidió en los últimos minutos que le gustaba la nueva Stephanie, liberada de su negación, de su filosofía de siempre tener la razón. Nunca más. Había sofocado su negación con una profunda fuente de ira que ahora la hacía sentirse más viva de lo que se había sentido en años. Podría componer canciones acerca de esto durante siglos. En este momento se sentía bastante valiente para golpear a cualquier hombre o mujer que se interpusiera en su camino, y no estaba segura de haberse sentido así nunca. Adiós, solete.

Entró en un largo pasillo de hormigón y por primera vez observó agua bajando por la pared.

Agua. Se detuvo. El agua se estaba encharcando en el suelo. La casa crujió. Su determinación decayó un poco. Tal vez no debió haber bajado. Pero ahora era demasiado tarde. Descubrió una puerta cerca del charco. Abierta.

Caminó hacia la puerta, vio lo que parecía una bodega y entró.

La puerta se cerró de golpe. Ella se giró. La debió de haber cerrado una corriente de aire. No iba a pensar en nada más. La puerta de su derecha estaba abierta. Alguien había pasado poco antes por este camino.

Stephanie vaciló, luego entró por la puerta hacia otro pasillo mucho más angosto. La puerta del fondo estaba abierta.

Había dado tres pasos cuando la sobresaltó un trancazo detrás de ella.

La puerta se había cerrado de golpe. Dos veces seguidas.

Giró y corrió hacia la que estaba abierta.

◈

Jack fue a parar dentro de un cuarto de calderas de tamaño mediano y lo examinó en silencio. Leslie estaba a su derecha, reflexionando sobre un montón de tubos que salían de dos enormes calderas en cada lado y que desaparecían dentro de ranuras en el techo. Había una sola bombilla encendida, como en la mayoría de los cuartos de ahí abajo. Había dos puertas frente a las calderas.

Él lo vio todo sin reflexionar en ello. Su mente estaba en Susan. Le costó hasta la última partícula de determinación no regresar corriendo al cuarto de Pete para averiguar si ella había sobrevivido. No podía dejar de pensar en lo que la niña había hecho. Se aferró con tenacidad a un asomo de esperanza de que las afirmaciones de ella pudieran ser verdad. Quizás los montañeses la mantendrían viva como medio de influencia. Tal vez sabían algo que él no sabía. De cualquier modo, la había perdido. Él le prometió no abandonarla y, aunque no era exactamente lo que había hecho, ella había desaparecido, quizás muerto, o tal vez solo estaba encerrada.

Es posible que escapara de nuevo.

Por un instante, ni él ni Leslie parecían capaces de moverse. No por el cuarto, sino por lo que acababa de ocurrir.

Junto a él, Leslie se puso una mano en la cadera, se tapó la cara con la otra mano y lloró en silencio. Él levantó una mano para consolarla, pero creyó que podría ser inapropiado. Ella se giró hacia el otro lado de él, empezó a alejarse, luego regresó.

No lo miró, solo se inclinó contra él y apoyó la frente en su cuello. A él se le hizo un nudo en la garganta y la estrechó con un brazo.

—Lo siento —él dijo—. Lo siento.

Leslie lo rodeó con los brazos y lo acercó a ella, luego pareció llorar más fuerte.

—Leslie... —dijo él, y le temblaban los brazos, pero ella no podía notarlo, porque todo su cuerpo se estremecía.

De repente sintió ansias de consolarla. Su necesidad venía de algo más que deseos, quizás de ningún deseo en absoluto. Venía de horas de nervios en vilo. Venía de los pasillos a oscuras y las náuseas del sótano. Venía del recuerdo de ella tendida sobre la cama de Pete.

Venía de estar atrapados en el juego del asesino.

Jack la apretó con más fuerza.

—Lo siento...

Ella contuvo su sollozo en la garganta y le besó el cuello.

—No, no, no te avergüences —le dijo mientras le volvía a besar el cuello, luego la mejilla, aferrándose a él—. No te avergüences. Gracias, gracias.

Lo agarró de la camisa con las dos manos y le volvió a besar en la mejilla.

Dejó caer el rostro en el cuello de él y empezó a llorar otra vez.

Eran dos almas perdidas que habían escapado juntos de la muerte solo para creer que probablemente morirían antes de que acabara la noche. Leslie, la inteligente profesora de psicología, y Jack, el amargado escritor que la había salvado.

Ahora los dos volvían a perder. Y solos en este cuarto de calderas mientras la casa crujía alrededor de ellos.

Por el momento, él la sujetaba como si ella fuera la vida misma. Por primera vez en muchos meses, Jack recordó qué era amar a alguien además de su hija. Las dos eran víctimas: su hija, de la falta de cuidado de Stephanie; y Leslie, de un sádico maniático.

Leslie le sujetó la cara con ambas manos y lo besó en los labios. Presionó los labios contra los de él hasta que le dolió. Luego lo besó frenéticamente una y otra vez en la mejilla y el cuello.

—Te quiero, Jack. Te quiero.

Jack parpadeó.

—Ssh, ssh, ssh —contestó él alejándola con suavidad.

—Te quiero...

Ella le opuso resistencia.

—No, está bien, está bien —le dijo él mientras le levantaba tiernamente el brazo de su cuello—. No puedes querer decir eso.

Eso la calmó.

Ella dejó caer los brazos, se dio la vuelta y ocultó el rostro entre las manos.

—Entiendo —explicó él—. Sé cómo te sientes...

—¡No tienes idea de cómo me siento! —interrumpió ella girándose de nuevo. Levantó el brazo hacia el conducto por el que se habían arrastrado—. ¿Tienes idea de lo que he estado pasando?

—Por eso estás ahora tan afligida. ¡No me puedo aprovechar así de ti!

Ella lo miró con dureza, buscándole los ojos. Luego se le suavizó el rostro y retiró la mirada.

—Lo siento.

En ese momento, el fracaso total de su propio matrimonio se presentó ante Jack con tanta intensidad que perdió la visión de cualquier cosa que alguna vez él y Stephanie pudieran haber compartido. ¿Cuánto tiempo había pasado desde que Stephanie había mostrado tal pasión, tal fortaleza de carácter? Su resentimiento hacia ella se alimentó cuando ella se recluyó en la negación. No estaba seguro de por qué había estado estancado a su lado todo este tiempo.

—No, está bien —comentó él, poniéndole la mano sobre la espalda—. Yo no...

—¿Qué demonios creen ustedes que están haciendo?

Se giraron. Un hombre, empapado de pies a cabeza, llevando una escopeta a un hombro y una pala al otro, los fulminaba con la mirada desde una puerta abierta.

—¿Randy? —preguntó Leslie.

—¡Respondedme! —ordenó el hombre, entrando y golpeando la puerta de acero con la parte trasera del talón—. ¡Por el amor de Dios!

—Estás vivo —contestó Jack.

Randy tenía el aspecto de haber pasado por una alcantarilla. Tenía el pelo mojado y enmarañado, la camisa verde con colores a juego estaba marrón, y tenía desgarrados los remaches de sus vaqueros, antes limpios y nuevos, dejando agujeros irregulares cerca de los bolsillos.

—¿Desilusionado? Lo sabía —dijo Randy caminando con gran esfuerzo hacia ellos, se detuvo en medio del cuarto y tiró la pala al suelo—. Me voy una hora, me las arreglo para salvar la vida, ¿y vuelvo a casa para ver esto?

—Randy... —Leslie se alejó de Jack.

—No es lo que piensas —dijo Jack bruscamente, sustentándose en su creciente resentimiento hacia él.

—No me digas —comentó Randy con ojos vidriosos—. Debería mostrarte lo que pienso.

—Abusaron de mí, Randy —dijo Leslie.

—¿Te violaron?

—Tú lo has dicho —afirmó ella evitando el tono descortés de él.

—Tengo noticias para vosotros. Todos en el mundo creen que sus tíos los violaron. Eso nos da a todos una excusa para vivir como víctimas.

—¡Randy! —exclamó ella con labios temblorosos; Jack pensó por un momento que ella se lanzaría sobre el tipo y le abofetearía la cara—. Estás enfermo.

—Nunca le hiciste bajar los humos al tío Robby, ¿y ahora sí, Leslie? No. Pero ¿sabes qué? Yo sí —dijo Randy sonriendo—. Solo que no era el tío Robby, sino el tío Stewart, y puedo garantizarte que está más muerto de lo que nadie merece estarlo.

—¿Está muerto Stewart? —preguntó Jack.

Jack no le había prestado mucha atención a las puertas opuestas a cada caldera. La segunda se abrió de repente y Stephanie entró a tropezones, desafiante y resollando.

La puerta se cerró sola y de golpe tras Stephanie. Ella miró hacia atrás con los ojos abiertos de par en par, luego se volvió y se enfrentó a ellos.

—¿Habéis visto eso?

Jack tenía la mente confusa. Stephanie, aquí. Stewart, muerto. Randy, empapado.

El sudor hacía que la blusa azul de encaje se le pegara al cuerpo y su largo cabello rubio estaba hecho un desastre, pero parecía la misma de una hora antes.

—Una corriente de aire —dijo Leslie con los ojos fijos en la puerta.

—No, a menos que una corriente de aire me haya estado siguiendo todo el camino hasta acá —contradijo Stephanie; luego caminó con aire resuelto y miró a Jack—. ¡Iba a quedarme eternamente en ese armario!

—Cálmate...

—¡No te atrevas a decirme que me calme! —interrumpió ella con el rostro rojo y los brazos rígidos—. ¡Dijiste que volverías! Prometiste volver. ¡Eso fue hace una hora!

Él parpadeó, sorprendido por el carácter fuerte que ella mostraba. Luego se irritó.

—He estado un poco ocupado —se justificó.

—Seguro que lo has estado —contestó Stephanie mirando a Leslie.

—Los pillé con las manos en la masa —comentó Randy.

—¿Qué quieres decir?

—Quiero decir que parece que Jack y Leslie tienen en la cabeza algo más que librarse de los malos.

—¡Cállate! —exclamó Jack con brusquedad—. Mira, Stephanie, las cosas aquí abajo están un poco complicadas, ¿de acuerdo? Yo solo he ido tras...

Revisó el reloj. No podía ser. Lo sacudió. Comenzó a funcionar. Se debió de haber estropeado cuando fue succionado dentro del túnel oscuro.

—¿Alguien sabe qué hora es? —preguntó.

—Casi las tres y cuarto —contestó Leslie mirando su reloj.

Los cuatro comenzaron a pensar en la hora.

—Eso es imposible —dijo Randy—. Llevamos aquí treinta minutos, máximo cuarenta.

—Mi reloj también marca las tres y cuarto.

—¿He estado en ese armario *cuatro horas*? —preguntó Stephanie, se puso una mano en la frente y empezó a moverse—. No puedo creer que me hayas hecho esto, Jack. No puedo creer...

—No puedo creer —remedó Randy, levantando el tono de la voz y poniéndose la mano en la frente. Luego se enfrentó a ella—. Escúchate, Barbie. ¿Crees que lo has pasado peor que alguno de nosotros? ¿Eh? Pues créete esto: tenemos menos de tres horas para salir de este hoyo, o *morimos*. ¿Lo habías olvidado?

Stephanie se dejó caer en la puerta, con el ceño fruncido.

Jack la miró.

—Pete... —Jack empezó a reanudar su explicación para Randy, pero se detuvo, reticente a justificarse a costa de Leslie.

—¿Pete qué? —preguntó Randy.

—Estoy bien —contestó Leslie, mirando a Jack.

—Seguro que lo estás —comentó Stephanie—. ¿Quién no estaría bien con el querido Jack al rescate?

—¿Puedes cerrar la boca, por favor? —le dijo Jack.

Tanto Randy como Stephanie sabían lo que había pasado por la mente de Pete cuando observaba a Leslie en el comedor. Quizás la verdad se estaba filtrando lentamente en el grueso cráneo de Randy. Stephanie, por otra parte, lo sabía y parecía no importarle.

Jack caminó hasta la puerta por la que había entrado Stephanie y la aseguró.

—Todos estamos vivos —dijo, dirigiéndose a la segunda puerta. Hasta donde podía ver, esas eran las únicas maneras de entrar o salir, además de la corriente de aire.

—Que conste, Leslie y yo solo estábamos expresando las normales emociones humanas de supervivencia. Si alguno de vosotros tiene problemas con eso, que los deje para mañana.

Aseguró la segunda puerta y se volvió otra vez a ellos.

—Ahora mismo tenemos que averiguar cómo sobrevivir las próximas tres horas.

22

3:43 AM

LES LLEVÓ MEDIA HORA DISCUTIR Y ESPECULAR SOBRE EXPLI-
caciones de qué *podría* ser lo que había ocurrido en las últimas horas.
Al menos comentaron los detalles críticos... o eso pensó Jack, aunque
no creía que Randy fuera tan locuaz como pretendía.

Aun después de comprender lo que se suponía que le hubiera ocurrido a cada uno, en realidad no sabían *lo que* estaba sucediendo.

¿Qué había succionado a Jack dentro del oscuro pasadizo?

¿Qué se había arrastrado por la pierna de Stephanie?

¿Qué le había ocurrido al cuerpo de Stewart?

¿Quién era Susan, y qué le había sucedido?

Los detalles eran aun peores. ¿Por qué se abrían puertas y ventanas a voluntad? ¿Por qué ninguno de ellos lograba verse en los espejos? ¿Por qué el asesino no había ido tras ellos en el sótano?

—Yo puedo responder a eso —dijo Randy—. Sí nos persiguió,
solo que vosotros no lo sabéis.

—¡Ajá! —contestó Leslie frunciendo el ceño—. Así que tiene alguna especie de control psicológico...

—No hablo de algo psicológico, sino físico. Lo vi venir.

—¿Que tú qué? —preguntó Jack.

Randy se sentó en un tonel de cincuenta y cinco galones con la escopeta en el regazo, mirando a Jack, que había dejado de caminar para enfrentarlo. Leslie y Stephanie se sentaron cada una en una placa de acero que sobresalía de las calderas.

—La puerta trasera —comentó Randy—. Lo vi corriendo afuera en la lluvia.

—¿Qué puerta trasera? ¿Por qué no nos has hablado de eso?

—Cerró la puerta con candado. Y no es que yo pueda decirte dónde está. Pero está aquí.

—¿Y tú te olvidaste de ese pequeño detalle? —demandó Leslie.

—No es importante —le dijo Randy con aire despectivo—. Tenemos otros problemas.

—¿Cómo cuál?

—Como salir de aquí.

—Quieres decir como salir vivos de aquí, ¿verdad? —expresó Leslie—. Lo que significa que debemos saber quiénes son nuestros enemigos y dónde están.

—Como ya dije entonces, tenemos que preocuparnos de mucho más que de White —manifestó Randy. Tomó la escopeta, la accionó y puso una bala en la recámara con una mano—. White es uno solo. Podemos ganar a un individuo solo. Pero hay que preguntarse por qué ha desaparecido Stewart.

—Porque estabas alucinando —contestó Leslie.

—¿Llamas alucinación a esto? —preguntó él agarrando su camisa empapada.

—Dejaste que Stewart se ahogara —dijo Leslie—. ¿Habías ahogado antes a alguien, Randy? No lo creo. ¿Sabes por qué meten a los soldados durante semanas infernales en campamentos de entrenamiento para reclutas? Para que cuando entren en el fragor de la batalla no empiecen a ver cosas. La mente es un instrumento frágil. Se quiebra con facilidad. Si hay algo que te debes preguntar es por qué te has vuelto una persona totalmente distinta desde que entraste en esta casa.

Randy la miró sin contestar. Era una buena observación. Hasta él tenía que ver lo que el estrés le había hecho.

—Ella ha dicho algo interesante, Randy —expresó Jack—. Piénsalo. Hablas de la muerte de Stewart en los términos más gráficos sin inmutarte, y a ninguno de nosotros nos importa. Has llegado a un punto en que todo empieza a venirse abajo, ¿de acuerdo? Pero no podemos venirnos abajo todavía.

—Perdonadme —declaró Stephanie—, pero ¿nos importa de veras este cotorreo psicológico? ¿No habéis oído a Randy? ¡El asesino está aquí abajo con nosotros! ¡Van a morir personas! ¿De qué creéis que va todo esto? ¿De sorber un poco de comida para perros?

Jack sintió deseos de atravesar el cuarto y abofetearla. No sabía lo que decía.

Además, había pasado mucho tiempo desde que la había visto tan llena de emoción. Pensar comparando lo antiguo y lo nuevo le obligó a hacer una pausa.

—Solo digo que tenemos que controlarnos —explicó Leslie, haciendo caso omiso del cruel comentario, lo cual decía mucho a su favor—, y no permitir que las circunstancias se nos metan en la cabeza.

—Y supongo que las serpientes también estaban en mi cabeza —comentó Stephanie.

—En principio, sí.

Stephanie solamente la miró. Tal vez sí que pecaba de ignorante.

—Está bien —dijo Jack caminando de un lado al otro—, vamos a tomárnoslo metódicamente.

—Creo que es importante saber si de veras pasa lo que parece estar sucediendo —declaró Leslie—. La respuesta nos dará el marco adecuado en el que tratar con la situación.

—¿Cómo es eso?

—Por ejemplo, las serpientes de Stephanie. Si son serpientes reales, las matas con un cuchillo o algo así. Si están en la mente, debes cerrar los ojos y sacarlas de tu mente.

Tenía sentido. Stephanie resopló.

—Está bien —expuso Jack—. Estoy de acuerdo con eso. ¿Qué más de lo que ha pasado podría entrar en esa categoría?

—No puedo creer que estemos aquí sentados...

—Stephanie, por favor, trata de usar algo más que la boca. Simplemente quédate aquí con nosotros.

Ella cerró la boca y lo miró. Sin embargo, él debía reconocer que había mostrado valor en ese armario. Al menos no estaba en negación, evadiéndose. Tenía la obligación de guardarle un gran respeto por eso.

—Randy, ¿hay algo lo que has visto que pudiera parecer un truco de tu mente?

—Estoy con Stephanie. No veo cómo puede ayudarnos esto.

—¿Y si creíste ver un candado en una puerta y escapaste? —preguntó Leslie—. Te alejaste cuando pudiste haber salido.

—Le oí cerrar la puerta trasera. Vi el candado antes de que lo cerrara...

—¿Y la escopeta? —preguntó Jack, señalando el regazo de Randy—. Podemos reventar los candados.

Todos lo miraron cayendo en la cuenta.

—Yo sabía que la escopeta sería nuestro billete de salida de aquí —dijo Randy con brillo en los ojos y bajándose del barril—. Hacemos saltar las puertas. Candado y cerrojo.

—Espera —interrumpió Jack, levantando una mano—. Tenemos que pensárnoslo muy bien.

—¿Qué es lo que tenemos que pensarnos? —expresó Stephanie—. ¡Randy tiene razón!

—Para empezar, Stephanie, acabas de bajar por las escaleras principales, ¿de acuerdo? ¿Sabes cómo regresar? ¿No encuentras un poco extraño que hayas venido a parar aquí por casualidad, con nosotros? El entramado de estancias de aquí abajo es una locura, pero tú te has paseado como si nada.

Ella no contestó.

—Estoy de acuerdo, optar por la puerta con la escopeta podría ser un buen plan —declaró Jack—. Si es que logramos encontrarla. Pero no echemos por tierra nuestras posibilidades haciendo algo a la ligera. Veamos: de las cosas que hemos visto, ¿cuáles podrían estar en nuestras mentes?

La casa crujió encima de ellos y todos levantaron la mirada.

—Escuchad —señaló Leslie después de unos instantes, bajando los ojos—. El viento mueve la casa. Hemos oído un quejido, pero nuestras mentes ya están al límite, así que todos esperamos más y levantamos la vista. Puro y simple engaño inducido por el estrés.

—¿Y los espejos? —preguntó Jack.

—Tiene que ser alguna especie de espejos con truco —contestó ella—. Pete me dijo que solían viajar con un circo. ¿Alguno ha visto un reflejo en particular de algo que estuviera tan cerca del espejo como él? ¿Randy?

—Quieres decir en primer plano. En realidad, ahora que lo mencionas, no. Jack y yo tampoco pudimos ver nuestros reflejos, pero vimos el cuarto que teníamos detrás.

—¿Jack?

—Así es. No lo había pensado de ese modo.

—Sé a ciencia cierta que se puede fabricar un espejo de tal modo que no refleje luz a cierta distancia.

Jack pudo sentir como un impulso al entrar en el cuarto, como si este fuera un campo de fuerza. Tenían una escopeta, tenían respuestas... dos cosas que podrían haber evitado todo lo sucedido esa noche. En ese instante resolvió no volver a viajar sin un arma.

—Bien, ¿y qué pasa con la desaparición del cadáver de Stewart?

Randy los miró. Estaba volviendo a la sensatez por momentos, pensó Jack.

—Bueno, yo estaba un poco nervioso —contestó él cerrando los ojos, levantando la barbilla y respirando profundo.

Se hizo silencio. Era evidente la vulnerabilidad de Randy.

Transcurrió un momento largo e incómodo.

—Algo se desató cuando Jack fue succionado por esa puerta, y yo fui a parar a esa agua que subía —dijo Randy, volviendo a respirar profundamente y a mirarlos—. Yo era hombre muerto. No tenéis ni idea de lo que se siente al ver a alguien ahogándose mientras tú estás pensando en descuartizarlo.

—Estoy segura de que ha sido muy duro —contestó Leslie, que se dirigió hacia él y le agarró la mano en una muestra de apoyo—. Todo irá bien.

A Jack le molestó verla ir hacia Randy, no porque le importara Leslie de ese modo. Sencillamente, no confiaba en él. Le resultaba desconcertante la idea de que alguien le mostrara confianza.

—Está bien —indicó Jack—, así que algo de lo que hemos visto quizás fue producto de una imaginación estresada. Por lo que sé, pude haber saltado dentro de ese túnel. Una fuerte corriente de aire...

Él frunció el ceño.

—Supongo que es posible que yo hubiera creído que me estaban succionando —continuó.

—Tal vez viste un cadáver porque necesitabas muerto a Stewart... no sería tan extraño —dijo Leslie mirando a Randy.

—Es posible —coincidió él arrugando el entrecejo.

—¿Y el olor...? —preguntó Jack a Leslie con una ceja levantada.

—Nos hemos habituado a él debido al estrés, por lo que ya no huele. Es un principio, de todos modos.

—A ver si nos entendemos —expresó Jack respirando hondo, mientras caminaba de un lado al otro y se frotaba el rostro para despejarse la mente—. A todos nos sacó de la carretera un asesino en serie llamado White, un maniático dado a juegos retorcidos. Con los años ha matado quién sabe a cuántas personas, y vino a parar a los bosques de Alabama, adonde no van más que viajeros extraviados. ¿Voy bien hasta ahora?

—No somos las primeras víctimas de esta casa —continuó Leslie con la idea, atravesando el cuarto—. La anterior fue Susan, que se las arregló para escapar. Nuestros anfitriones están colaborando con White, pero este último fallo, me refiero al de Susan, ha cambiado la relación entre ellos, y presiona a Stewart y Betty. Pero eso encaja dentro del juego de White, porque él quiere que otros lleven a cabo por él sus matanzas. Pretende obligar a sus víctimas a sacar de sí mismas el castigo por sus pecados. ¿Qué tal voy?

—Si me traéis un cadáver —declaró Randy.

—Regla número tres —indicó Jack.

—Es también lo que creí oírle decir a White en los túneles.

—¿Oíste su voz? —preguntó Leslie volviéndose hacia él—. ¿Otro detallito que te has olvidado de mencionar?

—*Creí* haberla oído. De todos modos, tienes razón. Él quiere que nos matemos unos a otros. Eso es lo importante, ¿no?

Lo era. *Por ahora todos debían ser conscientes der eso*, pensó Jack.

—Por consiguiente, todo su plan consiste en lograr meternos en la casa y atraernos al sótano, que según parece no tiene nada de sótano corriente. ¿Cómo explicas el sótano? No logro entender la distribución de este lugar.

—Túneles, corrientes de aire, tanques de contención... —reflexionó Leslie—. Quizás esto formara parte de una explotación minera.

—¿Qué clase de explotación minera en medio de Alabama se asemejaría a algo así? —preguntó Randy.

—Catacumbas —señaló Stephanie—. Quizás era más que una explotación minera. Algo construido por los esclavos después de la guerra. Por lo que se ve, esta casa está construida sobre un enorme cementerio.

Randy se burló.

—Tratemos de seguir centrados, por favor —ordenó Leslie—. Esto no es *Poltergeist*.

—Solo estoy diciendo… —se excusó Stephanie, encogiéndose de hombros.

—El asunto es que White nos ha estado manipulando desde el principio —continuó Leslie—. Logró encerrarnos en este lugar con otras cuatro personas. Ocho personas enfrentadas entre sí. El último vivo logra sobrevivir... o algo así. Betty, Stewart y Pete son tan víctimas como nosotros en este momento.

—Pero ellos no cuentan —comentó Randy.

—¿Por qué?

—Algo que también dijo la voz.

Ellos se sobresaltaron.

—¿Por qué no habrían de contar? —preguntó Jack.

—¿Son como él? —preguntó a su vez Randy—. ¿De su equipo?

—Pero Susan dijo que White iba a matarlos por haberla dejado escapar. De un modo u otro pretende matarnos a todos esta noche. O hacer que nos matemos unos a otros.

—Ya hay uno menos —afirmó Randy.

—Entonces tenemos que matar a Betty y a Pete —reafirmó Stephanie.

—No —indicó Jack—, tenemos que salir de aquí.

—Pero si se interponen en nuestro camino, los matamos —señaló Randy—. Os aseguro que si cualquiera de esos dos pervertidos se me aparece, es hombre muerto.

Leslie se quedó mirándolo.

—¿Qué? ¿No estás de acuerdo?

—No. Si te encuentras con Pete, métele por mí una bala en sus partes.

Dadas las circunstancias, Jack no la podía culpar por pensar así.

—Así que vamos a salir, ¿de acuerdo? —inquirió Stephanie.

—Con Stewart fuera de camino, podríamos intentarlo —dijo Leslie.

—¿Y qué pasará entonces cuando salgamos? —preguntó Randy.

—A menos que logremos deshacernos de él, White vendrá tras nosotros.

—Podríamos usar esa camioneta.

—Está destrozada. Tendremos que correr a pie hacia la carretera principal.

—¿Creéis que habrá alguna posibilidad de que alguien pudiera haber visto los autos y que hubiera llamado? —preguntó Stephanie—. Quiero decir, es posible, ¿verdad? Ese patrullero de carreteras que conocimos seguía esta ruta. Es solo cuestión de tiempo que venga. La única pregunta es si logra llegar aquí antes del amanecer.

—Tenemos que encontrar a Susan —expresó Jack.

Ninguno de ellos respondió.

—Lo digo totalmente en serio, no podemos salir de aquí sin Susan.

—Bueno, esa es una parte de un problema, ¿verdad? —manifestó Randy—. No sabemos dónde está Susan. Y si tienes razón, ellos están esperando que la busquemos. Estaremos yendo directo a las manos de White. Él no es tonto. Sabe que alguien querrá salvar a la pequeña y dulce niña.

—¿Cuál es tu problema? —dijo Leslie irritada—. Ella es tan víctima como nosotros. ¡No puedes *abandonarla*!

—Según tú, Betty también es una víctima. ¿Querrás *salvarla*?

—¡Pero ella es también una desalmada asesina!

Randy sacudió la cabeza, exasperado.

—No hay manera de que podamos encontrar aquí a esa niña —expresó Stephanie—. ¿Has dicho que llevaba días escondida?

—Haz lo que quieras —indicó Randy—. Está bien, encuéntrala y la llevamos con nosotros. Pero no podemos quedarnos todos aquí abajo esperando a una niña. ¡Tenemos que *salir*!

Parecía lo correcto. Pero Jack sintió que estaba muy mal. Captó la mirada de Leslie. Ambos sabían que Susan les había salvado la vida.

Se oyó el sonido de un interminable crujido en el cuarto de calderas. Jack buscó el origen, pero no logró ver nada.

Era como si las paredes estuvieran hechas de madera y un fuerte viento estuviera empujando las tablas en una dirección.

—¿Veis? —gritó Stephanie—. Eso es lo que oí. ¿Sigues diciendo que eso está en mi mente?

Finalmente disminuyó el ruido. Hasta Leslie respiraba con dificultad.

—Algo le pasa a este lugar —indicó Randy—. Debemos irnos. Ahora mismo.

Agarró la escopeta del tonel y se dirigió a la misma puerta cerrada por la que entró.

—Espera, no hemos acordado un plan —señaló Jack.

—Salimos por las puertas, ese es el plan.

—¿Por cuál puerta? ¿Quién va por qué puerta? ¿Y qué pasa si alguien se pierde? ¡Espera un instante!

Randy se volvió. Su expresión indicaba claramente que no había pensado en eso. Stephanie había comenzado a seguirlo. Tenía sentido, los dos pensaban igual. Salir, y salir ya, solo salir.

Igual que de sus matrimonios.

Se volvió a oír el crujido, no tan fuerte, pero igual de largo. Se trataba del sonido más anormal que Jack podía imaginar. Se estremeció por reflejo.

—¿Estás seguro de que tu escopeta hará otra vez lo que debe contra cualquiera que esté haciendo ese ruido? —puso Jack en la mente de Randy antes de que pudiera salir.

—¡Basta ya! —exclamó Leslie—. No estamos tratando con fantasmas, ¡por Dios! ¡Comportaos como adultos!

—¿Con qué estamos tratando entonces? —exigió Stephanie, y Jack agradeció que lo hubiera preguntado—. ¿Con histeria colectiva?

—¡No lo sé! ¿Tuberías? Arriba la casa se está moviendo con el viento. Debajo hay una red de tuberías oxidadas. ¿Cómo voy a...?

—El ruido viene de las paredes, no de las tuberías —insistió Stephanie.

—El sonido se desplaza —explicó Leslie.

—¿Y las marcas de pinchazos que tienes en la cara y las manos? ¿Aún crees que no tienen importancia? ¿O no eran dardos reales?

—¿Qué quieres decir? —preguntó Leslie, con el rostro un poco ensombrecido.

—No lo sé —contestó Stephanie mirándola—. Pero tú tampoco, ¿no? Y sin embargo insistes en que *no* es posible que estemos tratando con algo sobrenatural. ¿Estarías dispuesta a apostar todas nuestras vidas a eso?

Leslie no contestó.

—Bueno...

—Muy bien. Es posible que aquí esté pasando algo que no podamos explicar sin echar abajo la casa. Llamémoslo sobrenatural si queréis. Por definición, lo sobrenatural solo es en resumidas cuentas lo que se extiende más allá de nuestra comprensión de lo natural —interrumpió Leslie con mirada enfadada—. Ni siquiera estoy segura de que no existan los fantasmas. Alguna clase de existencia natural más allá de la muerte... quién sabe. ¡Pero si salís corriendo desesperados porque creéis que un espíritu maligno os está pisando los talones solo conseguiréis que nos mate a todos! ¡No perdáis la calma!

—¡Pienso mantener la calma! —contraatacó Stephanie—. ¡Y eso significa salir de aquí!

—Randy y tú estáis listos para salir corriendo incluso antes de que establezcamos un plan. Esa es la clase de idiotez que producen las tonterías motivadas emocionalmente.

Jack creyó que era el momento de intervenir.

—¿Entonces estás sugiriendo que crees posible que haya algo sobrenaturalmente malo en la casa? —le preguntó a Leslie—. Porque Susan...

—¡Sé lo que dijo Susan!

—¡Tómatelo con calma! —exclamó él, fulminándola con la mirada.

Ella miró hacia otro lado.

—Si White sabe que hay algo malo con esta casa...

—Vamos, dilo, Jack —instó Leslie—. Quieres decir embrujada, ¿no? Dilo de una vez.

—Está bien, lo digo. Si White sabe que esta casa está embrujada porque en alguna ocasión se usó como casa de esclavos que fueron asesinados aquí, o algo así...

Le dio a su voz la oportunidad de sonar extraña.

—...lo cual admites como posibilidad, aunque no lo entendamos...

—De acuerdo.

—...¿no nos interesaría entonces saber cómo tratar con una casa embrujada?

Todos lo miraron.

—Sé que parece tonto, pero ¿no es de eso de lo que estamos hablando? Entendemos algo acerca del asesino, dentro de lo que se puede entender a un asesino en serie; sabemos algo sobre Betty, Stewart y Pete. Tenemos un plan para reventar las cerraduras y salir hacia la carretera principal. Sin embargo, ¿qué pasa con la casa?

—¿Estás diciendo que la casa podría estar tratando de impedir que salgamos? —preguntó Leslie.

—Solo me estoy asegurando de que todas nuestras bases estén cubiertas antes de intentar nada.

—No creo en las casas embrujadas —afirmó Randy.

—Yo tampoco —dijo Leslie, mirándolo—. Pero eso no significa que esta casa no sea... extraña. Tengámoslo en cuenta, ¿oyes?

Él hizo caso omiso.

—El asunto, suponiendo que Jack tenga razón, es cómo tratar con una casa embrujada. ¿Correcto?

—Correcto.

Nadie sugirió nada. Todos estaban demasiado ocupados tratando de imaginar tal situación. Era evidente que ninguno de ellos tenía idea de cómo tratar con nada embrujado.

—¿Alguien tiene agua bendita? —preguntó Stephanie.

—¿Qué significa embrujada? —también preguntó Randy—. Significa que está rondando algún fantasma o algo por el estilo. Si es así, aplaquemos al fantasma. O matémoslo.

Se volvió a oír el crujido, más fuerte que antes. Y más largo. Escucharon, mirándose sin brindar ningún consuelo.

—Tuberías —manifestó Jack cuando el sonido cesó.

Nadie comentó nada.

—Vayamos primero a la puerta trasera —indicó Jack—. ¿Puedes llevarnos, Randy?

—Creo que sí.

Jack asintió.

—Si nos separamos y no podemos salir nos volvemos a reunir aquí.

—¿Y si uno de nosotros sale? —preguntó Randy.

—Que vaya a la carretera principal.

—¿Y si no podemos salir por la puerta de atrás? —inquirió Leslie.

—Entonces vamos a la que está en la parte superior de las escaleras principales y salimos por ella.

—¿Disparo en cuanto los vea? —volvió a preguntar Randy.

Jack asintió, agarrando la pala que Randy había dejado caer.

—Si nos topamos con Betty, Pete o White, disparas. Debajo de la cintura si es posible.

—Está bien. Está bien —asintió Randy—. Hagámoslo.

Se dirigió hacia la puerta por la que había entrado, con la escopeta a la altura de la cadera.

23

3:53 AM

CAMINARON RÁPIDA Y SILENCIOSAMENTE EN FILA INDIA, primero Randy, seguido por Stephanie y luego Leslie. Jack cuidaba la retaguardia con la pala de Randy.

En el momento en que entraron al túnel en el que había visto por última vez a Stewart, Randy sintió la oleada de confianza que antes le había permitido escapar de aquel tipo.

La escopeta estaba recién cargada con las municiones que le había quitado a Stewart. Once más en el estuche. Randy calculó si tenía agallas para hacer lo que debía. Había aprendido algunas cosas esa noche, y una de ellas era que poner una escopeta contra la cabeza de alguien y apretar el gatillo no era algo fácil.

Sí, sí tenía agallas. No estaba seguro de llegar a disparar como en las películas, pero creyó que podía hacerlo. Y ahora era quien estaba dirigiéndolos dentro del túnel sin demasiado temor.

A juicio de Randy, apenas necesitaron cinco minutos para volver al habitáculo donde Stewart se había ahogado. Estaban tratando de moverse con la suficiente lentitud para no hacer ruido, y lo conseguían. Bastante bien.

La puerta arqueada de madera que daba al cuarto aún estaba abierta.

Randy se detuvo.

—¿Qué? —susurró Stephanie detrás de él.

—Aquí es donde vi... —parpadeó hacia el piso de hormigón.

—¿El cadáver?

—Sí.

—¿Qué hay? —susurró Leslie, poniéndose de cuclillas.

—Sigue desaparecido —contestó Randy.

Se miraron unos a otros, luego otra vez al túnel. Basta de charla. Así que él había perdido la chaveta. O White había movido el cadáver. Randy se alzó rápidamente sobre el peldaño hacia el cuarto, ansioso de demostrarles que el tipo ahogado estaba ahogado de veras.

—Reduce la velocidad —susurró Stephanie.

Yo te reduciré la velocidad si no te callas. Pensamiento interno, en realidad no quería decir nada.

Ahora podía ver el agua y el enorme tubo que desaparecía dentro del tanque de hormigón. Randy caminó hacia el centro con el agua hasta los tobillos. Se dio la vuelta, consciente de que estaba sonriendo sin bondad alguna.

Los demás se habían detenido en la entrada y observaban.

—Aquí es donde ocurrió —informó.

Ellos lo miraron sin reconocer ni negar. Pero eso fue suficiente reconocimiento.

—¿Queréis ver...?

—Tú sácanos de aquí —exclamó Leslie bruscamente.

Muy bien, entonces. Cortó hacia su izquierda, sobre otro peldaño, y entró al pasadizo adyacente. Veinte metros a la derecha. Por la puerta contra la que se había golpeado, que ahora estaba abierta, permitiendo que entrara luz a lo que había sido un espacio oscuro.

Pero la puerta que llevaba al cuarto de la colada, donde había encontrado la escopeta, estaba cerrada.

—Trancada —dijo—. Esta lleva al pasadizo donde está la puerta trasera.

—¿Qué hacemos entonces? —preguntó Stephanie.

Métete el puño en la boca y no lo saques. Pensamiento interior.

—Reventarla —contestó él.

—Podrían oírlo —indicó Jack.

—Tal vez. Pero estamos aislados por mucha tierra al otro lado de estos muros de hormigón. Además, hay un cuarto de colada detrás de esta puerta. Creo que no pasará nada.

Antes de que nadie pudiera objetar, levantó la escopeta y puso el cañón como a treinta centímetros del picaporte y...

—Randy...

... apretó el gatillo.

¡Bum!

¡Retumbó muy fuerte allí adentro!

—¡Listo! —señaló, y abrió la puerta de un empujón.

Entraron en el cuarto de la colada y se detuvieron para escuchar. Nada. El zumbido en los oídos sí se oía muy bien.

—Por aquí.

—No voy a salir —informó Jack.

—¿Qué quieres decir con que no vas a salir? —se le enfrentó Randy—. La puerta está abierta...

—Enséñame el camino. Primero tengo por lo menos que tratar de encontrar a Susan.

Randy echó mano a la puerta.

—¡Haz lo que quieras! —oyeron la voz apagada.

Estaban en un pasadizo en el que se veía la puerta trasera a cinco metros a su izquierda.

Stephanie dio un grito ahogado. Randy le puso los dedos en la boca. Abajo, por el pasillo, atravesando la puerta que conducía al estudio grande con el escritorio, la estrella de cinco puntas y el espejo que no funcionaba. Betty.

—¡Deprisa! —ordenó Randy, girándose y corriendo hacia la salida, pero una mano le enganchó el codo.

—¡Dame un minuto! —susurró Jack—. Susan tiene que estar con ella.

—¿Estás loco? ¡Ya estamos aquí!

—Tienes que esperarme.

—¡Ni en broma!

—Si le disparas al candado ella lo oirá y me será muy difícil. Un minuto, solo para ver.

—Y si espero que vengas gritando por el pasillo con una niña en tus brazos, Betty vendrá detrás de ti con una escopeta. Todos perdemos.

—¡Tú dame un minuto! ¡Ella le salvó la vida a Leslie!

Habló como se habla cuando hay que tomar decisiones. Quizás, pero la mente de Randy estaba confusa otra vez. Tenía una escopeta, estaban bien protegidos en el pasadizo y, pensándolo bien, un minuto no haría daño.

—Un minuto y nos vamos. Esperaremos por la puerta.

—Voy con él —susurró Leslie.

—Haz lo que quieras.

Randy y Stephanie permanecieron en el pasadizo que conducía a la salida.

—Tontos —susurró Randy, mirándolos—. Lo que van a conseguir es que nos maten.

—¿Tú crees?

—Garantizado.

—Quizás deberíamos irnos —comentó Stephanie.

La sugerencia lo dejó medio sorprendido.

—¿Dejarlos y salir corriendo?

—Bueno, traeríamos a la policía, ¿está bien?

Él reflexionó sobre el plan. En realidad no era un plan, sino una estrategia de sálvese quien pueda. O al menos de sálvense él y Stephanie.

Jack y Leslie aún se estaban acercando sigilosamente a la puerta del otro extremo. Si no fuera por esa pequeña abandonada que habían conocido, ahora estarían fuera de aquí.

—No puedo hacerlo —dijo él finalmente.

—Esto no me gusta —manifestó Stephanie abrazada a sí misma y mirando nerviosamente para todas partes—. Deberíamos irnos.

—Cállate. Prometí que le daríamos un minuto a Jack, nada más. Solo...

Se abrió la puerta detrás de ellos. Randy oyó gruñir a Stephanie. Él se dio la vuelta. Allí estaba Pete, con una mano alrededor del cuello de ella y la otra tapándole la boca, la arrastraba de regreso hacia la puerta.

Randy giró la escopeta, la puso a nivel de ellos y estuvo a un paso de colocar una carga completa de perdigones en las tripas de ella. Ese era el primer problema: Stephanie estaba en medio.

El segundo era que Jack tenía razón: un disparo alertaría a toda la casa hacia donde él estaba.

Pete se escabulló por la puerta y desapareció.

A Randy le repiqueteaba el pulso en el cráneo. Miró hacia el corredor y vio que Jack estaba casi en la puerta que llevaba al estudio, ignorante de lo que acababa de pasar.

No podía advertir a Jack y Leslie sin alertar posiblemente a Betty, lo cual no les convenía. O dejaba que Pete se fuera con Stephanie, o iba tras ellos antes de que desaparecieran.

Randy lanzó un insulto entre dientes y corrió hacia la puerta.

Pudo oír a Stephanie gritar a través de los dedos de Pete, delante a la derecha. Ella resopló y se quedó en silencio.

Pete no tenía escopeta y Randy sí, eso era lo importante.

El ruido de una puerta cerrándose de golpe le hizo tensar los músculos.

Pete no tenía escopeta, pero tenía un cuerpo en sus manos. O sobre su hombro. De igual modo, Randy podría atraparlo más fácilmente de como había atrapado al padre de aquel bruto. Sorpresa e intimidación. Liquidaría al sujeto antes de que Pete se diera ni cuenta de que tenía un adversario.

Randy llegó a la puerta que se había cerrado, la abrió de golpe e introdujo la cabeza. Dos direcciones. No podía decir adónde habían ido. Pero si había entendido correctamente a Jack y Leslie, tenía una muy buena idea de la dirección en que estaba la guarida de Pete y estaba seguro de que allí era adonde se dirigían.

A la derecha otra vez. Dobló la esquina y bajó por un pasillo que no había visto antes. Las suelas de cuero de sus zapatos golpeaban en el hormigón. ¿Quién estaba ahora cazando a quién?

Adelante a la izquierda, el único camino. Lo siguió sin detenerse.

Pero se estaba alejando de la salida. Y White estaba por ahí en alguna parte.

Los dos pensamientos entraron juntos en su mente, como un disparo doble de escopeta de dos cañones, e inculcaron en su pecho algo que no había sentido desde la persecución de Stewart.

Miedo.

Desaceleró hasta solo caminar, con el corazón latiéndole tan fuerte que no podía oír ni su pensamiento. ¡Habían estado exactamente allí! Un solo disparo a través de ese candado y afuera hacia la lluvia. ¡Con una escopeta en la mano! Lo habría logrado.

—Tú, tonto, tonto, tonto...

Ninguna palabra que le llegara a la mente podría describir con exactitud cuánto detestaba a Stephanie en este momento. Pero estaba comprometido.

¿Lo estaba? Se detuvo. Miró por encima del hombro. En realidad podía retroceder. Dejarlos a todos y dirigirse a la carretera armado con la escopeta. Conseguir los teléfonos que él y Leslie habían dejado en el coche. Llamar pidiendo ayuda y llegar a la ciudad.

En alguna parte delante de él gritó Stephanie. Pete le había dejado libre la boca. Lo cual quizás significaba que habían llegado a la guarida del granuja.

Randy se arrastró hacia el frente, resuelto a todo menos a dejarse caer en medio del temor y la desilusión que sentía por la oportunidad perdida. Cada paso que lo adentraba, lo alejaba. Jack y Leslie probablemente se harían con la niña, llegarían a la puerta y se alejarían, mientras él estaba ahí tratando de rescatar a su chica.

Reanudó el paso, evitando que los talones hicieran contacto con el hormigón. No tenía idea de cómo Pete había cubierto tan rápido esta distancia, sobre todo con la cabeza rota, como Jack dijo que la tenía.

Randy dio la vuelta a una esquina y quedó frente a una puerta con luz amarilla en los bordes. El pasillo desaparecía más adelante doblando en otra esquina, pero tenía que ser esta puerta.

Se acercó con cautela. Sorpresa e intimidación, ese era el plan, pero ahora no tenía fuerzas para sorprender ni intimidar.

—Por favor... —pudo oír la voz sofocada de Stephanie suplicando al otro lado de la puerta—. Por favor, haré lo que sea.

—Puedes ser mi esposa —manifestó Pete.

Ella no contestó.

Randy se inclinó hacia delante, escuchando. No sabía en qué parte de la habitación estaban y las rendijas eran demasiado estrechas para permitirle ver. Si Stephanie lo distrajera...

—¿Puedes bajar eso? —preguntó ella.

Randy retrocedió. ¿Tenía un arma?

—Quiero que te comas los cereales —contestó Pete.

Randy miró por el pasillo. Aún podía escapar.

—¿Estos cereales? —preguntó ella.

Si se fuera ahora, aún lograría salir. Era probable que Jack y Leslie ya se hubieran ido. Se imaginó la puerta totalmente abierta, con
Betty gritando en la lluvia.

—Te hará fuerte como yo.

Ella titubeó. Lloró suavemente.

—¿Estás seguro? —inquirió ella.

—¡Sí, sí! Leslie fue una chica mala.

—¿No se comió tus cereales?

—Leslie fue una chica mala.

—Pero si yo me los como, ¿seré una chica buena? —preguntó
Stephanie con voz entrecortada.

—Serás mi esposa.

—¿Y tú serás bueno conmigo?

—Si quieres ser fuerte como yo tienes que comerte los cereales;
porque eres culpable.

—Culpable.

Randy parpadeó. Ella sabe conseguir lo que quiere, hay que reco-
nocerlo.

—Está bien. ¿Ves?

¿Se lo estaba comiendo? Randy puso la mano izquierda en el picaporte y lo giró un poco. La puerta no estaba trancada. Le dio un
golpe ligero con el codo. No había cerrojo.

Ahora Stephanie estaba sollozando de modo suave y continuo.

—Serás fuerte —expresó Pete.

Entonces Randy actuó, porque sabía que cualquier macho ardien-
te dado a comer comida para perros putrefacta tendría toda su atención puesta en Stephanie.

Pete estaba con un tazón en una mano, mirando a Stephanie, que
tenía tres dedos en la boca. Las lágrimas le surcaban el rostro.

Randy apretó el gatillo.

¡Bum!

Los perdigones arremetieron contra el costado de Pete, que dejó caer el tazón. Pero no cayó.

Accionó. Cargó otra vez.

¡Bum!

Esta vez el tipo cayó de rodillas.

—¡Vamos! —gritó Randy—. Salgamos de aquí.

Stephanie miró momentáneamente aturdida, luego saltó de la cama. Pero no cayó toda llorosa y agradecida en los brazos de él. Pálida, se fue tropezando hacia la puerta.

Ella lo siguió por los pasillos a toda prisa. En lo único que Randy pensaba ahora era en llegar a la salida trancada.

Se le ocurrió que no había recargado la escopeta después del último disparo, de modo que lo hizo ahora, sabiendo, pero sin importarle, que detrás Stephanie se estaba cayendo.

Dobló la esquina y atajó por el túnel que llevaba de regreso a la salida.

Hasta allí llegó. No se encontraba solo en el túnel. Allí estaba el hombre con la máscara de hojalata. Frente a él. Casi veinte metros pasadizo arriba, con las manos a los lados, gabardina hasta los tobillos, mirando a través de esos agujeros recortados en el rostro de chapa.

Las náuseas le recorrieron las tripas. Quiso mover la escopeta hacia arriba y abrirle un agujero a esa cara, pero no logró moverse.

Ni señal de Stephanie.

—Hola, Randy —saludó White—. Eres como yo, por eso vas a ganar esta contienda.

Aún no escuchaba a Stephanie, ¿dónde estaba ella?

—Necesito un cadáver —continuó White—. Creo que Jack tratará de matarte. Eres un canalla, todos lo saben.

La visión de Randy revoloteó. El cuello de White se movió.

—Un cadáver, Randy. Dame un cadáver antes de que él te mate.

—Yo... yo no puedo matar...

—Si no la matas, morirás.

¿La? No lograba pensar con claridad.

—¿Leslie?

—Hasta los inocentes son culpables, Randy.

Stephanie había perdido de vista a Randy, pero estaba demasiado entumecida para pedirle que bajara el ritmo. Él había regresado por ella... ahora no la dejaría.

El estómago le dio vueltas de repulsión por la papilla que había comido, pero era una repugnancia demasiado empalagosa. Como masticar el gusano del fondo de una botella de tequila. No. Peor, peor todavía... más como sorber parte del vómito de otra persona. Pero ese vómito tenía un alucinógeno que le había enviado placer a lo largo de los nervios.

En realidad sentía repugnancia por ella misma; por su disposición a hacer cualquier cosa que Pete le pidiera. Todo. Y por su necesidad de ser aceptada por él.

Le afectó haber hecho con naturalidad lo que había hecho. Sus náuseas, su pecado, la preservaban a costa de todo principio. A expensas de su propia valía. Comprenderlo le había dado asco.

Se había convertido en un caparazón de mujer para salvarse del dolor, y no contaba con fuerzas para redimirse.

Aún tenía alojada en la garganta un poco de la papilla. De repente, el excesivo empalago ya solo era indigesto. Se detuvo, se arqueó y vomitó.

Se limpió la boca y se quedó estupefacta.

—¿Randy?

Cuando Stephanie se irguió, Randy estaba de pie dándole la espalda, con la escopeta en una mano, apuntando al suelo. Se volvió hacia ella. Por un momento pensó que parecía distinto.

—¿Vienes?

—Sí —contestó ella, dándose prisa y escupiendo bilis de la boca.

Randy salió corriendo.

Cuando llegaron al pasillo donde Pete la había secuestrado, seguía totalmente abierta la puerta por donde Jack y Leslie se habían acercado. La salida aún estaba con candado. No había ni rastro de ellos.

Stephanie pudo olerse el aliento... como azufre.

—¡Vamos! —exclamó Randy, corriendo hacia la salida—. Cuando salgamos corremos directo hacia el bosque, no hacia el frente de la casa. Nos ponemos a cubierto y luego pensamos cómo volver a la carretera principal, ¿de acuerdo?

Ella no contestó.

Randy levantó la escopeta a la altura del hombro, apuntó al candado y accionó el gatillo.

—¡Salgamos!

Subió al descansillo y arrancó el retorcido candado con una mano temblorosa. La puerta se abrió fácilmente. ¿Lo habían logrado?

Se giró hacia atrás, agarró del codo a Stephanie y tiró bruscamente de ella hacia la puerta, afuera.

Solo que aún no estaban afuera.

En realidad, no estaban en absoluto afuera. Stephanie parpadeó, pero lo que vio no cambiaba. ¡Estaban en el cuarto de calderas! ¡El caliente, sofocante cuarto de calderas!

La puerta se cerró tras ella con un clic.

—¡Oh Dios, oh Dios, oh Dios!

24

3:59 AM

JACK AMINORÓ LA MARCHA CERCA DE LA PUERTA Y SINTIÓ cómo Leslie chocaba por detrás contra él. Ella se acercó al rostro de Jack y, por la expresión de su mirada, él supo de inmediato que algo había ocurrido.

—¡Se han ido!

Siguió la mirada de ella por el corredor. Habían dejado a Randy y a Stephanie hacía menos de un minuto con la promesa de Randy de que esperaría. Pero no había señal de ninguno de los dos. La salida trasera aún tenía el candado puesto.

Él escuchó un lamento distante y ahogado. ¡Stephanie! ¿Se la había llevado alguien? Pete o White.

Por un instante dudó entre ir tras ella o tras Susan, que con seguridad esperaba detrás de esa puerta. Randy también había desaparecido; pese a lo mucho que le disgustaba haber confiado en él, Jack decidió creer que Randy había ido por Stephanie.

Jack iría a buscar a Susan.

Estuvo pensando en ello mientras llegaba a la parte de atrás caminando por los túneles. Cuanto más pensaba en Susan, más la identificaba con su propia hija, Melissa. Lo que la unía a ella no era su edad, sino su inocencia.

Jack no había podido salvar de la muerte a su hija, pero haría todo lo que estuviera a su alcance para salvar a Susan. Siempre había sido un tipo obstinado y leal, pero ahora —en medio del caos— hasta él se sorprendió de su valor para salvar a esa niña.

—No puedo dejar a Susan —le dijo a Leslie, deteniéndola en un recodo en los túneles—. Voy a averiguar dónde está la salida y entonces iré por ella.

—Voy contigo —afirmó ella mirándolo a los ojos.

—No.

—Sí —exclamó decidida—. Eres un buen hombre, Jack.

Ahora estaban aquí, buscando a Susan, con la sorprendente suerte de hallar en seguida a Betty. Pronto sabrían si esa suerte era buena o mala.

Leslie se agachó y se apoyó contra el muro opuesto, observando a Jack.

—No tiene sentido —indicaba Betty detrás de la puerta—. Ni el más mínimo sentido. ¿Qué razón tendría nadie para arriesgarse por ti? No vendrán.

—Jack sí —afirmó la voz de Susan.

—Aún no tienen idea de dónde están, lo sabes ¿no? Todos estarán muertos en un par de horas.

—Luego lo estarás tú.

Jack oyó una bofetada.

Estuvo a punto de intervenir. Pero aún no tenía un plan formado. Abrió la puerta con mucho cuidado.

El estudio, como lo habían llamado, seguía como él lo recordaba: con un solo escritorio y un espejo grande. Betty estaba frente al espejo, de espaldas a Jack. Tenía un cepillo en las manos con el que cepillaba el largo y enredado cabello de Susan.

No había ninguna escopeta. Al menos, no a la vista.

—¿No crees que algo sé sobre matar? —preguntó Betty a la niña mientras la hacía girar frente a ella—. Los culpables mueren. Eso significa que a White se le puede matar si lo merece. Él pudo haber hecho lo que hizo para dar vida a la casa, pero no olvidemos quién estaba aquí primero.

—Tú estarás muerta por la mañana —le aseguró Susan.

Esta vez Betty no se molestó en abofetearla. Le puso el cepillo en el pelo y lo arrastró.

—Eso será mucho después de que hayas muerto, querida. Tienes razón, vienen por ti. Pero no es lo que crees.

Jack sabía que era el momento de entrar, pero las palabras de ellas lo inmovilizaron.

—Son más fuertes de lo que crees —expresó Susan.

—Si fueran tan fuertes no se dejarían engañar por ti, ¿y acaso no están engañados ahora? No tienen idea de si van o vienen. Además, no saben cuál es el verdadero juego.

Susan no contestó. ¿Podrían ser ciertas las palabras de Betty? ¿Sería posible que Susan en realidad fuera aliada de White?

—De todos modos, no entiendo qué podría ver nadie en este rostro suave y hermoso —continuó Betty, mientras apretaba las mejillas de Susan y ambas miraban al espejo, algo que resultaba extraño—. A pesar de lo que diga White, debimos haberte matado el día que pusiste el pie en este lugar.

Betty apretaba. Más y más fuerte.

Susan gimió.

Jack retrocedió, respirando con calma.

—¿Está... está ella con nosotros? —preguntó Leslie, que había escuchado.

—¿En quién confías? ¿En Susan, que arriesgó su cuello por salvarte, o en Betty? —le susurró Jack.

—Pero Betty no la mató.

—Betty tiene motivos para conservarla viva —contestó Jack después de pensar por unos instantes—. Y Susan te salvó.

—Podría ser parte del juego.

—¡No! No podemos dejarla, aunque sea parte del juego. Voy a entrar.

—Está bien —aceptó ella mirando hacia la puerta—. Pero ten cuidado.

Jack respiró hondo, empujó suavemente la puerta y entró en el estudio, con la pala levantada en alto.

Pero Betty ya se estaba dando media vuelta, usando a Susan como protección. En vez de un cepillo, ahora tenía un cuchillo, que presionaba contra el delgado cuello de la niña. Susan vio a Jack y la comisura de sus labios se alzó ligeramente.

—Ya era hora —dijo Betty, sonriendo de tal modo que se le veía la enorme dentadura blanca—. Tire la pala.

—¡No lo hagas! —gritó Susan.

—¡He dicho que la tire!

—Mátala, Jack —dijo Leslie adelantándose a él.

—Contaré hasta tres para que suelte eso, o le cortaré el cuello a la niña —advirtió Betty.

—¿Y luego qué? —preguntó Jack, acercándose a Betty con la mandíbula fija—. ¿Eh? ¿Y luego qué, maldito engendro de mujer? Me aseguraré de que usted nunca se vuelva a levantar, eso es lo que hay.

Betty retrocedió, arrastrando a Susan.

—Usted sabe que no puede permitir que yo la mate —manifestó Betty, pero ahora había indicios de temor en sus ojos—. ¡Ella es la única que los mantiene vivos a ustedes! Ella es parte del juego. Ya lo verá, se lo juro.

—¡No la escuches! —gritó Susan.

Betty apretó el cuchillo y Susan lanzó un grito ahogado. Le empezó a brotar sangre por un fino corte en la barbilla.

—¿Qué pasa? ¿No pueden salir por la puerta trasera? La pala no le servirá allí, bomboncito.

—No sé qué piensa usted de este juego enfermizo —dijo Leslie yendo hasta el extremo del cuarto, a la derecha de Betty—, pero Stewart está muerto y White quiere que nosotros la matemos a usted. ¿Es eso lo que quiere? ¿Un baño de sangre? Él no se detendrá hasta que todos estemos muertos. Le aseguro que es lo que usted va a ver.

—¿Cree que Stewart está muerto? —contestó Betty sonriendo—. Ah, es cierto que se ahogó, pero tiene unos pulmones fuertes.

—Suelte el cuchillo —ordenó Jack, acercándose—. Usted mátela y le prometo que le quito la cabeza. Déjela ir.

—¡Es a White a quien debemos detener! —continuó Leslie—. Deberíamos estar unidos, no unos contra otros.

Los ojos de Betty saltaron hacia Leslie. Jack se acercó más. En realidad, el pensamiento de eliminarla se estaba volviendo más difícil de lo que había creído. Y aún quedaba la posibilidad de que Betty se las arreglara para matar a Susan.

Leslie siguió caminando. Intentaba ser fiable, pero estaba temblando.

—¿Leslie? —llamó Jack.

—¿Qué le hace creer que puede hacerle tragar su mundo distorsionado a un niño pequeño y no pagar por eso, eh? —preguntó Leslie con un amargo suspiro; la estaba presionando al máximo, pensó Jack; sin duda se refería a Pete.

—Leslie...

—Usted es culpable, Betty. También es culpable. Y sus pecados están a punto de delatarla.

Leslie caminó detrás de ella hasta pasarla. El rostro de Betty se estaba tensando. No le quitaba los ojos de encima a Leslie. Era la primera vez que Jack la había visto despojada de autoridad.

—¿Cree usted en el infierno, Betty? Yo no. Pero viéndola a usted quisiera que Dios lo hubiera hecho, porque sea lo que sea el infierno, está hecho para usted y su hijo. O se nos une usted contra White, o la eliminamos. ¿Qué le parece eso para jugar?

Jack estaba ahora a solo dos metros y medio de Betty. Pero ella aún presionaba fuertemente el cuchillo contra el cuello de Susan.

Los ojos de Betty iban de Leslie a Jack y viceversa. De repente liberó a Susan, dejó caer el cuchillo y levantó las dos manos. Susan se le colocó a la derecha.

—Escúchame, Jack —dijo Susan, girando de nuevo—. Quien tenga oídos para oír... ¿me puedes oír?

—Está bien, ustedes ganan —aceptó Betty—. Sé...

—¡Mátala, Jack! —ordenó Leslie.

Susan también estaba hablando, pero Jack no lograba distinguir sus palabras. Las voces le daban vueltas en la mente.

—...cómo matar a White —continuó Betty—. Yo les puedo enseñar...

—¡Mátala! —gritó Leslie.

—...cómo matarlo.

—Y si eso no tiene sentido, en realidad no tiene por qué tenerlo —dijo Susan terminando un largo discurso.

¿Qué? Jack miró a Susan y a Leslie.

—¿Qué?

—¿Qué? —repitió Leslie, sin tener idea.

—¿Qué está diciendo? Susan.

Leslie miró a la niña.

—Nada.

Se hizo silencio. La cabeza de Betty se ladeó de modo convulsivo por un instante y luego volvió a aparecer su sonrisa. Jack estaba muy nervioso. ¿O es que había visto algo más? Ahora sí que su mente estaba engañándolo.

Jack trató de resumir la situación. Leslie a su derecha, insistiendo en que golpeara y enviara a Betty al otro barrio. Susan a su izquierda, mirándolo horrorizada. Betty en medio, con las manos levantadas sobre la cabeza, sonriendo nerviosamente.

—¡Mátala! —chilló Leslie.

Jack blandió con fuerza la pala. Se oyó un crujido. El cráneo de Betty. La pala la golpeó con suficiente fuerza para enviarla tambaleándose contra el espejo a metro y medio detrás de ella. El vidrio se hizo añicos.

Betty cayó al suelo, aterrizando en el extremo posterior. Un hilillo de sangre le corría por la oreja.

Todos se quedaron mirando, sin poderlo creer. Una negra niebla brotaba de la herida.

—¡Seguidme! —exclamó Susan, corriendo hacia la puerta que llevaba al cuarto de los cuatro sofás—. ¡Deprisa!

—Jack vio la escopeta, la que Betty había llevado a la habitación de Pete. Recostada contra el escritorio. Tiró ruidosamente la pala al suelo y agarró la mejor arma.

—¡Salgamos por detrás! —gritó Leslie—. Susan...

—No, Susan tiene razón —interrumpió Jack—. Estamos más cerca de las escaleras. Subamos por las escaleras. ¡Vamos!

Esta vez haría saltar los candados.

Salió corriendo tras Susan, que justo estaba entrando en el pasillo principal con las escaleras cuando Jack se giró en la sala de estar.

Leslie salió pisándole los talones.

En ese corredor había un tramo de escaleras que subían hasta la planta principal. Si Randy tenía razón y White estaba en el sótano, estarían seguros en la planta principal. Desde allí podrían salir. Y con la escopeta no tendría problemas para encargarse de cualquier cerradura.

El corazón de Jack latía con fuerza. Iban a lograrlo.

¿Y qué pasaría con Stephanie y Randy? Seguramente ya se las habrían arreglado para salir. Él tenía a Susan y a Leslie.

Jack se lanzó hacia el corredor y casi atropella a Susan, que se había detenido y miraba fijamente en dirección opuesta a las escaleras.

—Vamos, vam...

Leslie gritó.

Jack giró hacia atrás y vio que ella ahora también estaba mirando hacia el fondo del corredor, lívida. Se dio la vuelta.

El asesino estaba frente a ellos mirándolos desde las sombras, inmóvil. La negra gabardina abierta por la mitad. Una lámina de latón le cubría la cara, menos los ojos, y tenía una hendidura para la boca. La escopeta apuntaba con indiferencia al suelo.

—Un cadáver —dijo, su voz se amortiguaba detrás de la máscara—. La arpía no cuenta.

White comenzó a caminar hacia ellos.

—¡Seguidme! —gritó Susan.

Tiró de la puerta que había justo enfrente del pasillo y entró corriendo.

La escopeta de White tronó. El disparo dio contra la puerta detrás de Susan, cerrándola de golpe. Como era de prever, se quedó probablemente trancada.

—¡Dispárale! —gritó Leslie.

Jack movió su escopeta hacia arriba y disparó un salvaje cañonazo contra la pared.

Sus brazos estaban débiles. En lo único que podía pensar ahora era en salir. Se dirigieron a las escaleras, más allá de la puerta. La escopeta de White apareció.

—¡Aprisa!

Jack se abalanzó hacia las escaleras y subió los escalones de tres en tres con Leslie resoplando detrás de él. No tenían a Susan, lo sabía, pero también sabía que los dos pronto estarían muertos si no lograban atravesar esa puerta.

¡Bum!

El disparo de White se metió por entre dos tablas al lado de Jack.

Este metió un cartucho en la recámara mientras corría, apuntó al seguro de la puerta y apretó el gatillo antes de tener el pie bien plantado en tierra.

La explosión lo lanzó hacia atrás contra Leslie, que le dio un empujón hacia la puerta. Esta ya no tenía el roto mecanismo de cierre y se balanceaba libremente.

—¡Adelante! ¡Adelante!

Jack se abalanzó por la puerta, tropezó en el escalón sobresaliente y quedó tendido en el suelo.

Leslie estaba colgada detrás de él, atrapada momentáneamente por la puerta, la cual había rebotado contra la pared adyacente con tanta fuerza que se cerró.

—¡Leslie!

Ella le cayó encima.

Entonces Leslie logró ponerse en pie. Entró extrañada al lugar, sin hacer el más mínimo caso de Jack.

—¿Qué... qué es esto?

De repente se abrió una puerta a la derecha de Jack. Randy y Stephanie entraron corriendo, sin aliento, mirando con incredulidad.

Entonces se hizo la luz en el resto de la estancia. Y no se trataba del pasillo que esperaban ver.

Estaban otra vez en el cuarto de calderas.

—¡Oh Dios, oh Dios, oh Dios! —masculló Stephanie.

25

4:25 AM

LESLIE VIO QUE EL CUARTO DE CALDERAS HABÍA CAMBIADO. En los muros habían garabateado grandes letras rojas.

La paga del pecado es un cadáver

Los orificios nasales de Randy se ensancharon en señal de ira. Los ojos de Stephanie parpadearon de temor. Pensó que lo que les había ocurrido los habría cambiado. Sabía muy bien que su propia mente estaba sobrecargada, pero eso no impedía que juzgara a los demás. De los cuatro, solo Jack parecía ser él mismo.

Stephanie estaba algo sorprendida por lo poco que sentía ahora por Randy. Y Jack no había reaccionado ante las insinuaciones de ella, y no es que hubiera esperado mucho. Sin embargo, si había alguien que podía sacarlos de esto, ese probablemente era Jack.

—Dame la escopeta —ordenó Randy bruscamente, mirando a Jack.

—Esto va mal, muy mal —opinó Leslie.

229

—Dame la escopeta —repitió Randy, alargando una mano.

—¿Cómo es posible? —preguntó Leslie mientras caminaba en un amplio círculo, con las piernas entumecidas, mirando ese escrito en rojo—. No entiendo. Está sucediendo algo de índole espiritual, ¿no es así?

—Yo creía que eras demasiado inteligente para creer en lo sobrenatural —comentó Stephanie.

—Lo soy —contestó, y tenía razón; pero, ¿cómo podía negar la imposibilidad física de lo que acababa de pasar?—. Lo soy. ¡Pero la casa parece saber qué vamos a hacer antes de que lo hagamos! ¡Parece conocernos!

—¿Que nos conoce?

—Nuestras debilidades —contestó mirando a Stephanie—. Nuestros temores. El pecado que hemos...

—¡Te he dicho que me des la escopeta! —gritó Randy, levantando su arma.

—¡Basta! —gritó Leslie furiosa.

—No confío en él —brotó la queja.

—¿No ves lo que está ocurriendo aquí, idiota? Hemos vuelto al cuarto de calderas; y nos atacamos unos a otros. ¡Nos estamos consumiendo! —expresó ella, sabiendo que era cháchara, pero siguió adelante—. ¡Sabe lo que está haciendo! Nuestras mentes nos están agotando al saber lo que nos obsesiona.

— Eso lo veo. Pero no confío en él.

—¿Seguro que crees eso? —indicó Stephanie guiñando un ojo a Leslie.

—¿Tienes una explicación mejor? Todo esto tiene algo de espiritual. Maligno. Pero es más personal. Aunque lo espiritual es en realidad mental, ¿verdad? Es decir, tenemos que tratar con este asesino en un nivel diferente para satisfacer su psicosis. Hacerle creer que estamos respondiendo en algún nivel espiritual o...

¿O qué?

Ella no sabía qué.

—Eso son estupideces, ¡una simple y meridiana estupidez!

—No voy a darte mi escopeta —aclaró Jack, observando a Randy con recelo.

Revisó para ver cuántos cartuchos le quedaban. Solo uno. Pensó que había hecho bien en revisar. Sacó de los bolsillos de sus pantalones los cartuchos de repuesto y los cargó.

—¡Te estás volviendo loco! —exclamó Leslie, yéndosele encima a Randy y bajándole la escopeta—. ¿Me oyes, Randy? ¡Deja esto!

—¿Estáis chiflados los dos? —demandó Stephanie—. Estamos atrapados en este sótano, ¿y os peleáis por escopetas?

Randy la miró, luego bajó lentamente el arma, la recargó.

—¿Así que aún piensas que esto solo está en nuestras mentes? —preguntó bruscamente Stephanie—. Si aquí hay alguien a quien se le debería disparar es a ti.

Leslie no le prestó atención a la otra. Nada que cualquiera de ellos dijera ahora le sorprendería. Además, Stephanie tenía razón en una cosa: estaban atrapados.

—¿Qué había pasado allí atrás? —preguntó Jack fulminando a Randy con la mirada—. ¿Cómo habéis venido a parar de nuevo aquí?

—Por la puerta posterior —contestó Randy.

—¿Estás seguro de que era una salida?

—Antes vi a White pasar por esa puerta. Por supuesto que estoy seguro.

—¿Cómo habéis entrado? —preguntó Stephanie.

—Arriba, por las escaleras. Se supone que esta era la planta principal.

—Estamos atrapados —concluyó Leslie.

—¿Todo está en nuestras mentes? —añadió Jack.

Ella no le hizo caso.

La casa crujió.

—Y eso *no* es una tubería —indicó Stephanie—. Esta casa está viva.

Era una verdad muy clara y obvia, y ninguno de ellos se atrevió a sugerir algo distinto.

Leslie caminó hasta una de las calderas y puso la mano encima. Le pegó con los nudillos como si la examinara para ver si era real, luego se enfrentó a ellos, sonrojada.

—No hay salida, ¿verdad?

Sus ojos se posaron en Randy, que observaba la pared.

La paga del pecado es un cadáver

Regla número tres de la casa: *Si me traéis un cadáver, a lo mejor prescindo de la regla dos.*

El asesino estaba exigiendo un cadáver como pago por el pecado de ellos. Tonterías religiosas fanáticas, pero Leslie no podía sacudirse de encima el pensamiento de que iban a morir si no jugaban así.

Por consiguiente, ¿qué se supone que debía hacer? ¿Matar su propio pecado? ¿Volarle la cabeza a Pete? ¿O besarle y hacer lo que él quisiera como una forma de penitencia?

Los montañeses no contaban, todos lo sabían. También sabían que White ya los habría matado de haberlo querido.

Por eso había que prohibir la religión en las naciones civilizadas. Miró la pared y contuvo un grito de furia.

◦✗◦

Jack apretó un poco más la escopeta. De los cuatro, Randy era el que con mayor seguridad satisfaría las exigencias de White.

¿Y él? De darse el caso, ¿mataría a uno de ellos para salvar a los otros tres? A pesar de las reglas de la casa, Jack sospechaba que White quizás no se satisfaría con un solo cadáver. Recordó los relatos de los periódicos. Familias completas asesinadas.

Por otra parte, Jack no estaba seguro de no hacerlo, sobre todo si era en defensa propia. Lo que lo confundía era la paga del pecado puesta sobre la pared. Quizás Leslie tenía razón y el asesino actuaba por motivos religiosos. Cualquier cosa que les estuviera sucediendo era tanto espiritual o psicosomática como física.

El problema era que él no tenía idea de lo que eso significaba. ¿Cómo derrotar a un asesino —o a una casa en realidad— que te restriega en la cara tu propio pecado?

¿Lo haría? *Un cadáver.* El cadáver de Randy.

—Solo hay una salida —señaló Stephanie.

Un sonido de roce de metales chirrió en el cuarto. Jack miró hacia arriba a tiempo para ver caer algo a través de las sombras, entre dos enormes tubos a siete metros por encima de ellos.

Se le detuvo el pulso. Era un cadáver. En una cuerda gruesa.

El cuerpo cayó tres metros y luego rebotó al final de la cuerda, colgando de un lazo apretado alrededor del cuello.

Leslie saltó, gritando asustada.

La cuerda chirrió sobre el peso que se balanceaba. El cuerpo giró lentamente hasta que pudieron ver de quién se trataba.

Al final de la cuerda, tan muerto como un saco de piedras, colgaba Randy Messarue.

¿Randy?

Todos estaban demasiado atónitos para reaccionar al instante. Una voz mental le gritaba a Jack que ese cuerpo colgado de una cuerda traería graves consecuencias, pero él también estaba demasiado estupefacto para identificar esas repercusiones.

Los ojos muertos de Randy estaban cerrados y tenía la boca rajada. De su corte brotaba un pequeño hilo de humo negro que corría hacia el suelo, lo golpeaba y se encharcaba sobre el hormigón.

Entonces, como un gran camión que aparece de noche a toda velocidad, el significado de este cadáver se hizo patente en la mente de Jack. Si Randy estaba muerto, ¿quién era el Randy que estaba a su lado?

¿White?

Reaccionó por impulso, levantando la escopeta y apuntando a Randy, que miraba aterrado a su cadáver gemelo.

—¡Suelta la escopeta! —gritó Jack.

—¿Qué?

—¡Suéltala! —ordenó Jack. Los brazos le temblaban. ¿Había vuelto a cargar la recámara? Randy lo había hecho. *¡Clic!*—. ¡Ahora mismo!

Randy sostenía la escopeta en una mano, el cañón apuntaba al suelo.

—¿Qué es...? —empezó a balbucear volviéndose hacia Jack, lleno de miedo.

—¿Qué estás haciendo? —preguntó Stephanie.

Estoy permitiendo que me manipule el asesino. Poco a poco me están empujando a matar para el asesino. A ponerme en el mismo plano del asesino. Obligándome a mostrar mis verdaderos prejuicios. Soy malvado. Todos somos malos.

La paga del pecado... es muerte. Un cadáver.

Los pensamientos iban y venían repentinamente. Ahora ya no servía pensar.

—Este no es Randy —señaló Jack, gesticulando hacia el Randy vivo—. Randy está muerto.

—¿Cre... crees que ese soy yo? —preguntó Randy, aún aturdido.

Jack no contestó. Todos ellos seguían la misma secuencia lógica que él había descubierto.

—Suelta... el... arma.

Stephanie dio un paso atrás, mirando a Randy.

—¡*Este* soy yo! —aseguró Randy, pinchándose el pecho con la mano libre—. Esto es un truco. ¡Está tratando de hacer que me mates! Un cadáver. ¡Él me dijo que lo harías! ¡Él me dijo...!

—¿Cuándo te lo dijo, Randy? Si levantas esa escopeta aunque sea un centímetro, te volaré los sesos. Y que conste, no es mi primera vez. He matado a Betty hace unos minutos. No dudes que lo haré de nuevo.

Randy miraba fijamente, ahora enojado.

—Si ese es yo, ¿yo quién soy? ¿Una aparición? —preguntó, mirando a los demás en busca de apoyo—. ¿Creéis que no soy real? Acabo de rescatar a Stephanie...

Pero ni siquiera Stephanie salió en su defensa.

—Podría ser White —afirmó Leslie.

—Sí, podría ser —concordó Jack.

—¡*No* soy White!

—Y yo no estoy dispuesto a asumir ese riesgo —concluyó Jack.

Randy contempló con amargura a Leslie.

—¿Así que ahora la casa no solo está embrujada, sino que el asesino puede aparecer mágicamente en cualquier forma que quiera? ¿En la forma de este ateo empedernido?

—Ya no sé qué creer —contestó Leslie—. Sin embargo, hay dos tú, y uno no es real.

—¿Y si ese es una aparición? —preguntó Stephanie, señalando el cuerpo que colgaba.

—Revísalo, Leslie —ordenó Jack.

Ella miró momentáneamente insegura, luego caminó hacia el cadáver. Jack observaba sin dejar de vigilar todo alrededor mientras ella levantaba con cuidado una mano y golpeaba el cadáver. Este osciló y regresó a su sitio, la cuerda chirrió levemente.

—Real —indicó Jack.

—Y también lo era el cadáver de Stewart que vi —dijo Randy—. Y además le salía humo. Esa es la señal. Te lo estoy diciendo, ¡no soy White!

A Jack se le ocurrió algo. Tenía suficientes razones para apretar el gatillo, ¿no? Si Randy era White, Jack estaría actuando en defensa propia. Si Randy era de veras *Randy*, Jack estaría actuando *en supuesta* defensa propia. Y tendrían el cadáver que necesitaban.

A pesar de la debilidad de su razonamiento, la repentina necesidad de hacerlo le provocó un temblor en el dedo índice.

—¿Por qué iba yo a rescatar a Stephanie después de que Pete se la llevó? —preguntó Randy—. Contéstame a eso.

—¿Qué contestas? —preguntó a su vez Jack, mirando a Stephanie—. ¿Qué sucedió allí?

—Él... él me rescató.

—¿Estuvo alguna vez fuera de tu vista? ¿Hubo algún momento en que White pudiera haberlo matado?

Ella miró a Randy con los ojos abiertos de par en par.

—En realidad, sí.

—¿Qué? —reaccionó Randy con el ceño fruncido.

—Cuando desapareciste en el recodo. Él te pudo haber matado entonces y cambiado de lugar. Actuaste de manera muy extraña.

—¡Por Dios! Amenazó con matarme.

—¿Cómo te amenazó? —exigió Jack—. ¿Qué dijo?

—Que me mataría si yo no te mataba. Que tú tratarías de matarme; y lo estás haciendo. Que el tiempo se estaba acabando. Que se acerca el amanecer.

—¡Ha desaparecido! —lanzó Leslie un grito entrecortado.

Jack miró. El cadáver había desaparecido. Con cuerda y todo. ¿Se lo habían imaginado? ¡Imposible!

Detrás de Jack se abrió una puerta, que le golpeó los pies, y él se giró. La puerta se cerró de golpe. Lo que vio hizo que las rodillas amenazaran con doblarse.

Randy y Stephanie acababan de entrar a tropezones en el cuarto por una de las puertas. El Randy y la Stephanie que ya estaban dentro miraron horrorizados a sus gemelos. Idénticos en todo, hasta en las escopetas que sostenían los dos Randys.

—¿Randy? —inquirió Leslie con voz tensa.

Jack retrocedió y miró hacia Leslie. Pero no fue solo Leslie lo que vio.

Vio a otra Leslie de pie a dos metros de ella.

Y a otro Jack.

•

26

4:31 AM

A JACK EMPEZARON A TEMBLARLE LAS PIERNAS.

En el salón había ocho personas: dos Leslies, dos Stephanies, dos Randys y dos Jacks. Todos ellos con terribles miradas de horror, incluyendo al otro Jack, que apretaba su escopeta con los nudillos blancos.

Estaba claro que cuatro de ellos no eran reales. ¿Verdad?

La Stephanie que acababa de llegar lloriqueó.

Como si reaccionaran a una señal tácita, los dos Randys y el nuevo Jack se pusieron sus escopetas en el hombro y formaron parejas equilibradas. Las armas de los Randys en los Jacks y las de los Jacks en los Randys.

Jack comprendió que había perdido cualquier ventaja que hubiera tenido. Debió terminar esto cuando tuvo la oportunidad, porque ahora no podía... no sin saber quién era verdadero y quién no, un lujo ahora claramente fuera de su alcance.

Los dos Randys respiraban con dificultad. En cualquier momento se dispararía una escopeta.

—Tranquilos —indicó Jack.

—Que nadie se mueva —añadió el otro Jack.

—¿Qué pasa? —preguntó temblando la otra Stephanie.

Ninguno de ellos trató de contestar. Durante interminables segundos permanecieron en un silencio mortal. La casa volvió a crujir, más fuerte y distante sobre ellos.

El otro Jack rompió el silencio.

—Tenemos un problema —explicó—. Que nadie haga ningún movimiento brusco. Mantened la calma.

—¿Quiénes sois? —preguntó la nueva Leslie, mirando a Jack—. ¿Cómo habéis llegado aquí?

—Por la puerta.

—Eso es imposible. Jack y yo entramos por la puerta hace unos instantes, y el cuarto estaba vacío. Llegamos aquí primero.

Imposible. Pero era obvio que ella no lo creía así.

—Cuatro de vosotros no sois reales —afirmó el nuevo Jack; entonces giró la escopeta de Randy a Jack—. Empezando contigo. Baja el arma.

Una gota de sudor bajó por la frente de Jack y le serpenteó por el ojo. El nuevo Jack se arrogaba el mando como si fuera el verdadero. La mente de Jack se volcaba de manera peligrosa. Tenía el dedo apretado sobre el gatillo y se esforzó por calmarse.

Primero un Randy, luego el otro, giraron sus escopetas hasta apuntar a Jack. Ahora las tres escopetas estaban sobre él.

—Mantened la calma —respiró—. Nada de precipitarse.

¿No era eso lo que había dicho el otro Jack?

—Tenemos que resolver esto. ¿Leslie?

Ella no contestó.

—Díselo —añadió echándole una rápida mirada.

—¿Decirles qué? —sus ojos miraban alrededor—. No sé a qué te refieres.

—Que somos reales, ¡por el amor de Dios!

—Yo... yo no sé cuál de vosotros es el verdadero Jack.

—¿Estás loca? Estábamos aquí solos con el cadáver...

—¿Qué cadáver? —preguntó la nueva Stephanie.

—¡Cállate! —dijo bruscamente Randy.

White le había dicho a Randy que tenía que matar a Jack.

¿Funcionaría de veras la escopeta de una aparición?

—Va a matarnos —señaló Jack, mirando al otro Jack—. Lo sabes, ¿verdad? Y como sabe que no es real, tiene que eliminarnos a los dos.

El nuevo Jack pensó en esta afirmación, luego volvió la escopeta de nuevo hacia Randy.

Rápidamente, el nuevo Randy apuntó con su arma al nuevo Jack. Otra vez estaban parejos.

—¡Esto es obra de él! —exclamó Leslie.

Cuál Leslie, Jack ya no lo sabía. Él ya no sabía quién era quién con relación a cómo comenzó todo. Solo sabía que era el verdadero Jack.

El otro Jack también parecía saber muy bien quién era. ¿Y si tenía razón?

—White está manipulándonos —afirmó una Leslie—. Obligándonos a matar a alguien que creemos que quizás no sea real, sin estar seguros.

—Tiene razón —coincidió la otra Leslie—. Está tratando de cobrar el importe de nuestra maldad, y ese importe, en su diminuta mente enferma, es la muerte.

Lo desesperado de la situación estaba volviendo loco a Jack. Aún parecía no poder calmarse el temblor de las manos.

Si todos ellos fueran razonables...

La idea de razonar con una aparición le pareció inútil. Y Randy anhelaba una venganza sangrienta. En ese punto tampoco había manera de razonar con él.

—Esto es lo que White me dijo que iba a suceder —aportó Randy con una sonrisita malvada—. Me aseguró que Jack me mataría si yo no lo mataba. Ni en broma, heroecillo.

—No lo hagas —exclamó el nuevo Jack.

—Hazlo —alegó el nuevo Randy—. Está apuntando al Randy equivocado.

—¿Estás diciendo que soy prescindible porque te crees el verdadero? —preguntó Randy, después de tardar un instante en entender lo que el otro quería decir.

—Digo que tenemos una posición ventajosa. Alguien va a morir aquí, y no voy a ser yo.

Cada uno de ellos creía que era real. Si alguno de los Randys supiera que no lo era, habría iniciado ya el baño de sangre sin miedo a morir.

—Podemos decir cuál de nosotros es real —comentó el nuevo Jack—. Dudo que la escopeta de una aparición dispare de veras. Todos podemos disparar nuestras armas contra la pared.

Suponiendo que la conjetura fuera correcta.

—¿Y entonces qué, matar a aquellos cuyas armas fallen? —preguntó Randy con esa sonrisita que lo caracterizaba—. ¿Por qué no optamos simplemente por disparar ahora, y ver quiénes están vivos cuando haya pasado la tormenta?

—Porque podrías terminar muerto, por eso —contestó Jack, bajando su escopeta unos centímetros—. Aceptaré la sugerencia del nuevo Jack.

Después de unos momentos de reflexión, cada uno de los Randys bajó su escopeta. Uno volvió el arma contra la pared y apretó el gatillo.

¡Bum!

El cuarto retumbó con el disparo. Casi de inmediato se oyó otra explosión.

¡Bum!

El segundo Randy también había disparado su escopeta. Ambos al unísono apuntaron sus escopetas hacia Jack. Luego uno de ellos apuntó al otro Jack, que también levantó su arma.

Jack hizo lo mismo.

—Como dije —murmuró un Randy—. Basta con ver quiénes están vivos.

—Lo cual tal vez signifique que no seas el verdadero Randy —interpeló Leslie—. ¡Nos estás llevando a un baño de sangre!

—¿Eso piensas? Yo creo que estoy mirando a White —dijo con la mirada puesta en Jack—. Y la única manera de averiguarlo es meter un poco de plomo en su estómago.

—Hay otra manera —interrumpió el otro Randy.

Todos esperaron.

—Del cadáver de Stewart salía humo negro. Creo que ese quizás no era verdadero, como el cuerpo colgado hace unos instantes. Y creo que los cuerpos irreales sueltan humo negro.

—Betty era bastante real, y de ella salió humo —comentó Jack—. Creo que el humo tiene que ver con estar muerto.

—O herido —indicó Leslie—. La cosa esa sale de las heridas, ¿no?

—¿Quieres decir que deberíamos cortarnos cada uno?

—¿Te da miedo un corte? —preguntó Randy encogiéndose de hombros.

—Está bien. Nos cortamos con una condición —asintió Jack—. Entregamos nuestras escopetas cuando nos toque. Si nada sucede, las recuperamos. Leslie puede guardarlas, de uno en uno.

—¿Qué le impedirá a Leslie eliminarnos? —demandó Randy.

¿Diría eso el verdadero Randy? Tal vez sí.

—¿De acuerdo? —presionó Jack.

—De acuerdo —contestó Jack.

El Randy que había sugerido una posición ventajosa titubeó, pero el otro estuvo de acuerdo, seguido por las Leslies y las Stephanies.

Unos hilitos de sudor corrían por las sienes de los dos Jacks. Él estaba seguro de que, si no hacía algo pronto, uno de ellos reaccionaría con violencia. Y ya no estaba seguro de si sería él.

Impulsivamente, le pasó su escopeta a Leslie.

—¿Tiene alguien una navaja? —preguntó.

Los dos Randys asintieron. Con naturalidad. El verdadero Randy se había llevado un cuchillo de la cocina en la planta principal. Uno de ellos lo deslizó hacia Jack sin bajar su escopeta, con ojos centelleantes.

Jack agarró el cuchillo y alargó la mano. Colocó el borde de la hoja contra la palma de su mano y miró a los demás.

—Lo hacemos todos. Si alguien se niega demostrará que es irreal. Suponiendo que esto funcione. Si de alguien sale humo negro, lo neutralizamos, no lo matamos en el acto. ¿De acuerdo?

Todos asintieron.

Como él estaba seguro de que no saldría humo negro por ningún corte de su mano, Jack no tenía problema con la prueba. Pero no estaba tan seguro de que Randy estuviera muy ansioso por cortarse.

—Leslie, mantén la escopeta apuntando a Randy.

—Eso no era parte de...

—Lo es ahora —interrumpió Jack—. Solo para nivelar las cosas. Considérala imparcial.

Leslie levantó el arma de tal modo que los dos Randys estaban a tiro.

Jack asintió. Puso la hoja contra su piel y la presionó. Pero el cuchillo no tenía tanto filo como él esperaba, lo cual lo obligó a hacerlo resbalar hasta cortar la epidermis a su paso.

Manó sangre del corte. Resistió. La vista de la sangre roja nunca le había parecido tan reconfortante.

Se la mostró.

—¿Satisfechos?

—Sigues tú —ordenó, lanzando hacia Randy el cuchillo, que cayó a sus pies.

—¿Por qué yo?

—Para mantener la paridad. ¿Estás nervioso? Leslie, quítale la escopeta.

La puerta que había detrás de Randy se abrió. Susan estaba en la entrada, con los ojos de par en par y respirando con dificultad.

Jack miró a los otros para ver su reacción. Todos miraban igualmente asombrados.

—¿Estás bien?

—¿Qué crees que estás haciendo? —interrogó ella—. Vas a matar... lo único...

Su voz no le llegaba a Jack. Parecía que le hablara al vacío. Tartamudeaba como un disco compacto dañado.

Ninguno de ellos bajó su escopeta.

—¿Es real? —preguntó Stephanie—. Quizás no sea la verdadera Susan.

—Solo hay una Susan —contestó Leslie.

—Deberíamos hacerle un corte —señaló Randy.

Susan miró el escrito de la pared.

La paga del pecado es un cadáver

—Quizás todos merezcáis morir esta noche. Eso es lo que él quiere. Es decir... todos vosotros muertos. Yo creía... pero creo que solamente vais a conseguir que os maten a todos. Vosotros... —sus palabras siguientes eran confusas—. Ustedes... só... la salida... odio... sangre.

Susan los miraba como si no hubiera notado su tartamudeo.

—Solo quienes tienen ojos para ver la verdad pueden verla —siguió diciendo—. Creo que todos estáis ciegos mientras el só... la... terminar... ma... Jack va a ma... corazón... morir.

—¡Es una aliada de White! —exclamó Leslie.

Jack notó un escalofrío en la superficie de la espalda. ¿Y si ella fuera en realidad una aliada de White? Eso explicaría cómo se las había arreglado para vivir tanto tiempo.

Él extendió la mano para alcanzar su escopeta.

El humo negro comenzó a manar de la herida en la palma de su mano cuando extendió la mano hacia Leslie.

Se quedó helado, asombrado por la surrealista visión. Salía niebla negra, que caía verticalmente, golpeando contra el suelo y extendiéndose. Como nitrógeno líquido.

¿Cómo era posible? ¿Era él el irreal? ¿Era el *otro* Jack el verdadero?

Sus ojos se encontraron con los de Leslie, que estaba horrorizada.

—Te lo he dicho, Jack —expresó Susan—. Todos sois culpables... tú...

Pero el resto de su frase quedó ahogado por un fuerte gemido que resonó alrededor de ellos.

Una gruesa columna de humo negro salió del enorme conducto redondo cerca del techo por el que Jack y Leslie habían entrado primero en el cuarto. Niebla como la que salía de la mano de Jack. Una veta manchada de tinta negra de medio metro de diámetro. Salió disparada unos palmos para luego caer directamente y fluir por el suelo, donde se extendía hacia ellos.

Dos pensamientos chocaron en la mente de Jack. El primero fue que con seguridad Randy iba ahora a matarlo. Y luego al otro Jack, a quien él creía que era el verdadero Jack.

El segundo pensamiento fue que su única posibilidad de sobrevivir era hacerse con la escopeta que seguía en la mano paralizada de Leslie, mientras ella miraba el humo negro que ahora llenaba el cuarto de abajo hacia arriba.

La niebla se metió rápido entre los pies de él y le provocó un dolor cortante piernas arriba.

Las Leslies gritaron. Los Randys se echaron atrás en un desesperado intento por evitar el manto de niebla que crecía rápidamente.

La niebla tocó la puerta donde permanecía Susan, cerrándosela de golpe en la cara. Si ella estuviera de parte de White se habría ido y los hubiera abandonado a su suerte.

Jack dio un paso hacia delante y le arrebató a Leslie la escopeta de Randy. Se dio la vuelta, esperando que en cualquier momento su cuerpo se llenara de plomo caliente, aunque él no lo podría distinguir del dolor que ahora sentía en todo el cuerpo. La niebla era como un ácido.

El otro Randy vio lo que él había hecho y giró su escopeta para volverle a apuntar.

Jack se lanzó a su izquierda y le disparó a Randy.

La niebla se arremolinó sobre la cabeza de Jack antes de que lograra ver qué daño había causado, si es que lo había. El sonido de otro disparo le sacudió los oídos. Volvió a cargar y disparó a ciegas en dirección al sonido.

Entonces la estancia se llenó con una serie de estruendos, como sucesión de truenos, como escopetas en todas partes disparadas en una tanda rápida. Gritos y resoplidos.

Hubo sonido de cuerpos que caían. Armas golpeando contra el hormigón.

Luego nada más que el latido del corazón de Jack para acompañar el tintineo en los oídos.

Un veloz sonido envolvió a Jack. La niebla negra empezó a meterse a toda prisa en el conducto del techo, por donde salió. Él permaneció tranquilo, cegado por el humo. No le habían dado, pero de repente no estaba seguro de que eso fuera algo bueno. ¿Y si le hubieran dado a Leslie? ¿O a Stephanie?

El cuerpo de Jack temblaba de pies a cabeza, más por la impresión que por el dolor que le provocara el humo. Randy había obtenido su posición ventajosa.

El nivel del humo descendió debajo de su cabeza.

Leslie estaba a su izquierda, mirando. Una Leslie.

Randy y Stephanie estaban a su derecha, impresionados. Un Randy, una Stephanie.

La niebla desapareció del todo. No estaba Susan, no había cadáveres. Jack, Leslie, Randy y Stephanie se miraban mutuamente en silencio.

—Oh, Dios —farfulló Stephanie, rompiendo el silencio; y, por la manera en que lo dijo, Jack pensó que podría tratarse de una oración desesperada.

Se miró la palma de la mano. No había niebla, solo sangre roja. Pero, al mirar a todos los demás, Jack ahora sabía algunas otras cosas.

Sabía que Randy había intentado matarle.

Sabía que tenía lo que había que tener para matar a Randy.

Sabía que le podía salir humo negro.

Además, sabía que era culpable de un deseo de matar a Randy, de amargura hacia Stephanie y de otros cientos de inmundicias en su vida. Y este asesino no parecía ser de los que les permitiría escabullirse.

No sin un cadáver. Reglas de la casa.

El objeto de este juego era sobrevivir matando, pero Jack estaba seguro de que la verdadera supervivencia no era simplemente un asunto de matar o morir. Se trataba en realidad de afrontar la paga del pecado, significara lo que significase. Se trataba tanto de la vida como de la muerte. ¿Qué clase de contienda no contaba con al menos dos competidores? Si esta era una contienda entre el bien y el mal, ¿dónde entonces estaba el bien?

Jack no lo sabía. Y eso también le devolvió el temblor a los pies.

27

4:48 AM

LES LLEVÓ VARIOS MINUTOS ACOSTUMBRARSE A TODO EL terror de su situación. Estaban de verdad y sin esperanza atrapados por un asesino que podía extender la mano y juguetear con sus vidas a su antojo en una casa que parecía moverse a voluntad.

Algo le había pasado a Stephanie, pero ella no hablaba al respecto. Su aliento olía a azufre, y estaba insólitamente silenciosa.

Jack no quería parecer que amenazaba a Randy, así que entregó la escopeta a Leslie y le pidió que vigilara a Randy. Él se hizo a un lado para parecerle cortés, sabiendo que este buscaría cualquier pretexto para provocar un enfrentamiento.

Eso ponía nervioso a Randy, que de vez en cuando lanzaba una mirada a las palabras de la pared.

La paga del pecado es un cadáver

Intentaron entender lo de los múltiples personajes y la niebla que los había envuelto. Todos habían visto lo mismo, lo que era un consuelo, aunque leve. Y todos estaban de acuerdo en que la casa los estaba manipulando deliberadamente para poner al descubierto las tendencias viles que había en ellos. Sus pecados, quizás; su sumisión definitiva a la exigencia del asesino de matarse entre ellos.

Todos estaban de acuerdo en eso, con la ayuda de Leslie. Pero, a pesar de que ella señalara la realidad de la situación, tener ese conocimiento no aportaba ninguna solución. Comprender que estás cayendo por un precipicio no proporciona la típica rama para detener tu caída. Leslie podía describir su visión del precipicio, pero no señalaba ninguna rama.

—Estamos confundidos —comentó Randy durante un período de calma en el intenso análisis en que estaban enfrascados—. No nos quedan opciones. Estamos en las garras de una casa poseída que nos está haciendo ver fantasmas o cualquiera de estas cosas que nos hacen saltar. Vamos a morir todos.

Esta última frase la dijo con resignación.

Nadie discutió.

Jack fue hasta donde estaba Leslie y, con indiferencia, recuperó la escopeta.

—Solo hay una salida a esto —volvió a hablar Randy.

Jack sintió sorprendentemente cómoda la escopeta en sus manos. Saber lo que sabía acerca de Randy casi le daba el derecho de tener una pequeña posición ventajosa. Estaba justificado. Sabía que Randy estaba resuelto a matarle en cualquier momento.

—¿Cuál es, Randy? —preguntó, preparando el arma; solo quedaban dos cartuchos... tendría que ser cuidadoso.

—Tú sabes de qué estoy hablando —contestó Randy mientras miraba las palabras en la pared.

—Dime —lo enfrentó Jack, picado de repente por la misma confrontación que había en la mente de Randy.

—Él quiere muerto a uno de nosotros —dijo Randy, sacando el cuchillo de su cinturón.

—¿Quieres matarme, Randy? ¿Um? ¿Es eso?

—No he dicho eso. ¿Quieres tú matarme?

—¿Lo he dicho?

Se quedaron mirándose fijamente en silencio.

—Solo digo que él nos tiene atrapados aquí abajo hasta que uno de nosotros mate a los demás. Alguien tiene que morir. Uno de nosotros, o la niña.

—¿La niña? ¿Quién ha dicho nada de la niña?

—White me lo dijo. Los otros no cuentan. Betty, Stewart, Pete... ellos no significan nada. Pero Susan sí.

—A menos que Susan esté de parte de él —habló Leslie—. Ha vuelto a desaparecer. ¿Por qué? Algo no encaja en ella.

—Quizás —afirmó Jack—. No estoy dispuesto a reconocer eso...

—Pues bien, ¿qué estás dispuesto a reconocer? —preguntó Randy—. Él quiere un cadáver, le damos...

—¿*De verdad* crees que se conformará con que uno de nosotros le vuele la cabeza a otro? —preguntó Jack.

—Creo que seguirá sus propias reglas —manifestó Leslie—. Tal vez no nos deje vivir a todos, pero, mientras no cedamos a sus demandas, tampoco nos matará. Si empezamos a matarnos unos a otros el juego se termina.

—¿Qué hora tenemos? —preguntó Randy.

Jack miró su reloj. El cristal estaba roto.

—Las cuatro cincuenta y dos.

—Poco más de una hora —dijo Randy con una risita de arrepentimiento y con sudor en el rostro—. Si uno de nosotros no mata a otro muy pronto, él va a matarnos...

La puerta vibró. Unos puños golpeaban en ella.

—¿Están ahí? ¡Déjenme entrar! —exclamó una voz de hombre.

No era la resonancia de la voz profunda de White detrás de una máscara de hojalata.

—¿Es... es él? —preguntó Stephanie alejándose de la puerta.

—Podría ser, sin la máscara —contestó Randy, irguiéndose y alzando el cuchillo.

Empezó a avanzar.

—¡Espera! —exclamó Jack agarrándolo del brazo.

Más golpes en la puerta.

—Soy el oficial Lawdale. ¡Abran inmediatamente la puerta!

Leslie miró interrogante a Jack.

—¿Quién?

—¡Lawdale! El policía de carreteras con quien Steph y yo nos encontramos.

A Leslie se le iluminó la cara. Corrió hacia delante, quitó el seguro de la puerta y la abrió.

El policía de carreteras Morton Lawdale estaba en la entrada, vestido con el mismo uniforme gris ceñido con que lo habían visto el día anterior.

Tenía un revólver en la mano, amartillado. Miró hacia atrás y luego entró en el cuarto. Cerró la puerta.

—Bueno, bueno, bueno —repitió Lawdale, escudriñando el cuarto—. ¿En qué clase de lío nos encontramos ahora?

28

4:53 AM

El juego no había cambiado, pero se respiraba una nueva sensación en el ambiente. Por primera vez, Jack sintió una verdadera esperanza. Lawdale era sin duda estrafalario, pero conllevaba autoridad y confianza, algo que todos ellos necesitaban con desesperación.

El sudor le oscurecía la camisa gris, que por lo demás estaba seca. Según parece, ya no llovía. Sus botas negras de cuero estaban embarradas, pero Lawdale estaba impoluto. Su cabeza, ahora sin sombrero, la cubría su pelo rubio muy corto. Se había armado hasta los dientes antes de entrar. Una pistola en cada lado de la cintura, dos más detrás del cinturón, en su espalda, cuchillos en cada tobillo. Lawdale era ni más ni menos que un pistolero nacido en el siglo equivocado.

Que se supiera, nadie lo había visto entrar en el edificio, y entró sin esperar los refuerzos que había solicitado.

Después de interrogar a Leslie y Randy sobre su identidad, y de asegurarse de que ninguno de los cuatro estaba mortalmente herido, Lawdale exigió que le contaran lo que había ocurrido, todo, y ellos lo hicieron con largas frases interrumpidas por la constante insistencia de él en que se aclararan. Lawdale se dedicó a caminar mientras relataban rápidamente la historia.

La casa aún crujía y chirriaba encima de ellos, atrayendo sus periódicas miradas hacia el techo. Él no emitió juicio alguno en ningún sentido.

Les contó cómo había encontrado el auto de Jack. Sus luces habían captado al pasar las luces traseras de un auto en la maleza. Normalmente, habría llamado sin detenerse, pero reconoció el Mustang azul de Jack.

—Entonces podemos irnos de aquí, ¿verdad? —comentó Stephanie—. Usted ha entrado, así que podemos salir.

—Guárdese sus agudas melodías, encanto. Espere un momento.

Se enfundó la pistola y se puso a caminar, mientras se golpeaba la palma de una mano con la porra.

—Los refuerzos están en camino, pero podrían tardar una hora o más.

—¿No puede sacarnos de aquí sin más? —lloró Stephanie.

Él miró al techo en respuesta a un crujido.

—Dicen ustedes que ahí afuera hay un asesino. Cuentan que los han perseguido tres montañeses armados con escopetas. Me están diciendo que la casa está embrujada. Afirman que no hay salida —ahora niveló sus ojos con los de Stephanie—. Yo diría que lanzarse por los pasillos con las escopetas vomitando fuego es un poco impulsivo, ¿no le parece? ¡Deme un respiro!

A Jack le gustó ese tipo, con sus rarezas y todo. Ni siquiera Randy en su rabioso estado se sobrepasaría con Lawdale.

—Lógicamente, he oído hablar de ese hombre —continuó Lawdale—. Un asesino en serie que ha sido noticia algunos meses. Se le conoce como el Hombre de Hojalata, lo cual concuerda con esa máscara que ustedes han descrito. Su rastro se ha estado dirigiendo al sureste. Así que no sorprende que finalmente esté aquí.

—¿Dicen ustedes que Betty y Stewart están muertos? —preguntó Lawdale mientras se golpeaba la mano con la porra.

—Eso creemos —contestó Randy.

—Si no, al menos malheridos —manifestó Lawdale.

—Así es.

—Y esta niña llamada Susan sigue extraviándose, lo que les hace creer que podría estar de parte de él. Dudo que un niñita pudiera ser de mucha utilidad para un asesino. Preferiría creer que si ella no es más que un producto de la imaginación...

—No nos la hemos imaginado —interrumpió Jack.

—Perfecto. Entonces le concederé el beneficio de la duda. La casa, por otra parte...

Fijó los ojos en la pared.

La paga del pecado es un cadáver

—...La casa es lo que más me preocupa.

—Pero usted nos cree —expresó Leslie.

—Si no les creyera, no estaría preocupado, ¿no es así? —interpeló, e hizo crujir el cuello.

—Una casa embrujada —exteriorizó Stephanie.

—Podría ser. Se podría tratar con un hombre como White haciéndole retroceder con algo de plomo en el estómago. Pero lo sobrenatural es algo totalmente distinto.

—¿Es usted religioso? —preguntó Jack.

—No puedo decir que lo sea, y no puedo decir que no lo sea. Pero sé que, si lo que ustedes me dicen acerca de esta casa es exacto, no serviría ni que tuviéramos todo un escuadrón SWAT afuera.

—Pero usted ha entrado —señaló Stephanie.

—Y he estado pensando en ello —indicó Lawdale—. Algo que ustedes deberían hacer un poco más.

Se dirigió hacia su derecha sin mirar a Stephanie.

—Cuando trataron de salir del sótano volvieron a parar adentro. Puertas trancadas detrás de ustedes, abiertas frente a ustedes. Como si la casa los conociera, por dentro y por fuera. ¿Estoy en lo cierto?

—Algo así —contestó Jack.

—La casa no los deja salir. Pero eso no significa que no deje entrar a nadie. Como cuando se atrapa a una mosca.

—White no pudo entrar al principio —dijo Randy.

—Partiendo de lo que ustedes me han dicho, no parece que él hubiera querido entrar, no hasta que se metió en el sótano. Me parece que estuvo intentando que ustedes entraran en el sótano de manera voluntaria.

El razonamiento del policía reflejaba el de Jack, aunque Lawdale lo estaba viendo desde otro ángulo.

Transcurrieron algunos segundos de silencio.

—Es posible, solo posible, que yo pueda salir —afirmó Lawdale.

—¿Cómo? —indagó Randy, que se puso de pie, aparentemente recuperado—. Voy con usted.

—Atrás, muchacho. Lo que estoy diciendo es que sé que el Hombre de Hojalata no me vio entrar. Vi la camioneta en la puerta del frente y evité el primer piso. Igual pasó con la entrada del sótano en la parte trasera. Entré por una chimenea y salí a un túnel seco. Este sitio era antes una mina, pero la abandonaron cuando descubrieron una fosa común en el terreno.

—¿Una tumba? —indagó Stephanie, lanzándole a Randy una mirada de «te lo dije»—. Eso explicaría algunas cosas.

—El Hombre de Hojalata puede de algún modo haber convertido esta casa en algo maligno, e invitar a que rondaran alguna clase de poderes. Pero, en cuanto a que hay reglas, hay reglas. Reglas de la casa. La casa evitará que nadie salga, suponiendo que sabe que hay gente dentro.

—¿Está sugiriendo que la casa no sabe que usted está dentro? —preguntó Jack.

—Sigue igual de tonto, ¿verdad, Jack? Pero va bien encaminado.

Leslie gruñó. Cerró los ojos y respiró hondo. Sacudió la cabeza.

—No puedo creer que estemos hablando de esta manera —manifestó—. ¡Qué estupidez! ¡Una casa no sabe cosas! ¡Escuchadme!

Jack pensó que a ella se le estaba despertando su antigua formación.

—Creí que habías cambiado...

Ella levantó la mano, deteniéndolo.

—Lo sé, lo sé. Sí, dije que podría estar embrujada —agitó una mano para continuar—. Espíritus, demonios, asuntos sobrenaturales, etc. ¡Lo sé! Eso no lo hace real. Una cosa es hablar en general en términos sobrenaturales...

Miró las palabras de la pared.

—...y otra muy distinta empezar a hablar de reglas, particularidades y... lo que sea. Como si hubiera un orden general o algo así. Que la casa piensa de veras, ¡por amor de Dios! ¡Que sabe cosas! No me digáis que no os parece una tremenda locura.

—Pero no tenemos tiempo para poner en orden las razones de lo que pasa —asintió Jack—. Tenemos poco más de una hora.

—¿Y entonces qué? ¿Empezará la casa a matarnos a golpes? —preguntó Leslie.

—De algún modo, creo que será un poco más personal.

—No saquemos las cosas de quicio —le dijo Lawdale a Leslie—. Dudo que la casa sepa algo. Pero sí el poder, los espíritus, los demonios o lo que sea que habita en ella. Y pueden cambiarla a voluntad. Pero, ¿que me haya permitido entrar sin desafiarme?

Dio un puñetazo contra la palma de la mano.

—La única explicación es que estos poderes están limitados a tiempo y espacio, y están obsesionados con ustedes —continuó—. Logré pasar sin que lo notaran.

—Lo cual significaría que, si usted puede regresar a una salida oculta, la casa no lo sabrá para detenerle —sugirió Leslie—. Ese es su punto, ¿no? Suponiendo que estas cosas funcionan como usted sugiere.

—No estoy diciendo que sepa cómo funcionan. Simplemente estoy tratando con los hechos que tengo delante y sacando las conclusiones posibles. Algo con lo que usted debería estar familiarizada en su línea de trabajo.

—Si usted va, yo voy con usted —manifestó Randy.

—Y usted —Lawdale se volvió a él—, como hombre de negocios, debería estar familiarizado con la lógica básica, ¿verdad?

Randy parpadeó, ofendido.

—Usen sus cerebros, niños de ciudad. Ellos los conocen... y los acorralarán.

—¿Y por qué no nos han acorralado ya? —interrogó Randy.

—Quizás ya los tengan rodeados —contestó Jack—. Las reglas son muy sencillas. El Hombre de Hojalata nos está dando tiempo para matarnos entre nosotros.

—Aunque usted saliera, ¿cómo saldríamos *nosotros*? —preguntó Stephanie.

—Salimos cuando el policía nos abra una puerta —expresó Leslie, mirando a Lawdale—. ¿Estoy en lo cierto?

—Eso si tengo razón —contestó él—. Tal vez las puertas se puedan abrir desde fuera. Permiten entrar, pero no salir.

Miró la puerta contigua a la caldera. Les había dado el primer plan verdadero de la noche, pero ya no tenía la misma confianza con que había entrado, pensó Jack.

—Y si logro salir sin ser detectado, encontraré una manera de entrar en la casa y abrir la puerta del sótano, la que según ustedes está entre la cocina y el comedor. Si ustedes logran llegar rápidamente a lo alto de las escaleras, mientras yo tengo la puerta abierta, quizás podamos salir.

Se miraron con emociones encontradas.

—Una vez fuera del sótano deberíamos poder escapar. El sótano parece ser el problema.

Iba de un lado al otro, ahora era más evidente la preocupación en su rostro.

—No me importa advertir que quizás no lo logre —dijo Lawdale, mirando de nuevo la puerta; sacó uno de sus revólveres y revisó el seguro—. ¿Reaccionan esas cosas a las balas?

—Sí.

—Muy bien —expresó él volviendo a hacer crujir el cuello—, díganme cuál es la mejor manera de entrar en la casa por arriba. ¿Puerta trasera, ventana, techo? ¿Por dónde?

—La puerta trasera hacia la cocina —contestó Randy—. White le corrió el cerrojo por fuera. Si eso no funciona...

Él se encogió de hombros.

—Encontraré una manera de entrar.

—White no la encontró —recordó Stephanie.

—White no *quería* entrar —le corrigió Jack—. ¿Es que no escuchas?

Lawdale miró su reloj.

—Las cinco y nueve. Denme diez minutos. Exactamente a las...

—¿Tanto tiempo? —demandó Stephanie.

—Así es, por si hay dificultades imprevistas. Si lo consigo, abriré la puerta principal del sótano exactamente a las cinco y diecinueve. Estén en las escaleras. ¿Pueden hacerlo?

Jack y Leslie sincronizaron sus relojes. Jack miró a los demás, evitando la mirada de Randy, y asintió.

Lawdale caminó hacia la puerta, apoyó el oído contra ella y escuchó durante unos segundos eternos. Respiró profundamente y se agachó.

Desatrancó la puerta. La forzó. Echó un rápido vistazo afuera y la cerró.

—Está bien.

—¿Está seguro de que sabe cómo regresar? —preguntó Leslie.

—He dejado unas cuantas señas —dijo, tanteándose la cabeza con el dedo—. Diez minutos.

Morton Lawdale se preparó el arma, la extendió con una mano, abrió la puerta y desapareció dentro del pasillo caminando de prisa, en silencio y agachado.

29

5:14 AM

LAS DOS PAREJAS PASARON LOS PRIMEROS CINCO MINUTOS de espera tratando de convencerse de que el plan de Lawdale funcionaría, pero se expresaron tantas dudas que no consiguieron ningún consuelo verdadero.

El plan de Lawdale no era más que una esperanza; y, para colmo, débil. Pero Jack sabía que, aunque había algo de esperanza, Randy intentaría hacer algo imprudente. Como matar a Jack. Si el policía no hubiera aparecido en el momento preciso, lo más probable es que al menos uno de ellos estaría muerto ahora.

—¿Estás seguro de que conoces el camino? —preguntó Randy a Jack—. ¿Cuánto tardaremos?

—Las escaleras están pasando tres pasillos, ya he bajado por ellas dos veces. A menos que hayan cambiado.

—Valiente ayuda —manifestó Stephanie.

—Si se te ocurre una idea mejor, somos todo oídos. De otro modo, cíñete al plan.

Tanto ella como Randy se quedaron inquietos. Leslie no quitaba la mirada del reloj y se había tranquilizado.

La casa seguía crujiendo y chirriando.

¿Y Susan? Cuanto más pensaba Jack en ella, más se convencía de que no era más que otra víctima inocente. Con cada minuto que pasaba se convencía más de que ella no podía estar aliada con el asesino.

—Solo nos queda un minuto —informó Leslie.

—Seguidme —expresó Jack dirigiéndose hacia la puerta.

Salieron del cuarto en fila india, impacientes. Jack, Leslie, Stephanie y Randy, protegiendo la retaguardia con su escopeta firme y cargada, el dedo índice separado para no alertar de su localización a toda la casa.

—No creo que esto vaya a funcionar —dijo Stephanie.

Aunque habló en voz baja, sonó increíblemente fuerte en el corredor. Jack se giró e hizo un enérgico movimiento de los dedos alrededor del cuello.

Tardaron treinta segundos en llegar a una gran puerta de madera que conducía al segundo pasillo. Por el momento. Pero el que venía después de este era el que más le preocupaba a Jack.

—Por esta puerta, las escaleras están a la derecha —Jack les dio instrucciones dándose la vuelta y articulando con los labios.

—¿Qué es eso? —preguntó Stephanie, señalando al suelo.

De inmediato Jack vio que por la rendija inferior de la puerta se filtraba la niebla negra que encontraron en el cuarto de calderas.

—¿Está en el pasillo esa cosa? —manifestó Stephanie—. No podemos...

—¡Tranquila! —susurró Jack—. Vamos. No hagas caso del dolor, tú sube los peldaños tan rápido como puedas y corre.

—¿Listos? —preguntó Jack agarrando el picaporte.

—Abrió la puerta de un tirón.

Stephanie fue la primera en gritar. Estaban otra vez en el cuarto de calderas, inundado con más de medio metro de niebla negra. A Jack le pareció que se le hacía un nudo en la garganta. Había otros cuatro en la niebla negra.

Un Jack, un Randy, una Leslie y una Stephanie, frente a ellos con escopetas, como antes. De la mano de Jack salía niebla negra, y también salía del conducto redondo del techo, exactamente como antes.

Se quedaron mirándose, como si ellos, no las personas del cuarto, fueran los irreales.

El cuarteto de dentro del cuarto de calderas se giró al oír el grito de Stephanie. Por un instante, los ocho se paralizaron, cuatro dentro del salón, cuatro en la niebla que les llegaba hasta la rodilla.

—¡Jack! —exclamó Susan jadeando, de pie en un pasillo contiguo—. ¡Rápido! ¡Sígueme!

Sin esperar, ella se lanzó por el pasadizo, alejándose de ellos.

Jack decidió seguirla. Quienquiera que fuera, la seguiría.

Tiró de la puerta, cerrándola de golpe, y salió corriendo tras la niña.

—¿Y si...?

—¡Cállate! ¡No tenemos tiempo!

Los demás le siguieron, pisándole los talones, mientras él acortaba la distancia con la niña. Bajaron por un pasillo hacia una puerta grande. Él la reconoció como la misma puerta que acababan de suponer que era la entrada al corredor principal.

Susan abrió la puerta de un golpe. La niebla llenaba el corredor a una altura de casi un metro. Ella vaciló un momento y se metió corriendo en el pasadizo.

—¡Rápido!

En el momento en que Jack entró en la niebla supo que estaban en problemas; por el ácido, para algunos, pero él podía tolerar eso. Lo que tenía por delante era algo distinto.

La casa había cambiado otra vez. Y ese cambio hizo detenerse bruscamente a los cinco.

Aún estaban en el pasillo de la parte baja de las escaleras. Jack lo sabía porque veía escaleras a su derecha que se dirigían a la planta principal. Pero las escaleras ahora tenían la longitud del corredor, no los simples tres metros que habían esperado.

El pasillo se extendía justo a su izquierda. Era el doble de largo.

Y de ancho.

No los detuvo el hecho de que fuera treinta metros más largo. Pero sí el hombre que estaba de pie entre ellos y las escaleras.

Stewart. Una escopeta martillada. La súbita llegada de ellos lo había sobresaltado, pero se recuperó rápidamente, haciendo girar el arma hacia ellos.

¡Bum!

Randy disparó. Su disparo derribó al tipo y lo lanzó dentro de la niebla que llenaba el corredor hasta las rodillas.

—¡Deprisa! —gritó Susan corriendo hacia las escaleras y dejando estelas de remolinos de niebla.

Se fueron tras Susan.

—¡Cuidado con los otros! —exclamó ella.

¿Otros?

Jack vio primero las nucas de cabezas calvas con cicatrices de garras que salían por encima de la niebla. Se levantaban lentamente, como si la niebla les estuviera dando vida.

El conocido dolor que producía la niebla hizo correr más rápido a Jack e impulsar a los demás.

—¡Deprisa!

—¡La puerta no está abierta! —gritó Leslie.

—¡Corred!

Los nuevos montañeses se colocaron en el fondo, obligando a Jack a rozarlos al pasar mientras corría. Seguían levantándose, como una danza coreografiada. Ahora sus cabezas aparecían hasta la parte superior de las orejas. Todos ellos de frente, hacia las escaleras. Todos eran calvos, pero solo en eso se parecían a Stewart.

Eran seis.

Así, en el sótano no estaban solo Stewart, Betty y Pete. Jack no sabía por qué se levantaban con tanta lentitud, pero tenía la seguridad de que eso era parte del juego de White.

Susan subió los peldaños, tropezando en el primero, pero se levantó apresuradamente usando las manos. Fuera de la niebla. Randy estaba justo detrás de ella. Los demás seguían, con la misma desesperación, motivados por un deseo de alejarse de los montañeses tanto como de la niebla.

La puerta aún estaba cerrada. Randy le disparó al cerrojo. El perdigón rebotó en la puerta. Ni siquiera astilló la pintura. Jack fue el último en subir los escalones. Trepó hasta lo alto, donde Susan golpeaba la puerta con las dos manos. Los demás se amontonaron en el rellano y miraron hacia atrás, con rostros cadavéricos y pálidos.

Jack se dio la vuelta y sintió que se le paralizaba el corazón. Las cabezas calvas se habían levantado de la niebla de tal modo que las partes superiores y los ojos aclaraban el mar negro. Seguían subiendo.

Sus cabezas calvas y sus cicatrices se parecían a las de Stewart. No así sus ojos, que brillaban con un verde fosforescente.

Stephanie se había unido a Susan para golpear la puerta.

—¡Déjanos salir! ¡Déjanos salir!

Tas, tas, tas.

Pasos de botas que caminaban por el suelo de hormigón del corredor. Jack giró la cabeza alrededor y miró al extremo opuesto del pasadizo.

White venía por el pasillo, entre los clones que se levantaban, con la gabardina hundida en la niebla negra. La máscara de hojalata le ocultaba la expresión. Pero sus pasos indicaban que había estado esperándolos.

En el momento en que el asesino pasaba a los montañeses, estos se alzaron a su tamaño total.

Jack levantó la escopeta.

¡Bum!

White se agitó una vez como si le hubieran dado, luego siguió caminando como si nada.

Ahora Stephanie gritó a todo pulmón. Los cinco empujaron de nuevo la puerta.

Jack estaba apuntando para disparar otra vez cuando cedió la presión detrás de él. Se fue tambaleándose hacia atrás.

¿Se había abierto la puerta?

El grupo se metió en tropel por la entrada. Pero Jack tenía la mirada fija en el pasillo, no en el espacio al que entraban.

El hombre de la máscara de hojalata se detuvo cuando vio abrirse la puerta. Pero en vez de levantar la escopeta y disparar sobre las presas que escapaban, se quedó parado.

Jack fue el último en pasar. Atravesó con dificultad la puerta, los ojos fijos en el Hombre de Hojalata.

—¡Ciérrala! —gritó Randy, que estaba viendo lo que veía Jack. Una escena propia de las más siniestras historias de terror.

En el último instante, justo cuando cerraban la puerta de un empujón, White agarró su máscara de lata y la hizo a un lado, poniendo al descubierto todo su rostro.

Tenía un aspecto fantasmagórico, con la mitad descarnada hasta los huesos. Las mandíbulas completamente abiertas, tan anchas como la misma máscara, rugiéndoles.

Le brotaba niebla negra de la boca. Volaba hacia la puerta.

La puerta se cerró de golpe. Randy echó el cerrojo.

Una impresionante onda golpeó el otro lado de la puerta con tanta fuerza que torció la madera y los lanzó a los dos volando contra la pared opuesta. Una delgada voluta de humo negro se introdujo por las rendijas.

Pero la puerta resistió.

Con esfuerzo, se pusieron de pie, jadeando y vigilando la puerta. Pero esta no se movió.

—¿Muchachos? —oyeron desde el comedor a Stephanie, cuya voz se desvanecía, entrelazada con la confusión.

Jack giró alrededor. Lo primero que observó fue que algunas de las luces se habían vuelto a encender, brillando con suficiente intensidad para ver lo que Stephanie estaba mirando.

El comedor que una vez fue alegre ahora tenía el aspecto de llevar cien años sin usarse. Los cuadros y las paredes estaban cubiertas de polvo. El papel pintado se desprendía de las paredes en largas franjas. La mayor parte de los muebles seguían allí, pero cubiertos de polvo. Los cojines que había sobre las finas sillas estaban hechos trizas, roídos por ratas.

En la mesa había comida podrida desparramada, los mismos alimentos que habían consumido antes, ahora plagados de gusanos. La fetidez era parecida al nauseabundo olor a azufre del sótano.

Con una mirada por la entrada en forma de arco, Jack notó que el comedor no era la única parte de la casa que había cambiado.

—¿Es... cómo es posible? —tartamudeó Stephanie.

Nadie contestó nada que pudieran asimilar del todo, estaban pasmados. La casa se había muerto. Toda.

Muerta, muerta del todo. Pero una muerte que a las claras vivía.

30

5:20 AM

TARDARON UN MINUTO ENTERO EN SALIR DEL SOBRESALTO y encontrar una razón.

—¿Estamos imaginándonos esto? —preguntó Jack—. ¿O nos lo imaginamos antes?

—¿Es posible? —manifestó a su vez Stephanie—. O sea, comimos en esta mesa, ¿verdad?

A nadie se le ocurrió una rápida especulación, mucho menos una respuesta.

—Esto no puede ser real —expresó Lawdale—. He estado en esta casa cientos de veces.

—Es real —afirmó Susan, enfadada—. Ya os dije que aquí está pasando más de lo que podéis entender. Os advertí que ellos son perversos.

Dijo algo más. ¿O no? Sus labios siguieron moviéndose unos segundos, pero no salió ningún sonido de ellos. ¿O eran solo imaginaciones de Jack?

—¿Ellos? —preguntó Jack mirando a Susan directamente a los ojos—. ¿Quieres decir Stewart?

Ella lo miró.

—¿Estáis diciendo que eran demonios o algo así?

—Eso explicaría por qué no contaban —explicó Randy.

—No seáis ridículos —interrumpió Leslie—. Demonios, por favor. Esto tiene que ver con la imaginación, no...

—¡Cállate, Leslie! —exclamó Randy bruscamente—. ¡Cuida lo que dices! Ya no tenemos tiempo para tus cháchara psicológicas. Llámalo como quieras. Aquí estamos en un sufrimiento atroz. Y se nos está acabando el tiempo.

—...además, él va a mataros a todos —culminó Susan su observación.

Jack se dirigió hacia la cocina y luego se volvió a Lawdale.

—¿Cómo ha entrado?

—Por la puerta trasera.

Era la primera buena mirada que Jack lanzaba al agente del orden desde que Lawdale había abierto la puerta. Ya no tenía puesta la camisa y llevaba una tira de ella como vendaje improvisado sobre una herida en la parte superior del brazo. Un pañuelo ensangrentado le rodeaba la cabeza. Su camiseta era una muy gastada de propaganda de Budweiser, por fuera de los pantalones y enganchada sobre las dos pistolas.

—¿Qué ha pasado?

—He tenido algunos problemas para salir. A mitad de camino por la chimenea alguien me pegó un tiro y caí de espaldas. Me llevó unos cuantos minutos eliminarlo.

—Eso podría explicar que nos estuvieran esperando —afirmó Jack—. Pero, ¿por qué nos dejaron ir?

—¿Llamas a eso dejarnos ir? —cuestionó Randy.

—Nos dejaron ir porque arriba no es mejor que el sótano —dijo Stephanie corriendo de repente hacia la cocina.

Jack la siguió rápidamente. Entró de sopetón en la cocina en el momento en que Stephanie agarraba el pomo de la puerta trasera. Trató de hacerlo girar. Lanzó su peso en otro intento. Buscó a tientas el pasador.

—¡Está trancada! —gritó.

Jack la empujó a un lado y trató de abrirla. No se movió.

—¿Está trancada? —preguntó Leslie detrás de él.

—¿Seguro que ha entrado por aquí? —preguntó Jack, volviéndose hacia Lawdale y enfrentándosele.

El policía no se molestó en contestar.

—Atrás —ordenó bruscamente Randy.

En cuestión de segundos sacó de sus pantalones una caja de municiones, cargó la escopeta y disparó.

Jack y Stephanie retrocedieron.

El proyectil arremetió contra la madera y sacudió la cerradura. Jack lo intentó de nuevo.

No hubo suerte. Vio que estaba cerrada herméticamente. Le parecía como si no fuera en absoluto una puerta. Sólida como la pared. A lo largo del vidrio roto había barras de acero. Eso era nuevo.

—Seguramente no podemos hacer un agujero —comentó Leslie, sin convencimiento.

—¿Cuántas balas te quedan, Randy? —preguntó Jack.

El hombre revisó la caja.

—Ocho.

—Está bien, guárdalas. ¿Dónde está esa hacha?

Randy dejó la escopeta, se fue corriendo a la cámara de la carne, pasó por encima de la puerta rota y recogió el hacha-martillo que Stewart había usado para romperla.

Los demás observaron en silencio mientras él se acercaba a la puerta trasera, preparaba el hacha y daba resoplando un fuerte golpe a la ventana. Los vidrios que golpeaba el hacha quedaban destrozados. Pero las barras se mantenían firmes.

Ni siquiera se doblaban.

Posible, pensó Jack. Algunos tipos de acero podrían resistir tales embestidas. Pero era improbable en esta casa vieja.

Randy dio otro golpe. De nuevo, ni siquiera una buena abolladura.

—¡Es como en el sótano! —gritó Stephanie.

—Espere, tenga calma —ordenó Lawdale mientras extendía la mano hacia el hacha y Randy se la entregaba—. Tiene que haber una salida. Si las puertas están reforzadas, saldremos por una pared.

—Hay demasiados cuartos.

Lawdale volvió al comedor, no vio allí paredes exteriores y entonces siguió a Jack a la entrada principal. La pared de la puerta principal sobresalía ligeramente bajo el impacto de la camioneta que White había lanzado contra la casa.

Miraron asombrados los daños. Más bien, la ausencia de daños. Jack recordó madera astillada, la escayola que volaba por los aires, puntales de la puerta desintegrados. ¿Más ilusiones? ¿O era esta la ilusión?

—Si una camioneta no puede romper una tabla a cincuenta kilómetros por hora, esa hacha no tendría la más mínima oportunidad.

Randy recargó de nuevo.

Ca-chink.

Pero Lawdale no estaba convencido. Miró la pared con una especie de estupor e incredulidad. De repente empezó a blandir furiosamente el hacha contra la pared.

¡Crash... crash... crash... crash!

Cada golpe rebotaba después de hacer saltar un poco de pintura. La madera, sin embargo, ni siquiera se astillaba.

Lawdale hizo una pausa, respirando con dificultad, luego se fue corriendo a la sala de estar, quitó el sofá de su sitio y, lanzando un grito de furia, golpeó la ventana que había detrás.

Pero los barrotes ni siquiera se doblaron.

Trató de nuevo, y una tercera vez, antes de girar y lanzar un gran golpe a los ladrillos de la chimenea.

Voló cemento cuando el hacha-martillo golpeó contra los ladrillos.

—¡Ajá!

—Eso está adentro —informó Randy, soltando la escopeta y apoderándose del hacha de manos de Lawdale—. Intentemos con la pared del fondo.

Golpeó con el martillo a través de la abertura, contra la parte trasera de la chimenea.

Por el sonido sólido, Jack supo que era imposible. Randy retrocedió y miró las cenizas. La lata aún estaba a un lado, donde Jack la había lanzado antes.

La lata del Hombre de Hojalata.

Todos podían ver el escrito garabateado sobre la etiqueta blanquecina.

Bienvenidos a mi casa.
Reglas de la casa:
3. Si me traéis un cadáver,
a lo mejor prescindo de la regla dos.

Randy gruñó, tiró el hacha al suelo y recuperó la escopeta.

—¿Qué es esto? —preguntó Lawdale estirando la mano hacia la lata.

—La lata de la que le hablamos.

Stephanie caminaba de un lado a otro con las manos en el pelo y la frente arrugada por el estrés. Se volvió hacia Jack, con los ojos encendidos de ira.

—¿Cómo es posible? ¿Cómo puede estar sucediéndome esto?

—¡Mantenga la voz baja, señorita! —ordenó bruscamente Lawdale.

—¿Y qué bueno es usted? —le gritó ella, y luego extendió la mano hacia él—. Usted pudo habernos sacado por esa chimenea que encontró. En vez de eso sale con esto... ¡un ridículo plan que nos tiene atrapados aquí!

—¿Tienes alguna idea mejor? —le gritó Randy a ella.

El policía Lawdale sacó de la cartuchera una de sus pistolas y la amartilló sobre la marcha, casi demasiado rápido para que Jack lo viera. Él lanzó el tarro dentro de la chimenea.

—La próxima vez que uno de ustedes me grite le pasaré una bala rozando la cabeza para demostrarle que hablo en serio, y la vez siguiente en la pierna para tenerlo bajo control. Por si no lo habían notado, ahora somos cinco. Y, cueste lo que cueste, los cinco seguiremos vivos la próxima hora. ¿Entienden?

—Seis —corrigió una voz suave.

Susan permanecía en silencio al lado de Leslie, que se estremeció.

—Somos seis —volvió a decir.

—Entonces seis. Mantengo lo dicho. Ahora tenemos cerca de una hora, ¿no es así?

—No exactamente —manifestó Leslie, levantando su reloj hacia la lámpara—. Amanece a las seis y diecisiete. Menos de lo que hemos estado...

Algo comenzó a golpear en la pared detrás de Jack. Él saltó y se giró. De nuevo: *toc, toc, toc,* y esta vez pudo ver que la pared vibraba con cada golpe. El comedor.

—Bueno, los refuerzos estarán aquí en cualquier momento —informó Lawdale sacando la otra pistola—. Es hora de que se lo hagamos pensar dos veces a quienquiera que esté detrás de esta casa. Solo tenemos que ganar tiempo hasta que llegue la ayuda. Pero eso no significa salir corriendo. Traigan sus escopetas.

Atravesó el vestíbulo a grandes zancadas.

¡Toc, toc, toc!

—¿Está seguro de que es una buena idea? —preguntó Leslie.

—Ustedes se han pasado corriendo toda la noche. Por lo que nos consta, esta casa está fomentando el miedo de ustedes.

—Estamos vivos, ¿no?

—No sé si estarían vivos si yo no hubiera entrado. Esperen aquí.

Jack levantó una ceja ante la mirada de Leslie y se fue tras Lawdale y Randy.

—¿Y si está tratando de separarnos otra vez? —preguntó Stephanie.

¡Toc, toc, toc!

—¡Esperad! —dijo ella corriendo tras ellos.

—¡No nos podéis dejar solas! —objetó Leslie, impidiendo oír algo que Susan trataba de decir.

Las dos entraron corriendo en el pasillo detrás de Jack y Stephanie.

Después de hacer un rápido movimiento con la cabeza hacia el comedor, estilo escuadrón SWAT, Lawdale entró en el salón y les hizo señas con la mano.

El golpeteo se había detenido.

El comedor estaba tan vacío como lo habían dejado. Vacío.

—Capten mi idea —explicó Lawdale—. A partir de este momento...

—¿Qué es eso? —interrumpió Leslie.

—¿Qué es qué?

Ella levantó un dedo hasta los labios y escuchó. Un sonido como de una grabación incomprensible al revés, reproducida en la lejanía. Debajo de ellos. Frente a ellos.

El sonido se hizo más audible, inconfundible ahora, pero ininteligible. Suaves gemidos bullendo debajo, fluyendo y refluyendo. Jack entró en el pasillo. Venía de la puerta hacia el sótano.

Todos entraron en el pasillo haciendo un desigual semicírculo, escuchando atentamente el extraño sonido, prestando atención a las palabras, porque era una voz, seguramente una voz. Al menos una.

De repente, la puerta se inclinó levemente hacia adentro.

Jack contuvo el aliento.

¡Toc, toc, toc!

Todos saltaron cuando la puerta se sacudió bajo el golpeteo.

Un profundo gemido retumbó en toda la casa. Unos dedos de niebla negra se filtraron por debajo de la puerta, se movieron sobre el suelo de madera, y grabaron con fuego palabras en la superficie de la puerta.

UN CADÁVER...

O SEIS CADÁVERES

Luego, el humo fue succionado por las rendijas, cesó el sonido y volvió el silencio absoluto.

Durante diez segundos nadie se movió.

—Bueno —interrumpió Lawdale el silencio, retrocediendo.

La luz de sus ojos revelaba un matiz de pánico. Cuando los encontró en el cuarto de calderas no se había enfrentado a los horrores de la casa. Ahora sí, y lo exteriorizó.

Sin embargo, a Jack le llamó la atención que la mirada del rostro de Lawdale parecía no ser de pánico. Podría ser ansiosa determinación. Incluso deseo. ¿Y si... y si Lawdale fuera en realidad parte del juego, no parte de White, sino alguna especie de contraparte? El bien llega para pelear contra el mal.

No. Era imposible. Ellos lo habían conocido en la carretera a cientos de kilómetros. Y, por lo que podían ver, se trataba del mismo hombre que habían conocido.

—Tenemos que salir —les dijo Lawdale, ahora claramente turbado—. Derribemos esta casa si es necesario, los dos pisos, todas las ventanas, el desván, todo. Encontremos una salida.

—No hay ninguna salida —aseguró Randy.

—*Encontremos* una salida —contestó Lawdale bruscamente.

31

5:29 AM

SE MOVIERON RÁPIDAMENTE, SIGUIENDO LAS INSTRUCCIONES
de separarse que había dado el policía, para dividir así la atención de
la casa y confundirla, pero Randy no tenía muchas esperanzas en ese
plan. Stephanie había encontrado una palanca en el armario de los
abrigos, y él había corrido con ella escaleras arriba porque sentía que
era necesario realizar esa acción desesperada. Pero solo era necesario para tener un poco de tiempo a fin de pensar antes de llevar a
cabo lo que realmente se debía hacer.

Era asombroso cómo había cambiado el lugar. Aparte de la distribución, apenas había indicio alguno de que estuvieran en la misma
casa. Y esta nueva casa parecía saber que el fin se acercaba. Se había
tranquilizado, la calma previa a la tempestad.

Con poco más de treinta minutos para salir antes de que conclu-
yera el juego, lo único que se debía hacer ahora era matar.

La pregunta era: ¿a quién? A Jack, sí, pero Jack no le quitaba la mirada y su cañón apuntaba en su dirección adondequiera que iban. Era casi como si White lo hubiera visitado para advertirle.

—¡El desván! —exclamó Stephanie, jadeando por subir corriendo las escaleras—. Busquemos el desván.

Randy entró en una de las habitaciones, hacha-martillo en mano, y de un golpe abrió la puerta del armario. Nada en los techos que mostrara una entrada a ningún desván.

—¡Cuidado!

Lanzó un golpe contra la ventana, sabiendo que sería inútil. Y lo fue. Vidrios destrozados. Sacudida de huesos contra los barrotes. Lanzó otro golpe, esta vez a la pared.

La fuerza total del golpe le hizo rebotar los brazos y crujir los dientes. Soltó una palabrota. Si el golpe hubiera sido contra carne y hueso, como la cabeza de alguien, era evidente que el hacha se habría hundido en vez de rebotar. Estaban golpeando las cosas equivocadas.

Randy había dejado la escopeta en la cocina ante la insistencia de Lawdale de que ese no era el momento de andar desperdiciando municiones. Les dijo que utilizaran el hacha, la palanca y un mazo que Jack había encontrado en la despensa. Las escopetas seguían por ahora en la cocina.

Y eso no alegraba nada a Randy. Nada de nada.

—¿Dónde está el desván? —preguntó Stephanie.

—¡Cállate!

Ella estaba demasiado desesperada como para reaccionar de ningún modo. Corrió hacia otra habitación. Randy avanzó pesadamente por el pasillo de la planta alta. El tiempo se agotaba.

Quizás simplemente haría que Stephanie entrara confiada. Un golpe, *tas*, gracias, señora. Un cadáver...

Pero el hombre de negocios de su interior estaba sugiriendo algunas cosas. Si lograba que Stephanie y el resto de ellos vivieran, como prometió White, ¿a quién le cargarían el muerto? Si mataba a Stephanie y el FBI lo agarraba —lo cual era seguro—, estaría frito.

A menos que no dejara testigos... que los matara a todos. Pero no estaba seguro de poder hacer eso.

—¡Aquí! —gritó Stephanie—. ¡Lo encontré!

Arrastrarse dentro de un desván sin luz era la estupidez más grande en que podría pensar ahora. ¿Lo habría encontrado de veras?

Tonto. Una ola de pánico le hizo preocuparse. El tiempo se estaba agotando. ¿Y si Jack se apareciera aquí y le volara primero los sesos?

Pisadas en las escaleras, y Randy se giró para ver al poli que venía subiendo, de dos en dos peldaños.

—¿Han encontrado algo?

—Ella ha encontrado el desván —contestó Randy.

El policía pasó corriendo a Randy, con una linterna encendida. ¿Y él? Elimina al poli pistolero y testifica que confundiste en la penumbra a Lawdale con el Hombre de Hojalata. Un cadáver.

¿Podría matar a un poli? Si fuera cuestión de hacerlo, sencillamente lo haría. ¿Pero el Hombre de Hojalata aceptaría a Lawdale? Él no era uno de los cuatro originales.

Cinco. Susan. Betty no había dejado dudas de que White quería muerta a Susan. Tal vez debería matarla.

Randy entró corriendo y encontró a Lawdale en la escalera que había desplegado desde un acceso en el techo que daba paso a un oscuro desván. Subió, con la linterna en alto.

—Suban aquí.

Randy subió delante de Stephanie, sosteniendo el hacha, cuando se le ocurrió que esta era un arma tan buena como una escopeta. No estaba seguro de poder hacerlo, pero sí de que funcionaría. Sintió el cuchillo en la cintura. Un cuchillo casi podría ser más fácil.

El desván tenía suelo de madera con cosas apiladas a los lados. El techo inclinado estaba hecho de viejas tablas grises. La única ventana de la fachada del techo tenía barrotes.

El policía se volvió hacia Randy, agarró el hacha y le pasó la linterna.

—Sostenga esto —le ordenó.

Antes de que Randy pudiera protestar, el patrullero había cambiado las herramientas: el hacha de Randy por una luz que no servía de nada. Por supuesto, con el control de la luz podría romper la linterna y dominar la situación, eso tal vez era algo bueno.

Era consciente de que debía moverse rápidamente, muy rápido esta vez, pero dejó pasar la oportunidad. Debía escapar. Era escapar o morir.

Lawdale levantó el hacha y la blandió contra el techo inclinado.

Pum/rebote.   •

Naturalmente.

Lo que no era natural fue el repentino *gruñido-alarido* que se esparció por el aire después del golpe, lo bastante fuerte como para que lo sintiera en el pecho, como si el desván fuera el origen de los quejidos que habían oído todo el tiempo.

Stephanie gritó, casi igual de fuerte, y Randy estuvo a punto de agarrar algo —cualquier cosa— y atacarla violentamente. En vez de eso, estiró la mano y le dio una bofetada, sin dejar de sostener la luz.

—¡Cállate!

La mujer se calló. La casa se quedó en silencio con ella. La mirada de sus ojos le recordó a Randy el momento en que Stephanie salió de la guarida de Pete.

—Deme el cuchillo —ordenó Lawdale, poniendo el hacha bajo un brazo y alargando la otra mano.

—¿Para qué? —preguntó Randy sacando el cuchillo, pero sin decidirse a entregarlo de inmediato.

—¡Por Dios! ¡Usted démelo! —exclamó Lawdale, le arrebató el cuchillo, empezó a meterlo entre las juntas de las vigas y el techo. Apenas penetró. La punta se rompió con un sonido seco, dejando una muesca al final de la hoja. Lawdale soltó una palabrota y se enganchó el cuchillo en el cinturón, tomando de nuevo el hacha.

El policía comenzó a golpear con furia la pared. *Pum, pum, pum, pum.* A lo largo de la pared, luego en la parte del techo con ventana. *Crash, crash,* contra el vidrio.

Nada.

El poli se quedó frente al despejado cielo oscuro de afuera, dando la espalda a Randy y Stephanie, respirando con dificultad. Deslizó lentamente el hacha hasta dejar que colgara de una de sus manos, la sólida cabeza casi tocando el suelo.

La casa gruñó suavemente.

Lawdale respiró fuerte.

Randy y Stephanie miraban fijamente, desconcertados por este, el segundo de los episodios de estrepitosa furia del poli.

—Vamos a morir todos —reconoció el policía, mirando aún por la ventana, luego se volvió y se puso frente a ellos—. El Hombre de Hojalata nunca ha dejado viva una víctima, nunca ha fallado, nunca ha dejado una pista de su identidad, aunque ha dejado un rastro tan ancho como el río Mississippi de casa en casa por toda la región. Ahora sabemos la razón, ¿no les parece? Pero no hay manera de que se la podamos contar al resto del mundo.

—¿Qué quiere usted decir con que sabemos la razón? —preguntó Randy.

—Lo primero es saber, siempre es así —contestó el policía mirando el techo contra el que acababa de arremeter—. Es necesario conocer el juego antes de poder ganarlo. El mundo tiene que saber con qué está tratando.

—Bueno sería hacer correr la voz.

—El juego del asesino es más espiritual que físico —continuó Lawdale, mirándole a los ojos—. El FBI, o quien se ponga en el camino del Hombre de Hojalata, tiene que saber que solo se le puede derrotar si entienden el poder que hay detrás de él, eso es lo que quiero decir. No están tratando el asunto adecuadamente. Deben cambiar los paradigmas o él seguirá matando y dejando un rastro que nunca entenderán.

Lo que sea, pensó Randy.

—El tiempo se está acabando —informó.

—¿Está usted oyendo lo que digo, muchacho? —dijo el policía poniéndose a caminar—. ¡No hay salida! Esto...

Lawdale señaló hacia el techo, analizando las tablas, buscando las palabras correctas.

—...esta cosa, todo este derroche de asesinatos, esta casa... tiene que ver con el bien y el mal, y con lo que hay dentro. ¡Pero el mundo no lo sabe!

No tenían tiempo para esas supercherías filosóficas. Lawdale debería ponerse a conversar con Leslie, si así era como quería emplear sus últimos minutos.

—Bueno, a menos que venzamos a White, el mundo nunca lo sabrá —aseguró Randy, haciendo brillar la luz en los ojos de Lawdale—. ¿Tiene algunas ideas reales? ¿O usted solo habla?

Lawdale titubeó.

—Quizás el Hombre de Hojalata tenga razón —dijo—. Quizás alguien tenga que morir.

Randy sintió que el corazón le latía con más fuerza.

—Alguien tiene que ser sacrificado. Necesitamos un chivo expiatorio. El Hombre de Hojalata desea sangre fresca. Sangre inocente.

—¿Quién?

—No sé —dijo el poli negando con la cabeza después de pestañear y de pensar por un instante—. Uno de nosotros podría ser voluntario.

—¿Qué? —preguntó Stephanie—. ¿Cree usted de veras que alguien se ofrecerá como voluntario para morir por los demás?

—No solo por nosotros —contestó Lawdale con brusquedad—. ¡El mundo de ahí afuera tiene que saber qué está pasando!

—Eso no ocurrirá —comentó Randy.

El poli lo miró fijamente un largo instante, pensando detrás de esos ojos centelleantes.

—Veremos —explicó—. Piénselo. Se nos está acabando el tiempo. Si no muere alguien, moriremos todos.

Lawdale recogió el hacha.

—No hay salida —concluyó.

—*Lo sabemos* —Randy tragó saliva.

El poli asintió. Salió del desván sin pronunciar otra palabra y se llevó el hacha.

32

5:40 AM

JACK Y LESLIE HABÍAN CORRIDO DE HABITACIÓN EN HABI-
tación en el piso principal, buscando cualquier detalle estructural
que pareciera débil, aunque fuera remotamente. Una grieta en las
paredes, una ventana sin rejas, un lugar donde se hubieran roto las
tuberías, para salir hacia la noche descubierta.

El plan del policía se limitaba a dar los últimos suspiros, pero
Jack no podía idear uno mejor, así que emprendió la búsqueda con
desesperada urgencia. Sin embargo, la madera, las rejas reforzadas,
los tablones, el hormigón, la casa se negaba a romper cualquiera de
sus materiales.

Mientras tanto, la tercera regla le seguía retumbando en la mente.
Si me traéis un cadáver...

Estaban en la despensa de la cocina, el último cuarto en el cual
buscar en este piso, hasta donde Jack sabía. Pero aquí no había nada

que pareciera esperanzador. De todos modos, intentó golpear los anaqueles.

Tarros vacíos y latas estrujadas. El mazo rebotó en la pared. Nada. Se detuvo y miró, con la mente entumecida. ¿Ahora qué? ¿Cuánto tiempo habían desperdiciado? Diez minutos, por lo menos.

Leslie se puso de pie detrás de él en la entrada... podía oírla respirar con regularidad. La casa rugió de nuevo. Más fuerte esta vez. Él miró hacia arriba. ¿Ahora qué?

—Vamos a morir —afirmó Leslie.

Era una simple declaración de la realidad. Jack sabía con precisión cómo se sentía ella, porque él sentía exactamente lo mismo. Había ocasiones en que el valor solo se burlaba de la realidad.

—Viene por mí —comentó ella—. Me está obligando a hacer lo que más odio.

¿De qué estaba hablando?

—Soy una ramera, Jack. Todo gira en torno a esto. Me odio y soy incapaz de evitarlo. Y esa cosa lo sabe.

—¿Quién es esa cosa?

—Yo —contestó ella mirando alrededor, con los ojos desorbitados y llorosos.

Él no la contradijo, pero no creyó que tuviera razón.

La casa se sacudió violentamente por un instante y luego se calmó. Se volcaron más tarros de los anaqueles y se esparcieron a los pies de ellos. Latas traquetearon a su alrededor. Sintieron que la casa era sacudida por un terremoto.

—¿Jack, crees en Dios? —susurró Leslie.

Él ya había pensado en ese asunto muchas veces esa noche, pero solo superficialmente. No estaba seguro de creer en Dios.

—No sé —contestó.

—Si existe, ¿dónde está esta noche?

Ella tragó saliva.

—Hay maldad en esta casa, hay entidades sobrenaturales en las que yo no creía hasta esta noche, hay un asesino en serie con su juego enfermizo y demente, pero ¿dónde está Dios?

—En una catedral de alguna parte —contestó Jack—. Quitándole dinero a los pobres.

—No hay Dios —concluyó Leslie.

—Quizás no —asintió él—. Al menos, ninguno que pueda ayudarnos.

En alguna parte de la casa, Susan comenzó a gritar. Leslie giró la cabeza hacia todos lados. La niña estaba exclamando algo, corriendo por un pasillo o por el comedor.

¿Dónde había estado? Había salido con Jack y Leslie, planteando sugerencias que no eran demasiado útiles en la búsqueda en que se hallaban. Jack no había notado en qué momento se había ido.

Se cerraron puertas de golpe en algún lugar más profundo de la casa. Caía y se rompía madera. Susan volvió a gritar.

—¡Está en apuros! —exclamó Jack.

Agarró el mazo y guió a Leslie por la cocina, por el pasillo, pasando la puerta del sótano, entrando en el comedor.

—¡Susan!

Sus gritos eran ahora más fuertes. Les estaba gritando algo desde la parte delantera de la casa. Jack entró corriendo en el vestíbulo principal.

Todos los muebles de la sala de estar adyacente parecían como azotados por un tornado, la mitad de ellos volcados y desparramados. Algunos parecían desafiar la gravedad, pegados contra la pared, como la intacta silla que flotaba encima de la pared a mitad de camino de la chimenea.

Susan estaba de pie en un rincón, presionada contra ambas paredes. El enorme ropero que antes se encontraba al otro lado del salón ahora estaba a menos de dos metros de ella, acercándose lentamente. Sus puertas se abrían y cerraban haciendo estruendo, pero no rápidamente, sino en respuesta a los movimientos de Susan, como si tratara de acorralarla.

—¡Jack! —gritó ella—. ¡Tienes que escucharme! ¡Tienes que detener esto!

La silla que había sobre la pared atravesó volando el salón hacia Jack. Él saltó hacia atrás y batió el mazo contra la silla voladora. La pesada cabeza se estrelló contra el eje de madera y redirigió con eficacia el vuelo de la silla, pero una de las patas lo golpeó en el hombro y lo envió tambaleándose contra Leslie.

—Escucha a... —el grito de Susan quedó ahogado por el sonido de una docena de puertas que se cerraban todas de golpe. No una vez, reiteradamente. *Bam, bam.* Parecía que cada armario, habitación y mueble de la casa se abría y se cerraba una y otra vez al unísono.

Bam. Bam. Bam. Bam. Bam.

El guardarropa que había atrapado a Susan se detuvo a metro y medio de ella. Jack saltó hacia delante, echó atrás el mazo y empezó a usarlo contra el guardarropa, cuando la puerta de la derecha se abrió y lo golpeó de costado.

Él se tambaleó, cayó, soltó el arma.

Bam. Bam. Bam. Bam. Las puertas tronaron.

—¡El mazo, Jack! —gritó Leslie—. ¡Cuidado!

Su mazo había volado por el aire y estaba flotando por el salón, inclinado en un ángulo de cuarenta y cinco grados.

Se volvió a levantar. El mazo voló sin ayuda hacia el guardarropa.

Hacia Susan.

Bam. Bam. Bam. Bam.

—¡Jack! —le estaba gritando Susan a algo que había detrás del ropero, pero ahora él no podía verla.

El mazo estaba ahora sobre el guardarropa, sobre Susan, con intención incuestionable.

Bam. Bam. Bam.

¡Bum!

Alrededor de ellos estalló el disparo. El mazo recibió en un costado una carga completa de perdigones. El mango se partió exactamente debajo de la cabeza, lo que lo lanzó contra la pared y lo hizo caer fuera de la vista, detrás del guardarropa.

Lawdale saltó sobre Jack, agarró por el cabo el mazo caído y lo hizo girar por completo antes de que Jack fuera consciente que se trataba del policía.

Su primer golpe dio contra la puerta derecha del guardarropa.

La segunda puerta comenzó a caer, y el agente lo derribó con otro movimiento. Furioso como un toro, se lanzó contra el pesado mueble y lo tiró al suelo con un fuerte gruñido.

Las puertas que se cerraban de golpe en toda la casa se detuvieron al unísono con el choque del guardarropa derribado.

¡Bam!

Se levantó polvo.

Se hizo silencio.

Susan corrió.

—¡Vas a hacer que nos maten a todos, Jack! —gritó Susan pasando a Lawdale, pasando a Jack, dirigiéndose al pasillo y desapareciendo por él.

¿De qué estaba hablando? ¿Qué estaba haciendo él que provocase que los mataran? ¿Qué estaba haciendo cualquiera de ellos que hiciera que los mataran?

¿O se trataba de algo que no estaban haciendo?

Un cadáver.

—¿Está usted bien? —preguntó Lawdale poniéndose frente a ellos, respirando con normalidad por la nariz.

—¿Qué es lo que ha ocasionado eso? —preguntó Leslie.

—Lo que está ocasionando todo esto. Maldad. La casa tiene mente propia. No es por azar, ¿de acuerdo?

—¿Qué opina usted? ¿Y lo de Randy?

—En el desván no hay nada de ayuda —contestó Lawdale mientras dejaba el mazo en el suelo; parecía haber perdido el entusiasmo—. Creo que todos vamos a morir.

—Gracias por el ánimo, oficial, pero ya hemos sacado nuestras propias conclusiones.

—¿Cuáles son?

—No hay salida —contestó Jack titubeando.

—El hombre prudente construyó su casa sobre una roca —dijo Lawdale—. El predicador solía decir eso. Por desgracia, el que construyó esta casa lo hizo sobre una tumba. A menos que saquemos al descubierto esa tumba, todos moriremos.

—¿Destapar la fosa común sobre la que se construyó este lugar?

—Tumba. Lo propio de la muerte. Es obvio que él cree que todos merecemos morir. Uno de nosotros debe morir. Es la única salida.

Esa declaración habría derribado a Jack siete horas antes, incluso tres. Pero sabía qué lógica fundamental había llevado al agente del orden a resumir de este modo la situación.

—Solo que no podemos matar a nadie —expresó Leslie.

—Se nos acaba el tiempo. Alguien tiene que dar su vida para que el resto pueda vivir, no solo aquí, sino allá afuera, en el mundo. Que termine con el juego de este lunático.

—¿Suicidio?

—No, no creo que eso valga para él, no cuadra con su opinión. Él no está buscando cobardía. El que mate tiene que hacerlo como él lo haría, por maldad.

—Eso es asesinato.

—No somos asesinos.

—Evidentemente, no. Todavía. Pero eso podría cambiar en los próximos minutos —dijo Lawdale, después hizo una pausa y continuó—. Y de ser así, estoy dispuesto a ser la víctima, aunque podría haber mejores alternativas.

Ellos lo miraron fijamente. ¿Estaba de veras el poli ofreciéndose a morir por todos ellos?

—Ya se lo he dicho a los demás —manifestó Lawdale, dejando la escopeta—. Voy a tratar de encontrar a Susan. Veinticinco minutos, amigos. Cualquier cosa que hagan, háganla rápidamente.

Le entregó a Jack la escopeta, pasó caminando en medio de ellos y giró hacia el comedor adonde Susan había corrido.

Jack miró a Leslie, que seguía con la mirada a Lawdale. Ella giró la cabeza hacia él, con los ojos abiertos de par en par.

—Tiene sentido —expresó él, y luego añadió, para no ser malinterpretado—. Como si fuera un libro de texto. Pura lógica.

—Esto no es un libro de texto —rechazó ella—. Es un caso clásico de histeria colectiva y él está contribuyendo a ella.

Él la ignoró.

—Tal vez tiene razón y hay una mejor elección que la de él.

—¿Quién, Randy?

Jack no contestó.

Leslie torció la boca.

—Tal vez está un poco tocado de aquí —indicó ella señalándose la cabeza—, pero ni siquiera Randy merece morir.

—No podemos desentendernos sin más de lo que está sucediendo —le contestó él—. White le dijo a Randy que me matara.

Ella lo fulminó con la mirada.

—Vamos, Leslie. ¡Sabes tan bien como yo que él es capaz de matarnos *a los dos*! —exclamó Jack inclinando la escopeta contra la pared—. Si Lawdale les dijo lo que nos acaba de decir, te garantizo que Randy ya me tiene en su mira.

—Solo que no puedes matarlo, ¡por Dios! —manifestó Leslie, mirando hacia el pasillo.

—Y si él me ataca, ¿qué sugieres que yo haga?

Leslie respiró superficialmente.

—Pete me aseguró que White quería muerta a la niña —declaró Leslie—. Creo que todo este asunto gira en torno a ella. Creo que White en realidad la soltó para que tuviéramos alguien a quien matar.

Jack simplemente la miró, desafiándola a decir lo que pensaba.

—No estoy sugiriendo que mates a Susan —indicó bruscamente—. Pero Randy podría intentarlo. Él es demasiado cobarde como para atacarte, pero podría atacar a la niña.

La casa comenzó a gruñir de nuevo. Un grito irreconocible atravesó las paredes. Otros gritos surgieron, superpuestos.

33

5:40 AM

STEPHANIE NO ESTABA DE ACUERDO CON EL PLAN, PERO TAM-
poco detuvo a Randy. Si hubiera otro camino, lo habría detenido,
pero para ellos la única manera de pasar con vida la hora límite era
que algún otro muriera, como el poli mismo había dicho.

No parecía correcto, Stephanie sabía que no podía ser correcto.
Pero era lo más parecido a lo correcto que podía imaginar.

Las manos de Stephanie habían agotado su cupo de temblores
de toda la noche, pero ya no las podía detener aunque lo intentara.
No se sentía más bien con lo de matar a alguien de lo que se sentía
respecto de tragarse la comida para perros que le dio Pete. Pero ella
no era exactamente una persona saludable; eso lo había descubierto
en las últimas horas.

Pensar en meter los dedos en la asquerosa comida de Pete y lle-
vársela a la boca hacía que el estómago se le llenara de náuseas.

En su fuero interno, donde se las había arreglado para huir de sí misma, Stephanie era una niña pequeña muy enferma y enredada. Si aquí alguien merecía morir, probablemente era ella. Jack podía dar fe de eso. Ella lo había abandonado cuando más la necesitaba para retirarse a su mundo de negación y autocompasión.

Una lágrima se le deslizó por las mejillas. Siguió a Randy fuera del cuarto hacia las escaleras.

—¿Estás seguro de que deberíamos hacer esto?

—Podrías esperar aquí —contestó él deteniéndose y dando la vuelta—. Tengo que conseguir la escopeta y encontrar a la niña, pero volveré, como acordamos. No podemos de ninguna manera hacer otra cosa... Quiero aquí a Lawdale cuando apriete ese gatillo. Él nos respaldará.

—¿Y si no lo hace?

—Entonces tendremos que liquidarlos a todos.

—Nunca dijiste...

La casa chilló. Una docena de gritos superpuestos.

—¿Qué es eso?

Randy hizo caso omiso y siguió adelante agachado.

El grito sonó como si hubiera venido de una niña pequeña. Quizás Susan. Stephanie se estremeció. Y en ese instante lo entendió.

Era Susan. El Hombre de Hojalata quería a Susan. Quería que *ellos* mataran a Susan.

Y, según Randy, eso es lo que Lawdale había querido decir cuando manifestó que el asesino quería sangre fresca.

Stephanie se juzgaba repugnante, muy repugnante, debería estar deteniendo a Randy en vez de bajar las escaleras detrás de él.

Pero era demasiado repugnante para detenerlo.

Corrieron hacia la cocina por la escopeta. Pero las armas habían desaparecido. Randy miró alrededor con la cara enrojecida.

—¿Ahora qué? —se preguntó, vociferando por algunos segundos y revisando debajo de la mesa y de los aparadores—. ¡Se las ha llevado! ¡Ha atrapado a las dos!

—Randy, no estoy segura...

—Te has dejado la palanca en la planta superior —expresó él, empujando a Stephanie al pasar—. Lo haremos con la palanca.

☙❧

Cinco cuarenta y nueve.

—Debemos irnos —dijo Jack—. ¡Tenemos que hacerlo ya!

—¿Y qué has decidido hacer?

Él volvió a vacilar. ¿Matar a Lawdale? ¿Matar a Randy? ¿Matar a Susan? La ira le corría por los huesos.

—¡Esto es una locura! —exclamó, lanzando un puñetazo contra la pared.

—Jack —llamó una voz suave.

Él se giró al oír el sonido de la voz de la niña. Susan estaba de pie en una entrada al final del vestíbulo, cerca de las escaleras.

La metálica máscara del Hombre de Hojalata colgaba de su mano derecha.

Jack estaba demasiado sorprendido para hablar.

Ella dejó caer la máscara en el suelo, donde sonó ruidosamente.

—¿Qué es...?

No estaba seguro de qué preguntar.

—¿Me vais a escuchar ahora? —preguntó ella.

Jack dio tres pasos y se quedó al lado de Leslie, que miraba la escena boquiabierta. Había algo desconcertante en la manera en que Susan apareció, parada ahí con su vestido blanco hecho jirones, con la máscara del asesino a sus pies.

—Por supuesto que escucharemos —manifestó Leslie con suavidad.

—Tenéis que escuchar con mucho cuidado. He estado intentando hablaros, pero no habéis escuchado.

—Por supuesto, yo...

—Traté de advertiros. La casa os está impidiendo escuchar.

—¿Qué quieres decir?

—Se está metiendo en vuestros oídos. Lo hace para que no podáis ver lo correcto. U oír lo adecuado. He estado tratando de hablaros toda la noche. ¿Me escucharéis ahora?

—Yo... yo puedo escucharte —vaciló Jack, mirándola.

—Se nos acaba el tiempo. ¿Vas a escuchar?

—¿Quién... quién eres?

—Soy a quien él quiere que matéis. Pero si me matáis moriréis. Tenéis que creerme. La única manera de sobrevivir al juego es destruirlo a él.

—¿Cómo?

—Os lo puedo enseñar.

Si no se equivocaba, su esperanza de sobrevivir los había acompañado la mayor parte de la noche, y ellos la habían ignorado. En ese instante, Susan era la perfecta imagen de la inocencia. Su propia hija, Melissa, que extendía la mano para salvarlo. Un luminoso ángel guardián enviado a salvarlo, aunque solo se trataba de una niña que White había raptado. Pero en ese momento ella era más.

—Él está tratando de matarme, Jack.

Jack quiso correr hacia ella, abrazarla y decirle que nunca la volvería a abandonar, pero parecía que no lograba moverse.

—Lo sé —asintió, yendo hacia ella—. Pero eso no va a...

—Lawdale está tratando de matarme —explicó Susan.

—¿Qué? ¿Quién...? —preguntó él, parpadeando.

—Lawdale. El Hombre de Hojalata, de quien sale humo negro incluso aquí arriba. Ya os lo he dicho, quiere matarme. Ese es el verdadero juego.

La mente de Jack se aceleró. Un nuevo terror le recorrió la columna vertebral.

—¿Me estás oyendo? —preguntó ella.

—¿Estás segura? ¿Lawdale?

—Verás el humo, Jack.

Una mano se estiró por detrás del marco de la puerta y tiró de Susan por los pelos. Ella gritó.

—Retrocede, Jack —ordenó Randy, entrando y riendo con ojos desorbitados—. Esta es nuestra única salida, lo sabes.

—¿Randy? —preguntó Leslie, rozando a Jack al pasar—. Randy, ¿qué estás haciendo? Por Dios, ¡ella es inocente!

—Creo que esa es la cuestión, doctora —contestó él y luego se dirigió a la niña—. Vamos, queridita.

La empujó bruscamente hacia el camino por donde habían llegado.

Jack se tambaleó. Su propia escopeta aún estaba en el guardarropa. Se giró, dio cuatro grandes zancadas y agarró el arma. Corrió hacia la entrada por donde había sido secuestrada Susan, examinó al otro lado con un rápido movimiento de cabeza. Despejado.

Se dividía al final: un camino llevaba de vuelta a la cocina, por detrás del comedor, y otro al resto de la parte más baja de la casa y a las escaleras. ¿Qué camino?

—¿Qué estás haciendo? —le preguntó Leslie respirándole en el hombro.

Jack aún estaba paralizado por la indecisión. Sencillamente no podía andar como loco por la casa mientras Randy tuviera ventaja.

Algo malo le pasaba en el codo. Se enrolló la manga de la camisa vaquera y se miró el codo donde lo había golpeado el guardarropa. Salía sangre de un pequeño corte.

—Humo negro —declaró—. Cuando me encontraba en el sótano me salió humo negro. De todo aquel que fuera malvado salía humo negro. De todos habría salido. Pero aquí arriba es diferente. Aquí es donde el mal se puede esconder.

—¿El humo solo está en el sótano? No entiendo cómo...

—No lo sé —interrumpió él bruscamente—. Pero aquí arriba el mal no camina junto a nosotros para que lo veamos, como ocurre en el sótano. Aquí arriba ya no me sale humo negro.

—¡Ahora me doy cuenta! Pero, ¿qué tiene que ver eso con Lawdale?

—Susan está diciendo que él es diferente, que le sale humo negro en cualquier lugar al que vaya.

—¿Cómo?

—¡No lo sé! Lo que sí sé es que tenemos que creer a Susan.

Había pasado mucho tiempo.

—Randy, ¡no puedes hacer eso! —gritó Jack mientras salía hacia la cocina—. ¡La necesitamos!

No se oyó nada. Jack tiró cualquier precaución por la borda y corrió hacia la cocina con Leslie detrás.

Vacía.

—¡A la planta alta, rápido!

Salieron por el otro pasillo hacia el comedor, pero hasta allí llegaron.

El policía Morton Lawdale estaba parado en el arco y tenía un cuchillo de cocina grande y reluciente. ¿El cuchillo de Randy? Tenía los ojos desorbitados y el rostro pálido.

—Se nos acaba el tiempo —manifestó Lawdale clavando el cuchillo en la mesa y mirando a Jack a los ojos con una mirada de súplica y temor.

No se parecía al Hombre de Hojalata.

—Quiero que usted me mate —dijo Lawdale.

34

5:53 AM

—¿MATARLO?

—Ya no podemos postergarlo más —contestó Lawdale mientras aparecían gotas de sudor bajo el pañuelo ensangrentado de su frente—. Alguien tiene que morir para que el resto pueda vivir, y estoy dispuesto a ser yo. Hágalo ya, antes de que me arrepienta.

Jack tenía la escopeta, y fácilmente podía levantarla y perforarle el pecho. Si Susan tenía razón, estaría matando a White.

Si Susan estaba equivocada, estaría matando a un policía. Y ella podría equivocarse fácilmente, ¿no? No era precisamente alguien corriente.

—¿Está usted sordo, muchacho? —preguntó Lawdale con rudeza mientas comenzaba a temblar—. Alguien tiene que morir aquí, o moriremos todos. ¡Máteme!

De modo instintivo, Jack levantó la escopeta. Pero no podía apretar el gatillo. Sencillamente no podía, no sin saber la verdad. Lawdale parecía más merecedor de una medalla de honor que de una bala. ¿Cómo era posible que fuera el Hombre de Hojalata?

—¡Jaaack! —gritó Susan en la planta superior, adonde Randy la había llevado.

¿Y si Susan estuviera de acuerdo con el Hombre de Hojalata para destruir la única esperanza que tenían de escapar, es decir, el agente del orden que se las había arreglado para rescatarlos del sótano?

—¿Jack? —tembló la voz de Leslie.

Lawdale marchó hacia delante, ahora enojado.

A la mente de Jack llegó una información útil. ¡No había cargado la escopeta! Se movió hacia la derecha con Leslie detrás, obligando a Lawdale a mantenerse a su izquierda.

—Randy va a matar a Susan —afirmó Jack con voz irregular.

—No si usted me mata primero, Jack —contestó Lawdale caminando directamente hacia él—. Apriete el gatillo.

Antes de que Jack pudiera hacerlo, Lawdale agarró el cañón con las dos manos y lo llevó hacia su propia frente. Presionó contra su piel exactamente debajo del pañuelo. Cerró los ojos.

—Hágalo antes de que él la mate. Sálvela. Hágalo con el sentir con que odia la tierra que piso, con maldad y odio. Con la morbosa malicia que arde furiosamente en su interior, muchacho. ¡Hágalo!

A Jack le temblaban las manos de mala manera. Accionó la escopeta para poner una bala en la recámara.

—¡Ahora! —gritó Lawdale, con los orificios nasales temblando de pánico.

La mente de Jack parecía estar encerrándose en sí misma. Apretó la escopeta con los nudillos emblanquecidos y comenzó a gritar.

—¡Ahhhhh!

—¡Hágalo!

Pero no podía hacerlo. En vez de eso levantó bruscamente el cañón, quitándole el pañuelo ensangrentado. Un profundo corte de cinco centímetros sobre el ojo derecho de Lawdale brilló ante ellos. Roja.

No había humo.

El grito de Jack se le atoró en la garganta. Miró asombrado el corte.

No había humo negro. ¿Había aceptado casi como válida la suposición de Susan y por poco mata a un hombre inocente?

—Por favor, Jack —rogó Lawdale, ahora con los ojos cerrados fuertemente; no parecía tener idea de lo que Jack acababa de hacer—. Estoy perdiendo el valor...

No había humo negro.

Jack había tenido la idea de volarle la cabeza al poli porque le habían hecho creer que él era el Hombre de Hojalata, *¡pero no había humo negro!*

Pálpito.

La boca de Lawdale se quedó abierta con un suave grito. Los ojos todavía fuertemente cerrados, el rostro arrugado por la agonía, la carne temblando. Estaba quebrantado, perdiendo el valor. Igual le pasaba a Jack. ¿Había estado a punto de volarle la cabeza?

Del profundo corte de Lawdale salió humo negro que le cayó por encima del ojo derecho y llenó todo el recorrido hasta el suelo, negro, como el carbón.

¿Cómo... cómo podía... estar sucediendo esto?

Estaba saliendo humo negro.

Jack apartó la escopeta con un movimiento brusco y dio un paso atrás.

Los ojos de Lawdale aún estaban bien cerrados y su rostro temblaba de miedo. Un hombre a punto de morir.

La sustancia negra comenzó ahora a fluir libremente. Una delgada niebla se encharcaba a los pies de Lawdale, arremolinándose alrededor de sus botas.

—Máteme, Jack —suplicó Lawdale, aparentemente ajeno a lo que ahora Jack estaba viendo.

—¿Jack? —cuestionó Leslie—. Ahora le sale humo, Jack.

Evidentemente. Las manos de Jack temblaron.

—Mátalo, Jack —expresó Leslie.

—Máteme, Jack —corroboró Lawdale.

—Yo... yo...

—Aprieta el gatillo —dijo Leslie con impaciencia.

Lo hizo.

¡Clic!

Lawdale lanzó un grito ahogado. Labios abiertos, ojos todavía cerrados, pero ya no apretados. Parecía no estar seguro de que le hubieran disparado.

Jack dio otro paso atrás. Cargó. Volvió a apretar rápidamente el gatillo.

¡Clic!

Durante un largo instante el aire parecía vacío de oxígeno. Alguien había sacado de su escopeta todas las balas, excepto la que había salvado a Susan del hacha voladora unos minutos antes.

Lawdale. Solo pudo haber sido Lawdale, para que la escopeta estuviera vacía después de que él hiciera ese último disparo en el vestíbulo.

Vacía para que, cuando Jack tratara de matarlo, él no recibiera más que un clic.

Vacía de tal modo que no le sirviera a Jack para matar a Lawdale.

Del rostro de Lawdale se había apoderado ahora una falsa sorpresa, la boca abierta, los ojos cerrados. Cerró la boca. Tragó saliva deliberadamente, los ojos todavía cerrados. Inclinó la cabeza.

Entonces levantó los párpados de repente y Jack vio unos ojos negros, sin pupilas, que hicieron que le recorriera el frío hasta los talones. Sabía sin lugar a dudas que estaba mirando los ojos del Hombre de Hojalata.

Una visión aterradora: ese individuo alto y musculoso de cabello rubio y corto, cabeza inclinada, del que salía humo negro por un corte en la frente, de ojos negros.

Negros.

Leslie gritó.

—No debe perder de vista su escopeta en ningún momento —advirtió el Hombre de Hojalata dibujando una sonrisa en su boca retorcida.

—¡A correr! —gritó Jack lanzando la escopeta contra el Hombre de Hojalata y saliendo disparado hacia su derecha; agarró el cuchillo de la mesa y se dio la vuelta, blandiendo la hoja.

Jack vio por el rabillo del ojo que el hombre agarraba con indiferencia la escopeta haciendo un leve movimiento. Entonces le lanzó el cuchillo y vio cómo se alojaba profundamente en su bíceps.

Lawdale se estremeció, pero nada más. Apretó fuertemente el arma que había agarrado con su brazo ahora herido. Era un hombre muy seguro de sí mismo. Con buenas razones para ello. Había jugado su papel a la perfección.

Pero lo podían herir, y si lo podían herir, lo podrían matar, así como a Stewart. White se sacó el cuchillo con la mano libre.

Jack salió disparado hacia el vestíbulo, pisándole los talones a Leslie.

—Muy bien, Jack —a través de la madera se oyó una suave risita—. La ira es buena.

Jack se lanzó por las escaleras, Susan tenía razón acerca de Lawdale, lo cual significaba que también tenía que ser cierta su afirmación de que White pretendía matarlos a todos.

—¡Randy! —gritó Leslie—. ¡No lo hagas! ¡Espera!

Un grito.

¿Era demasiado tarde?

—¡Randy! —volvió a gritar Leslie, subiendo de golpe las escaleras, mientras Jack saltaba por el pasamanos hacia arriba.

Jack se lanzó por el pasillo a toda velocidad y giró en la primera habitación.

Al instante lo vio todo claro. La luz anaranjada de la débil bombilla del techo. Stephanie de pie en un lado de la habitación de invitados, Randy golpeando con una palanca un candado cerrado.

—Lawdale es el Hombre de Hojalata —informó Jack—. ¡El asesino es Lawdale!

Randy le dio una patada a la puerta. Su mente estaba fija en una sola cosa.

—Si ella muere, él nos matará a todos —gritó Jack.

La puerta se astilló y se desplomó. Levantó polvo. Jack se lanzó contra Randy, haciéndole perder el equilibrio. Se estrelló contra la pared y soltó agrios juramentos.

—¿Cómo lo sabes? —preguntó Stephanie.

No había señal de que White los persiguiera, pero en esta casa eso no significaba nada. Él ya podía estar en las escaleras.

Susan salió del armario y se puso fuera del alcance de Randy, detrás de Stephanie.

—¡Jack! —exclamó Leslie desde la entrada, mirando aterrada hacia atrás, a las escaleras.

Cerró la puerta de golpe. Giró y se colocó contra la puerta, con los ojos desorbitados.

—¡Ya viene!

—No te creo —negó Randy.

—¡Cállate, Randy! —ordenó bruscamente Jack.

—¡Va a matarnos! —exclamó Stephanie.

Unos nudillos golpearon la puerta y Leslie se alejó de ella. Corrió hacia Jack y se puso detrás de él. No tenían armas. No había hachas ahí. Ni armas de ninguna clase, salvo la palanca.

El pomo de bronce giró. La puerta se abrió con un largo chirrido.

El Hombre de Hojalata estaba en el hueco de la puerta con su máscara puesta, como lo habían visto la primera vez, solo que ahora vestía la camiseta de propaganda de Budweiser y los pantalones grises de policía. La sangre empapaba una tira de ropa con la que había vendado apresuradamente su bíceps herido.

En una mano sostenía la escopeta vacía de Jack y en la otra el cuchillo de Randy.

—Hola —pronunció.

35

5:59 AM

EL JUEGO SE HABÍA DESARROLLADO MEJOR DE LO QUE BARSI-
dious White se hubiera atrevido a esperar nunca.

La niña aún estaba viva, pero eso cambiaría pronto. Le entusias-
maba pensar que todo el final fuera precisamente como lo había pre-
visto.

El Hombre de Hojalata se quitó la máscara que Susan había dejado caer y que había lanzado por la puerta.

—Siéntense a lo largo de la pared —se dirigió tranquilamente a
ellos, después de estudiar por un instante sus rostros demacrados.

Ellos se movieron obedientemente y se sentaron.

Ahora los tenía en una fila. Cinco. Una tal Stephanie, un tal Randy,
una tal Leslie, un tal Jack. Y una tal Susan. Como cinco palomas en
una jaula, mirando a su captor.

Miró a Susan. La misteriosa niña que había aparecido en el hotel hacía tres días sin previo aviso. Era una presa aparentemente fácil, pero desapareció en el sótano como si esa hubiera sido su intención todo el tiempo. Al principio intentó matarla, pero entonces descubrió algo muy desconcertante acerca de esa niña.

Ella era una buena persona.

No alguien que solo hiciera cosas buenas para mostrar lo buena que era, sino una persona que en realidad era buena hasta los huesos. Inocente. El resto siempre era culpable de pecado, como a él le gustaba decir.

Pero, en el caso de Susan, no tenía la seguridad de que fuera culpable. Ella no había hablado de manera malintencionada, ni había mostrado ningún rasgo de carácter que no fuera virtuoso. Él siempre había matado a los culpables, demostrándoles que eran tan culpables como sus propios egos asesinos; cada uno de ellos acababa convirtiéndose en asesino para salvar el pellejo.

Por primera vez había encontrado un participante que no presentaba esa característica y que, por lo tanto, había perjudicado mucho al juego.

Así que él la convertiría en parte del mismo. Ahora no solo se trata de *matarse unos a otros, todos ustedes que son culpables de pecado. Ahora se trata de matar a esta inocente, quitando de entre ustedes, que son culpables de pecado, los últimos vestigios de bondad.*

Ella lo miró, sin temor, luego abrió la boca para hablar.

—Sé cómo...

El Hombre de Hojalata metió un balazo en la pared al lado de Leslie, que gritó.

Susan cerró la boca. Comprendió. *Si hablas, mataré a uno de ellos.*

Él sacó del bolsillo el pequeño rollo de cinta adhesiva, se dirigió hacia Susan y le puso una larga tira sobre la boca y alrededor de la cabeza. Luego le ató las manos. Él no sabía cuánto de lo que ella había dicho estaba afectando a la casa, pero no quería que comenzaran a escuchar ahora. Ella sabía demasiado.

Recogió el cuchillo y caminó de un lado al otro deliberadamente, disfrutando el sonido de sus botas sobre la madera.

—Es hora de que conozcan su propio destino. Aún tenemos unos cuantos minutos para jugar.

Ellos lo miraron.

—Tengo una confesión —siguió diciendo—. El oficial Lawdale no logrará rescatarlos. Si es que creen que rescatarlos es liberarlos de la muerte.

Aún no se movían. Pichones. Tontos pichones.

—Tienen que valorar el gran cuidado que he tenido en planificar sus muertes.

Jack y Leslie lo miraron con serenidad. Los ojos de Randy fulminaban. Stephanie observaba confundida.

—Fui a la casa del policía a tres kilómetros carretera abajo, le corté el cuello y me llevé su coche patrulla. Con eso me aseguré de tener suficientes participantes para el juego de esta noche.

—¿Va... va usted a matarnos? —preguntó Stephanie.

—Si ustedes no se matan entre sí —dijo White—. Y si usted hace alguna otra pregunta estúpida será la primera.

—¿Por qué no nos mata ahora? —preguntó Jack.

De todos ellos, solo Jack pensaba aún con claridad. Era un hombre fuerte. Decidido. Había enfrentado la muerte de su hija, de la que salió amargado, pero más maduro. Su muerte sería la más satisfactoria.

—Paciencia, Jack. Yo le mataré. Lo haré porque mis ojos son negros. ¿No va a preguntar por mis ojos, Jack?

Jack titubeó.

—¿Por qué tiene los ojos negros?

—Porque en realidad no soy *blanco*, el White de la casa, soy en realidad *black*, lo negro de dentro, y esta es mi batalla. El bien contra el mal, solo que en el caso de ustedes se trata del mal contra el mal. No hay contienda.

Por sus expresiones, pudo deducir que ninguno había entendido. Excepto la niña. Eso le molestó.

Balanceó el cuchillo un par de veces con un movimiento de cintura, lo lanzó y lo hundió limpiamente en la pared entre las cabezas de Jack y Leslie.

¡Tac!

—¿Sabe usted algo acerca del mal, Jack? ¿Hmmm? La sustancia negra.

Jack no contestó.

White se levantó el pañuelo y dejó que la niebla negra saliera a borbotones por su herida. Se encharcó en el suelo y comenzó a esparcirse hacia ellos.

—El mal, la sustancia de sus corazones. También está en mi cabeza.

Se cambió la venda.

—He decidido darles una última oportunidad para resolver este lío. La mayoría de las personas son más duras. Les gustan las casitas blancas y los santuarios con grandes y coloridos vitrales, y prefieren asesinar con la mirada y con murmuraciones a espaldas de los demás.

Hizo una pausa.

—Bienvenidos a mi casa. No se permiten secretos. Aquí cometemos nuestros asesinatos con pistolas, hachas y cuchillos. Es más sangriento de lo que se acostumbra entre la mayoría, sí, pero es bastante menos brutal.

Seguramente entendieron algo de esas palabras.

—La paga del pecado es muerte y esta vez va a correr la sangre, ¿qué les parece? Ya basta de coloridos vitrales y blancas casitas. Ahora es la casa de White, y en la casa de White seguimos las reglas de White. Las reglas de la casa.

White pudo oír que su respiración se hacía más marcada, pero se calmó fácilmente.

—Una última oportunidad para reconsiderar la regla número tres. La niña tenía razón. En dos puntos: primero, no la han estado escuchando. Bueno, culpen de eso a la casa. Y segundo: sí, quiero matarla. El juego habría continuado hasta que ella estuviera muerta. Pero ella también se equivoca. Si ustedes la matan, a quien la mate lo dejaré vivir, vivir.

Les dejó unos segundos para que lo asimilaran.

—Y si ustedes no la matan, los masacraré como corderos. A los cinco. Empezando con la niña, sencillamente para mostrarles cómo lo tendrían que haber hecho.

Los ojos de Randy revolotearon a su izquierda, luego regresaron. Una buena señal.

—Se acerca el amanecer. Nunca dejo que el juego pase del amanecer.

Sacó un fósforo, lo encendió raspándolo en la correa y lanzó la llama al charco de niebla negra que le había caído de la frente. La niebla ardió en una rapidísima llamarada como si fuera gasolina. La luz que emitió se reflejó en sus rostros paralizados.

—Como pueden ver, a la sustancia negra le gusta arder. Este lugar se incendiará con el primer rayo de sol. Eso es dentro de seis minutos. Seis minutos para tomar su decisión.

Se replegó hacia la entrada del salón y recogió la máscara del suelo. Abrió la puerta. Salió de la habitación caminando hacia atrás.

—Seis minutos.

White cerró la puerta de un golpe y comenzó un temblor.

36

6:02 AM

LA MENTE DE JACK COMENZÓ A IMAGINAR DEFENSAS A MEDIda que White hablaba, distinguiendo las fuerzas activas opuestas que podría haber tras las obvias fuerzas presentes en esta casa que se movía por el mal.

El mal contra el mal. Jack no aceptaba del todo la afirmación de White. Si había maldad, también había bondad, y esas fuerzas estaban aquí en una especie de batalla. Hasta este punto, excepto por el enfrentamiento en el cuarto de calderas, ellos habían sentido su secuestro como una pequeña batalla con dos bandos. Pero quizás ahí estaba la cuestión. ¡Había estado viéndolo todo como malo! Solo había visto un lado, el malo. Pero, ¿dónde estaba el lado bueno?

¿Y si el empate en el cuarto de calderas fuera solo un anuncio de una contienda mayor que se aproximaba? Jack contra Jack. En ciertos sentidos, esa noche no era más que una cruda interpretación de la lucha que él enfrentaba cada día de su vida. Su visión limitada de esa

311

lucha enfocaba lo que él mismo se permitía ver. Pero, ¿y si hubiera más?

¿Cuál era la culpa con que White parecía tan preocupado? ¿Cuáles eran los pecados de ellos?

Leslie parecía estar luchando con demonios largo tiempo ocultos que habían cobrado vida en esta inverosímil casa de White. Randy... Randy dejaba ver su propia obsesión por el poder y el control. Stephanie se había enfrentado a su propia negación, lo que ahora la dejaba aterrada y débil sin su fachada.

¿Y él? Su pecado estaba oculto detrás de su amargura, y no era mejor que ninguno de ellos.

Estos eran los pensamientos que surgían, repiqueteaban y lanzaban voces a gritos mientras hablaba el Hombre de Hojalata. Entonces White estaba preparando su desafío final, que era matar a alguien.

—Seis minutos.

El Hombre de Hojalata salió de la habitación caminando hacia atrás. La puerta se cerró de golpe, como se habían cerrado cientos de puertas esa noche, pero ahora con carácter tan definitivo que por un instante ninguno de ellos se movió.

Entonces, como en respuesta meditada, cien puertas de toda la casa, debajo de ellos, alrededor de ellos, se cerraron de golpe en un poderoso estruendo. ¡*Bamm!* La casa tembló y se zarandeó.

Se oyó un largo y lento eco. Algo había cambiado en la casa.

Jack giró hacia su derecha y agarró el cuchillo por el cabo, y mientras lo hacía vio que Randy se lanzaba hacia la palanca. Pero el cuchillo estaba atascado.

—¿Jack? —dijo Stephanie, mirándolo con desesperación en los ojos.

—Ayúdame —contestó él.

Stephanie pestañeó, y corriendo se puso al lado de Jack. Agarró con la mano la parte superior del cabo del cuchillo y tiraron juntos. En ese preciso momento de desesperación, él sintió una sobrecogedora sensación de gratitud hacia ella. Y creyó que ella sentía lo mismo hacia él. Estaban haciendo algo más que reaccionar a los horrores que los habían presionado hasta el límite; pero ese momento, con las manos juntas agarrando la única arma que los podía salvar, la amargura y la negación que durante un año les había impedido hasta tocarse se convirtieron en apenas una insignificante distracción.

Por primera vez en un año esperaban conseguir lo mismo juntos. El cuchillo.

Pero el cuchillo no se movió. Estaba incrustado tan firmemente que muy bien se podría comparar con una de las barras de acero que protegían las ventanas.

Jack giró alrededor, aún sobre sus rodillas. Randy ya tenía la palanca en la mano, se agachó como un tigre, sonriendo burlona y malvadamente a Jack.

—¡Espera! —exclamó Jack extendiendo la mano y empujando a Stephanie detrás de sí—. ¡Aguarda!

Los ojos de Randy giraron hacia Susan, que aún estaba atada y vendada a la izquierda de Jack. Ella trataba de gritar a través de la cinta adhesiva.

Jack se acercó a la niña.

—Todo saldrá bien —le dijo con suavidad.

Ella se calmó.

—Va a matarnos, hagamos lo que hagamos —manifestó Jack—. ¡Piénsalo! Le hemos visto la cara, sabemos que es Lawdale, ¿por qué nos iba a dejar vivos?

—Escúchale, Randy —rogó Stephanie.

Él apartó los ojos de Susan y miró a Stephanie, quizás sorprendido por el cambio producido en ella.

—Correré el riesgo —afirmó Randy—. No estoy dispuesto a arriesgar mi vida basándome en una teoría ridícula. Si no me dejas matarla, Dios me ayudará a atacarte.

Balanceó la palanca una vez.

—¿Qué vas a hacer, Randy? ¿Golpearla en la cabeza?

El otro se mantuvo firme, pero no contestó. Al menos se lo estaba pensando. Jack se movió mientras Randy, al menos en parte, se mostraba inseguro. Se inclinó y agarró la cinta que cubría la boca de Susan.

Se la quitó de un tirón.

Levantó las manos, con la cinta colgando.

—Tú escúchala.

Randy miró fijamente, inmóvil.

—Cinco minutos —se quejó Leslie.

—Díselo, Susan.

—El Hombre de Hojalata os ha mentido —habló Susan—. No os dejará vivir a todos. Aunque me mates, al menos algunos moriréis.

—Eso es mentira —contestó Randy—. Si no la matamos, todos moriremos. Está tratando de salvarse a costa nuestra.

—Sé cómo salir —expresó la niña—. Por eso quiere que me matéis.

—¿Ves, Randy? —desafió Jack—. Cálmate.

Randy titubeó.

—Si ella supiera cómo salir —sugirió después con un gesto de desprecio—, ya nos lo habría dicho.

—Lo he intentado —contestó Susan—. No me habéis escuchado.

—¿Cómo vamos a salir, Susan? —preguntó Jack, mirando fijamente a Randy y con la mano extendida para mantenerlo a distancia.

—Puedo enseñaros cómo —contestó ella—. Pero tenéis que confiar en mí.

—¡Va a hacer que nos maten a todos! —exclamó Randy.

—Si observáis y escucháis, aún podéis ganar —manifestó Susan.

—Piensa en el espejo —explicó Jack rápidamente—. No nos veíamos. La verdad se estaba ocultando de nosotros. En realidad no estábamos mirando. Ella tiene razón. ¡Por Dios, escuchémosla!

—¿Qué verdad? —exigió Randy—. La única verdad de la que soy consciente en este momento es que White volverá a entrar en esta habitación y la matará de todos modos. Tú podrás estar dispuesto a desperdiciar tu vida porque ella diga eso, pero yo no. ¿Leslie?

Ella estaba empezando a titubear, mirando de Randy a Jack y viceversa.

—¿Y si nos está tratando de engañar? —preguntó Leslie.

—¡Te salvó la vida! —exclamó bruscamente Jack—. ¿Qué te pasa?

El rostro de la mujer se frunció de confusión y contuvo el llanto. Podría haber esperado eso de Stephanie, pero no de Leslie.

Stephanie puso su mano en el codo de Jack.

—Se está acabando el tiempo —expresó Susan—. Tenéis que escoger a quién creer. Si no me seguís, todos moriréis. ¡Pero tenemos que irnos ya!

—Eso es lo más ridículo...

—¡No me estás escuchando! —gritó Susan—. ¡Llevo aquí más tiempo que tú! ¡Tendrás que confiar en mí, o morirás!

—¡White nos matará! —vociferó Randy.

Entonces Jack se lanzó contra Randy como un torpedo. Dirigió la palanca contra él, pero Randy estaba desprevenido y su golpe fue débil. El hierro pasó por encima de su espalda y golpeó la cadera de Randy con su extremo más grueso.

Los dos cayeron al suelo, con Jack encima. En circunstancias normales, él no era dado a las peleas, pero estas estaban lejos de ser normales. Randy comenzó a dar golpes. Una rodilla se estrelló en el costado de Jack, que sintió que perdía la ventaja tan rápidamente como la había ganado.

Jack hizo lo único que se le ocurrió en ese instante. Gritó a todo pulmón, un furioso rugido que inundó sus venas de adrenalina.

Otra voz se unió a la suya. Stephanie, que chillaba.

Oyó a Randy gritar de dolor mientras encogía las piernas. Stephanie le había pisado la mano pegada a la palanca.

Jack vio en el suelo la planta del pie izquierdo de ella, que le pareció el de un pateador de talla mundial, y vio que golpeaba con el pie derecho a Randy.

Stephanie calzaba sandalias de verano, pero tenía los dedos duros y afilados, y Randy estaba de rodillas, presentándole un amplio blanco. Su zapato de punta lo golpeó en un lado de la cabeza.

Él cayó de lado, aturdido.

—¡Desátame las manos! —exclamó Susan poniéndose al lado de Stephanie— ¡Rápido!

Ella le dio la vuelta a Susan y se concentró en la cinta.

—¿Jack? —atinó a balbucear Leslie, que observaba paralizada.

Randy seguía siendo una amenaza, pero no tenían tiempo para inmovilizarlo.

—¡Seguidme! —exclamó Susan.

Randy ya se estaba poniendo de pie.

Jack le extendió una mano a Leslie.

—¡Vamos! —le dijo.

Ella titubeó, luego dio un paso.

Jack corrió aprisa tras Susan y Stephanie, que ya habían llegado a la puerta.

—¿Listos? —preguntó Susan, con la mano en el picaporte.

—Se nos viene encima —exclamó Jack.

—Pase lo que pase, seguidme. Abrid los ojos. No permitáis que la casa os haga mirar atrás.

—¿Adónde vamos?

—A la planta baja —contestó ella, y abrió la puerta de un tirón.

El sonido de una ráfaga se tragó a Jack. La puerta se abrió a la oscuridad, no al pasillo.

Entonces vio las escaleras, la niebla negra, las tenues bombillas, y comprendió que esa puerta conducía directo al sótano. La casa había cambiado bajo ellos cuando White dio el último portazo.

El miedo le provocaba a Jack un chirrido en los nervios que le corría de pies a cabeza.

—¡Seguidme! —gritó Susan, y bajó por el negro hueco de la escalera.

37

6:04 AM

Randy se puso de pie tambaleándose y aturdido. La confusión se arremolinaba en su mente como una veloz y espesa niebla negra que sonaba como un vendaval.

Entonces comprendió que el sonido no estaba en su cabeza. Venía de la puerta abierta por la que los demás acababan de salir. La entrada parecía una garganta abierta que descendía al infierno.

Dentro del sótano.

Se quedó parado, balanceándose sobre los pies, luchando con la confusión. ¿Seguir a Susan? Al infierno ni hablar. Aquellos tontos habían escuchado a una niña que llevaba tres días atrapada en la casa.

Randy avanzó lentamente, temblándole las piernas y mirando hacia abajo. Leslie se había detenido a mitad del descenso y miraba la niebla negra que cubría el suelo de los escalones. El resto de ellos, incluyendo a Susan, ya se había perdido de vista.

Leslie no se movía. Había perdido el valor. Resultaba curioso que hubiera perdido el interés por ella en las últimas horas. Curioso cómo él ahora tenía que luchar contra unas repentinas ganas de patearle la cabeza, aunque ella estaba de espaldas. Curioso cuánto la odiaba, tanto como se odiaba a sí mismo.

¿Cuánto tiempo? Aún tenía tiempo, ¿verdad? el Hombre de Hojalata no dijo que el tiempo terminaba si salían de la habitación. Seguro que no habían pasado seis minutos. Aún podía alcanzarlos. Quizás así fuera mejor, porque ellos no lo esperarían por detrás. Si mataba a la niña, los Stewarts desaparecerían o algo así. Él estrecharía la mano de White y entonces podría alejarse de ese lugar, el único hombre libre que pensó con la cabeza para escapar de una muerte segura.

Randy buscó un arma alrededor y vio el cuchillo en la pared. Recogió la palanca y corrió a la pared. Agarró el cuchillo y lo sacó.

Salió como si lo hubieran clavado en mantequilla.

Sus labios esbozaron una pequeña sonrisa. Ves, ahora White está ayudando. O era la casa. Sea como sea, estaba haciendo lo correcto.

Randy corrió hacia las escaleras y se detuvo en lo alto. La niebla negra era espesa en el suelo del sótano. No había Stewarts. No estaba White. Solo Leslie, uno o dos escalones más arriba que un momento atrás.

Había algo moviéndose abajo en la niebla. Nadando por debajo, justo bajo la superficie... podía ver su estela, moviéndose lentamente en la niebla.

Randy apretó el cuchillo en la mano izquierda, la palanca en la derecha, y puso un pie en el descansillo. Luego el otro.

Seguía temblando, momentáneamente paralizado. Luego se obligó a bajar las escaleras.

∽⚬∾

Leslie vio que la niebla se movía y subía los escalones. Jack y Stephanie habían seguido a Susan dentro de la niebla, pero cuando desaparecieron comprendió que no los alcanzaría.

No lo lograría. El pánico le había sujetado los pies; y la mente. Las palabras de Susan le resonaban en la cabeza, pero Leslie no las podía aceptar. Entrar corriendo en el sótano era suicidarse; no podía basarse en la exigencia de una niña que quizás no sabía de qué estaba hablando.

Al mismo tiempo, Leslie no podía pasar por alto la evidencia. La casa que se movía. La niebla cambiante. Al mirar ahora dentro del foso del infierno, sabía lo que le estaba ocurriendo. Se estaba enfrentando a su propio pecado. La habían violado de niña, pero de adulta había aceptado esa violación convirtiéndose en participante activa.

¿Qué era una violación, sino inclinarse ante algo a lo que uno desea inclinarse? Cualquier psicólogo podía atestiguar que las circunstancias están sujetas al participante atrapado dentro del incidente. La belleza está en el ojo de quien la contempla.

Por tanto, es malvada.

Ella se había vuelto promiscua y provocadora, y se sentía mejor con el poder que ejercía sobre los hombres. Lo que es más importante, dejó que ese poder conformara su identidad.

Los horrores de esa noche los resaltó la débil vocecilla que la había obsesionado en las últimas dos horas: No odiaba a Pete. O lo que él le había hecho. Es más, en muchos sentidos, ella era Pete.

Ambos tenían en común un vínculo aterrador. Esa verdad la hacía sentir mal. Pero siempre había sido malvada.

Se preguntó si no debería volver ahora a la habitación de Pete. ¿Se puede ver lo macabra que en realidad era?

Sin embargo, ella era quien era.

Leslie se quedó de pie, inmóvil, mirando la niebla que se movía.

Jack siguió pisándole los talones a Stephanie, escaleras abajo, fijándose en los escalones que tenía frente a él.

—¡Vamos! —ordenó Susan metiéndose en la niebla, que le llegaba hasta la cintura.

—¿Dolerá? —preguntó Stephanie, de pie en el último peldaño, antes de entrar en la negra nube.

Susan corrió hacia la primera puerta, por donde habían entrado Jack y Randy.

Jack le dio con el codo a Stephanie.

—¡Anda! Tú anda y nada más.

Ella se metió en la niebla y gritó del dolor. Pero estaba decidida, así que corrió tras Susan.

En el momento en que el pie de Jack pasó la superficie, el dolor le quemó la piel a través de los zapatos y las medias. Gimió y siguió adelante.

Era la tercera ocasión en que se encontraba en la niebla y esta vez el dolor era peor. Más agudo, más profundo.

Salió tambaleándose de la niebla y entró en el salón de los cuatro sofás.

—¿Lo veis ahora? —preguntó Susan mientras cerraba la puerta de un tirón.

—¿Ver qué? —contestó Jack mirando alrededor.

—¿No lo estáis mirando? —exclamó ella con brusquedad.

—¿Qué debemos mirar? —exigió Stephanie—. ¡Dínoslo!

—¡Os lo he dicho!

—¿Qué nos has...?

—¡Los cuadros! —interrumpió Jack.

Las pinturas de las paredes ya no estaban sujetos a ellas. Colgaban en el espacio como a medio metro de las mismas, moviéndose lentamente, frente a él. Todos los cuadros.

Y eran retratos de... ¡de él! Él, todos ellos... con aterradoras imágenes que en realidad no se parecían en nada a él. La imaginación de White estaba trastornada.

—¿Qué ves? —preguntó Stephanie.

—Me retratan a mí —contestó él.

—Eso no es lo que yo veo. Me veo a mí. Son... ¡son horribles!

—Esto es cosa de él...

—No —interrumpió Susan—. No se trata de White.

La puerta del estudio se abrió de golpe y entró Jack a empujones, jadeando.

¿Jack?

Vestido exactamente como él, la misma especie de Jack que había estado en el cuarto de calderas, solo que esta vez Jack no ponía atención en absoluto. Era como si no los viera.

Cerró la puerta de un tirón y examinó rápidamente los retratos.

—Es... ¡esa soy yo! —susurró Stephanie.

Ella estaba viendo su propia versión de lo que veía Jack. Se estaban viendo a sí mismos.

—¿Lo entendéis ahora? —preguntó Susan con tono apremiante, demandante.

Pero Jack no entendía.

—Yo... —no sabía qué decir.

El nuevo Jack se fijó en algo al otro lado del cuarto. Se le retorció el semblante en un furioso gruñido y se le apretaron fuertemente las manos, una aterradora imagen de viva ira y amargura.

Luego se movió por todo el cuarto como un tigre enjaulado, caminando con una lámpara alzada. De un salto se plantó encima de un sofá.

Jack vio lo que él estaba mirando. Tres de los retratos del rincón más lejano ya no eran imágenes de él. Dos de ellos eran de personas que él conocía del mundo editorial: un agente que lo había abandonado antes de que fuera publicada su primera novela y un crítico que había puesto por los suelos esa misma novela cuando finalmente la publicaron.

El otro retrato era de Stephanie, posando tontamente con un vestido amarillo.

El nuevo Jack echó mano del retrato de Stephanie, gritando. Lanzó la lámpara al lienzo, rompiéndole el rostro a la mujer. Jack no se detuvo ahí. Procedió a destrozar el marco, borde tras borde, rompiendo cada pedazo contra la rodilla.

Después rompió los otros dos retratos y los pisoteó. Finalmente retrocedió, seguro de que no había otros culpables en su presencia, y salió del cuarto a grandes zancadas y cerrando de golpe la puerta.

Cuando Jack volvió a mirar los retratos que había destrozado, se encontraban colgados de nuevo en el aire, mostrando su propio rostro distorsionado.

—¿Comprendes? —demandó Susan—. Tenemos que salir, pero no puedo conseguirlo. Podría hacerlo si esta fuera mi casa, pero es vuestra, de cada uno de *vosotros*. White hizo que esta casa fuera vuestra. Tenéis que sacarnos, y no será fácil, así que tenéis que...

—¡Estoy intentando pensar! —exclamó Jack, mirando alrededor—. ¿Mi casa? No veo...

Sus ojos se posaron en un viejo letrero de madera que colgaba de la pared por encima de los retratos. Tenía un antiguo adagio familiar pirograbado en la madera.

El hogar está donde está el corazón. Y entonces supo lo que Susan trataba de enseñarles.

—Esta casa refleja nuestros corazones —pestañeó—. ¡Extrae su poder del mal que hay en nosotros!

—Eso es lo que he estado diciendo —indicó Susan.

—¿Una casa embrujada que refleja los corazones de quienes entran? —preguntó Stephanie.

—Poseída por un poder capaz de reflejar nuestras almas —manifestó Jack—. Tú ves los retratos de ti misma y yo veo los míos. Cada una de nuestras experiencias es única. ¡Estamos atrapados en un sótano al que White ha dado poder para reflejar el mal que hay en nuestros corazones!

—¿Hemos estado luchando con nuestros corazones?

—No —señaló Susan—. Con el mal que hay en vuestros corazones.

—La casa embrujada por antonomasia —indicó Jack, mirando otra vez los retratos—. Hemos estado enfrentándonos a nosotros mismos todo el tiempo.

Se volvió hacia Stephanie.

—Nuestros pecados nos persiguen.

—Perdóname, Jack —le dijo ella con los ojos cubiertos de temor y de tristeza, pero él rechazó el temor y solo aceptó la tristeza, y sintió que esto le limpiaba el corazón—. Estoy muy avergonzada.

—No —contestó Jack yendo hacia ella, horrorizado por la imagen de sí mismo rompiendo el retrato de Stephanie con tanto odio.

¡Esa era la verdad de su corazón!

—Yo soy quien debe pedirte perdón. He sido muy testarudo —continuó él, abrazándola fuertemente, con el desesperado anhelo de no estar reconciliándose para aprovecharse de ella.

—Cuánto lo siento, Jack —pronunció ella, se colgó de él y lloró en su cuello.

Aún la quería. A pesar de lo ocurrido esa noche, la amaba. Comprenderlo hizo que la estrechara con más fuerza.

—Tenemos que darnos prisa —indicó Susan.

Jack la miró a la cara, su nuevo entendimiento incrementaba su sensación de urgencia. No se le escapó el hecho de que ninguna de las imágenes sobre las paredes había cambiado.

—Si derrotamos al pecado, ¿le quitamos el poder a la casa?

—No —explicó Susan mirándolo por unos instantes—. Así no es como funciona. No se trata de pecados. Se trata del corazón. Se trata de vosotros.

—¡Eso no tiene sentido! —exclamó Stephanie dando un paso adelante—. ¡Somos lo que hacemos!

—Seguidme —prorrumpió Susan mientras corría hacia la puerta que llevaba al estudio—. Os mostraré el camino.

Si Jack tenía razón, ella se dirigía hacia la salida trasera.

En la mente de Jack se repetía la idea de que el mal al que se había enfrentado en las últimas siete horas había sido sobre todo su propia maldad. ¿Era malvado él? ¿O la maldad era tan fuerte en él que no lograba ver la bondad?

¿Susan? Ella era una de las víctimas de White, que había entrado en el propio mundo del asesino, pero era aún más. Era la luz en esa oscuridad, ¿no?

Una docena de dichos sin sentido le hablaban con fuerza. Una casa dividida contra sí misma no permanecerá. Amarás a tu prójimo como a ti mismo.

La luz en las tinieblas resplandece, y las tinieblas no prevalecieron contra ella.

Susan tiró de la puerta hasta abrirla, respiró profundamente y luego dio un paso atrás. Jack vio por encima del hombro lo que ella estaba viendo. Allí se encontraban Stewart, Betty y Pete, portando escopetas, de pie sobre la niebla negra, mirándolos con ojos radiantes. Detrás de ellos, el salón lo llenaban veinte o treinta hombres con máscaras del Hombre de Hojalata, armados con hachas. Estaban vestidos como Jack.

Eran Jacks.

—¡Ellos son yo! —susurró Stephanie.

No era posible, no era posible. Pero era real, muy real, parados exactamente delante de él.

Por un instante, ninguno de ellos se movió. La casa gimió. Hubo un terrible aullido detrás del profundo sonido gutural.

—Culpables de pecado —declaró Betty, y señalaba con el dedo—. ¡Mátenlos!

Los Jacks salieron hacia delante.

Susan cerró la puerta de golpe, la trancó y pasó corriendo a Jack.

—¡Corred! ¡Seguidme!

El cuarto retumbó con el sonido de madera astillándose.

—¡Corred!

38

6:05 AM

EL TIEMPO SE DETUVO PARA RANDY EN EL MOMENTO EN QUE puso el pie en el primer peldaño que llevaba al sótano.

El miedo lo paralizó... sintió terribles oleadas de temor, como auténticas olas que chocaban contra su cuerpo. *Juump, juump, juump.* Los oídos le resonaban a su paso.

Leslie comenzó a moverse otra vez, bajando los peldaños hacia la niebla.

—¿Leslie?

La voz de él era ronca y suave.

—¿Leslie? —repitió.

Ella se volvió hacia arriba para mirarlo y él vio que tenía las mejillas húmedas. Ella sacudió bruscamente la cabeza y bajó. Entró en la niebla. Hasta las rodillas. Y corrió, la niebla se arremolinaba a su paso.

Luego desapareció.

Randy empezó a bajar lentamente, a cada paso lo envolvía una nueva ola de temor. Eso lo estaba confundiendo, porque tenía la seguridad de que White quería que él ejecutara su misión. Le había dejado el cuchillo, ¿no?

Caminó algunos pasos con más confianza y se detuvo exactamente encima del mar de niebla negra. Otra ola de temor le dio en pleno rostro.

Era Stewart, levantando la calva y con los ojos desorbitados. No solo Stewart. Seis Stewarts, cada uno único, a su manera. Todos armados con escopetas o hachas.

Dio un paso hacia atrás y levantó la palanca.

Pero ellos no venían hacia él. ¿Verdad? Permanecían quietos, las piernas plantadas en la niebla, mirándolo sin moverse.

Quizás ya no fueran una amenaza para él. De alguna manera él estaba ahora en el mismo bando, tratando de matar a la niña. Había matado a Stewart, por lo que probablemente le tenía algún temor. Respeto mutuo.

—Voy por Susan —explicó.

Su voz resonó suavemente en el corredor.

Ellos no se movieron. Tampoco él.

La casa empezó a gemir, luego a aullar. Durante un par de segundos pensó en subir corriendo las escaleras.

—Hola, Randy.

Se dio media vuelta.

El Hombre de Hojalata estaba en lo alto de las escaleras, encuadrado en una luz gris de procedencia sobrenatural. Llevaba puesta la máscara y sostenía una escopeta con las dos manos.

Randy abrió la boca para decirle a White cuáles eran sus planes... que necesitaba solo unos minutos extra para encargarse de la niña.

—Yo...

Eso fue lo único que logró balbucear.

White movió la escopeta hacia abajo.

—Adiós, Randy.

Randy esperó que lo golpeara la carga de plomo. Sintió que se le vaciaba la vejiga. El cuchillo se le cayó de la mano.

—Haré lo que sea —prometió, dejando caer también la palanca—. Lo juro, haré lo que sea.

Aún no llegaba el disparo. Eso era bueno. Era realmente bueno. Así que repitió lo mismo.

—Lo que sea, juro hacer lo que sea... quiero ser... haré lo que sea.

Aún no llegaba la explosión. El Hombre de Hojalata tenía la escopeta orientada hacia abajo, de tal modo que el disparo de su cañón daría contra el pecho de Randy. Pero no estaba apretando el gatillo. Y el Hombre de Hojalata no dudaría en golpearlo sin necesidad de una buena razón.

Eso era bueno, ¿verdad?

—Mátala —ordenó el Hombre de Hojalata.

—Voy a hacerlo, lo juro. Eso es lo que estoy haciendo.

Una de las puertas del pasillo se abrió, rompiéndose detrás de Randy, y él giró la cabeza. Leslie entró a tropezones, empujada por Stewart y otro montañés calvo, que entraron detrás de ella en el pasillo. Stewarts. Demonios, por lo que ella sabía.

—Leslie —ordenó el Hombre de Hojalata—. Usa el cuchillo.

—¿Randy? —sollozó Leslie—. ¿Qué está sucediendo, Randy?

El Hombre de Hojalata lo miró a través de la máscara, luego retrocedió y cerró la puerta del sótano, dejando a Randy para que cumpliera sus órdenes. Si no, moriría, con toda seguridad. Matar o morir. No había duda al respecto.

—¡Randy! ¡Contéstame!

De todos modos, Leslie estaba deshecha. De ninguna manera sobreviviría a ese lío. Solo iba a librarla de su sufrimiento.

Sin embargo, los pies de Randy temblaban como cintas de hule mientras se agachaba, palpaba el cuchillo debajo de la niebla y levantaba el arma a la claridad.

—Randy, ¡no es posible que estés pensando en matarme! —exclamó Leslie con el rostro arrugado por el terror—. Randy, cariño... ¿Randy?

Él miró el cuchillo en sus manos. No sentía nada por ella. Absolutamente nada. Iba a hacerlo. Eso es todo lo que debía hacer. Iba a matar a Leslie, porque en realidad estaba en el equipo de los Stewart, y los Stewarts siempre obedecían a White.

Randy caminó por la niebla hacia la mujer que había tratado de controlarlo sin saber cuánto le molestaba. Esta era la casa de él. La casa de White. La casa de Stewart. La casa de Randy. Leslie ya no era bienvenida.

—Randy, ¡detente! —gritó Leslie, salpicando saliva—. ¡Basta!

Randy se detuvo frente a ella. Luego lanzó el cuchillo hacia delante, hundiéndolo en el pecho de Leslie. Muy dentro del pecho. Y la soltó. Los Stewarts también la soltaron.

Ella retrocedió un paso tambaleándose, con ojos desorbitados, y cayó hacia atrás dentro de la niebla. A Randy le pareció interesante la mirada de asombro que ella tenía en el rostro.

Él observó la niebla donde ella había caído hasta que, espesa y viscosa, se calmó por completo. Cuando levantó los ojos hacia el Stewart más cercano —el mismo Stewart que lo había perseguido primero, el mismo Stewart a quien había ahogado— la cosa le devolvió una mirada larga e inexpresiva. Luego, Stewart se volvió y se dirigió hacia la puerta, seguido por los demás.

Randy miró hacia el vacío corredor y vio que estaba solo. Silencioso. Vacío, como él mismo. Una extraña insensibilidad lo invadió. Vacío, entumecido y un poco mareado.

Gruñó y entró corriendo por la entrada abierta detrás del Stewart. El Stewart que era su padre.

Estoy en casa. Sí, en casa.

39

6:09 AM

ENTRARON CORRIENDO EN FILA INDIA DESDE LA SALA DE estar al pasillo, guiados por Susan, siempre en cabeza, luego Stephanie, y por último Jack.

El pasillo era otra vez ancho y las escaleras subían justo a su izquierda.

Jack corría a ciegas con las piernas entumecidas, con Susan como su única guía. Pasaron por la puerta, bajaron por el corredor, desesperados por mantenerse en cabeza en la persecución. Trataban como fuera de encontrar sentido a lo que sucedía, pero apenas podían coordinar los pensamientos conscientes necesarios para conseguirlo.

Susan salió corriendo por dos pasadizos. Cada vez que viraban en un recodo, el martilleo de los pies retumbaba detrás de ellos. ¿Adónde los estaba llevando? White dijo que iba a quemar la casa con los primeros rayos de sol. Si la niebla ardía tan bien como la muestra que había quemado en la planta principal, la casa volaría como una lata de gasolina, con ellos atrapados dentro.

La casa se había convertido en su propio infierno. Pero delante de ellos corría una jovencita que sabía mucho más de lo que ella imaginaba. La idea, que en otro momento se le ocurrió, de que de algún modo ella era cómplice de White, ahora le parecía ridícula. Susan era su única esperanza. Si ella moría, ellos también.

Susan les dijo que la siguieran, así que la seguían, completamente a su merced.

Entraron en el cuarto de calderas, trancaron las puertas y subieron por la escalera a mitad de camino hacia el conducto, cuando resonó en el cuarto el sonido de hachas golpeando la puerta.

—¡Deprisa! —exclamó Jack, respirando con dificultad—. ¡Vamos, vamos!

—¿Adónde vamos? —preguntó Stephanie resoplando y trepando.

—Tú apúrate —contestó Susan.

—Van a morir ¿verdad? —dijo Jack—. ¡Yo maté a Betty! ¿Por qué sigue viva?

—Sí pueden morir —objetó Susan—. Pero los demonios no mueren fácilmente.

—¿Demonios? ¿Verdaderos demonios? ¿Pero cómo...?

—Rápido. ¡Sin hacer ruido!

El espacio por donde debían pasar agachados fuera de la habitación de Pete cubría hasta las rodillas con la niebla negra y estaba repleto de Jacks, que deambulaban alrededor y miraban hacia las sombras por entre sus máscaras de lata.

Jack, encaramado en el hueco del conducto, veía a los Jacks, que obviamente no los podían ver en la profunda sombra. Stephanie temblaba a su lado. Él le extendió la mano en la oscuridad, le tocó los dedos, los agarró fuertemente. Ella se acercó más.

El sonido de Jacks que trepaban detrás por la escalera resonó por el conducto. Susan hizo una señal de silencio y entraron pegados a la pared al espacio donde debían pasar agachados, en medio de la profunda oscuridad, hacia la portezuela de salida. Jack la levantó suavemente y logró ver el corredor. Repleto de Jacks. Hasta aquí habían logrado llegar al camino posterior evitando a la mayoría de los zombies, pero ahora les parecía que todas las secciones principales del sótano estaban inundadas de Jacks y Stewarts, acechándolos, a la caza. Fueran adonde fueran, se enfrentarían a un ejército de maldad.

Jack estaba a punto de llamar la atención de Susan sobre este hecho, cuando ella levantó una segunda portezuela que él no había visto. Ayudó a Stephanie a salir, luego se escurrieron por un estrecho pasadizo que iba a dar a otro corredor.

Sin niebla. Sin Jacks.

La casa parecía saber que White planeaba incendiarla, porque, a cada minuto que pasaba, sus gemidos mostraban más premura, tonos más bajos y más altos entrelazados en un aullido aterrador que iba y venía.

—¡Por aquí! —exclamó Susan lanzándose por el corredor hacia una puerta de madera arqueada en lo alto. Esa era una de las puertas del interior del oscuro pasillo en que él había encontrado a Susan.

El lugar seguro.

Pero con un problema: White podría cambiar eso. Lo iba a cambiar.

Se deslizaron por el pasadizo, trancaron silenciosamente la puerta detrás de ellos y se quedaron jadeando en la oscuridad.

—¿Ahora qué? —preguntó Jack.

—Acabamos de rodear la parte principal del sótano —aclaró Susan, sin aliento—. La puerta que te succionó antes conduce al estudio.

—Esa puerta está cerrada...

—No, no lo está. Solo te creíste que lo estaba. Pero tenemos un problema mayor.

—¿Cuál?

—Tenemos que pasar *a través* del estudio para llegar al túnel de salida.

Sus voces resonaban suavemente en los muros cerrados.

—¿Y si podemos salir por la puerta trasera? —preguntó Stephanie.

—Esa *está* trancada —contestó Susan.

—¿Y el corredor? —inquirió Jack.

—Allí es donde probablemente nos espera él con más de ellos de los que puedas contar.

—¿La única salida es esa puerta trasera? —inquirió Jack, horrorizado por las francas admisiones de ella.

—Es la única salida.

—¡Eso es imposible! ¡No hay manera de esquivarle!

Se hizo silencio en el oscuro pasadizo.

—Va a quemar la casa —susurró Stephanie.

—Seguidme —manifestó Susan, tomándoles las manos.

Los llevó con rapidez hacia la oscuridad. *Huir era una cosa*, pensó Jack, *pero ¿dirigirse directamente hacia ellos?*

—Esto es una locura —aseguró él deteniéndose y jadeando, ahora tanto de miedo como por la carrera—. ¡Nos matarán!

—Podrían hacerlo —confirmó Susan—. Y lo harán si no empezamos a tratar con ellos en sus términos.

—¿Se supone que me tengo que meter en una turba de estas sin armas en las manos?

Sabía que no era eso lo que ella había querido decir, pero sintió que debía subrayar el importante desequilibrio de poder.

—Tiene razón —expresó Stephanie—. No tenemos muchas posibilidades.

—Dejad de pensar en ellos —los animó Susan, llevándoselos hacia delante—. Les estáis dando más poder del que en realidad tienen.

Estaban hablando en murmullos, muy rápidamente, internándose en lo profundo del túnel.

—Pero son reales —cuestionó él—. Sus hachas son reales...

—Por supuesto que son reales. No estoy diciendo que tengáis que ir directo hacia ellos. Pero hay poderes más grandes detrás de lo que podéis ver.

—¿Dios? ¿Estás diciendo que esto tiene que ver con Dios? ¿Un enorme no se qué del cielo montó esto?

—Vosotros lo habéis montado.

—¿De qué estás hablando? Solo íbamos de paso cuando White nos rajó las ruedas y nos atrajo a esta casa de mala muerte.

—Es vuestra casa.

—Eso es una locura.

—La casa extrae de vosotros la mayor parte de su poder. ¡Ya hemos hablado de esto! Acéptalo, Jack. Tú estás en el centro de la batalla entre el bien y el mal.

—Le he orado a Dios —señaló Stephanie, aunque más parecía una pregunta.

—¿Orado? ¿Pero has creído alguna vez? ¿Sabes cómo amar, amar de veras?

—Amarás al Señor tu Dios con todo tu corazón —dijo discretamente Jack—. Amarás a tu prójimo como a ti mismo. ¿No es esa la famosa enseñanza? ¿Jesús?

Él dudó, queriendo amoldarse a su mente como la nieve al suelo.

—Sin embargo —continuó él—, ¿qué aspecto tiene el amor en una casa del terror?

—Siempre se mira el mismo camino —comentó Susan, y continuó después de una pausa—. No es únicamente lo que haces, es quién eres. Tienes que cambiar quién eres. Así es como cambias la casa. Debes verlo, las palabras no significan mucho en momentos como este.

Una de las puertas del fondo se abrió de repente, inundando de luz el pasadizo. Se iluminó la silueta de uno de los Jacks en la abertura. Emitió un gruñido y entró corriendo, seguido por otros.

Susan corrió hacia una puerta a lo largo del muro ahora iluminado. Él escudriñó las sombras que había detrás de ellos, casi deliran-
tes. El armario en que había encontrado a Susan... no podía verlo,
pero sabía que estaba allí, pasando la puerta que llevaba al estudio,
hacia la que ahora se dirigía Susan.

—¡El armario! —susurró él.

Jack gritó algo. Los habían descubierto.

—No tenemos tiempo de escondernos —manifestó con rudeza
Susan—. ¡Va a incendiar la casa!

Pero Jack corrió igual hacia el armario. Tenía que ordenar la
mente. Susan titubeó solo un instante y luego siguió en dirección a
él. Corrieron entre las sombras, entraron en un armario más grande, cerraron la puerta y contuvieron el aliento lo mejor que podían.
Con un poco de suerte, habrían entrado sin ser vistos, cubiertos por
las tinieblas.

—Va a quemar la casa —apuró Susan—. Debiste haberme seguido.

—¡Afuera estamos indefensos! —susurró Jack.

—Mírame —indicó ella poniendo la mano en la manija—. Cuando yo corro, vosotros también, rápido y con energía. Tratad solo de
conseguir un arma. La que sea. ¿De acuerdo?

Él podía oír los pasos que se acercaban. Con algo de fortuna no
los habrían visto entrar en el armario en la densa sombra. Sin ese
elemento de sorpresa los arrollarían.

—¿Jack?

—Ssh...

—Jack, no puedo...

—Ssh... ssh... ssh... —él calló a Stephanie tapándole la boca con la
mano—. Sí, sí puedes. Tenemos que confiar en ella.

—No sé...

—Sshhhh...

Los pasos se acercaban más y más. Hasta que llegaron allí.

Pasaron de largo. Susan esperó un buen rato.

—¡Ahora! —susurró.

Empujó con tanta energía como pudo, gimiendo con fuerza. La puerta aplastó un cuerpo. Resonó por el pasadizo el estruendo de una puerta contra una máscara de hojalata.

Susan salió de un brinco y evaluó la situación. Jack lo veía todo como si estuviera en una pesadilla. Tres copias de sí mismo con máscaras del Hombre de Hojalata. Dos de ellos a tres metros a la derecha. Uno justo frente a Susan, sorprendido por la valerosa entrada de ella. El hacha que había estado agarrando cayó al suelo.

Por un momento, a todos los paralizó la indecisión. Entonces Susan se movió rápida y silenciosamente.

Jack vio cómo ella levantaba el hacha caída antes de que el Jack tuviera tiempo de reaccionar. Blandió la herramienta con todas sus fuerzas mientras el Jack se recuperaba e intentaba saltar hacia atrás.

El hacha dio contra el tipo. Se le deslizó por el pecho. Se hundió en el cuerpo. Desapareció, como si ese ser solo estuviera hecho de carne sin hueso.

El hombre rugió de dolor. El bramido gutural se elevó de inmediato al tono de un grito alto que hirió los oídos de Jack. Entonces el sujeto fue sorbido dentro de sí mismo y se convirtió en una espiral de niebla negra. La niebla, más pesada que el aire, se desplomó debajo de la máscara de lata, la cual repiqueteó por el suelo de hormigón con el hacha del sujeto.

No había sangre. Entonces se le ocurrió a Jack que estas copias de sí mismo debían de venir de la niebla. Su corazón daba poder a la niebla que había en ese lugar. La niebla del mal.

Naturaleza humana.

Los dos Jacks que habían pasado la puerta del armario empezaron a retroceder, rugiendo con furia, empuñando cuchillos. El sonido era suficiente para detener el corazón de Jack.

Uno de los Jacks lanzó el cuchillo. Era una hoja grande, tal vez de treinta centímetros de largo, y Jack lo vio girar perezosamente en el aire, rozarle el hombro y caer al suelo.

El dolor le bajó por el brazo.

—¡Daos prisa! —ordenó Susan corriendo por la puerta donde Jack había sido succionado la primera vez. No hacía falta que los animaran.

Ese momento llegó dos segundos después, cuando Susan abrió la puerta que llevaba al estudio.

Hasta donde él podía ver, solo había una persona en el cuarto. Pero no era un Jack. Era Stewart. Y Stewart estaba armado con una escopeta.

Jack se paró en seco, apenas consciente de que Stephanie chocara contra él por detrás.

—¡Continúa! —gritó Stephanie—. ¡Ya vienen!

Jack continuó.

40

6:12 AM

SUSAN CERRÓ DE GOLPE LA PUERTA EN EL MOMENTO EN QUE entraron, girando la cerradura y protegieron momentáneamente sus espaldas.

Pero sus espaldas eran ahora la última de las preocupaciones de Jack.

La primera y más inmediata era Stewart; y su escopeta. Él los miraba de frente desde el centro del salón, más divertido que asombrado.

La niebla negra cubría el suelo hasta los tobillos.

La segunda preocupación de Jack fue un terror que le llegó al comprender que la amenaza a la que se enfrentaba era algo que salía de él. De su propio corazón.

—Creo —susurró—. Creo, juro que creo.

Pero aún no estaba seguro de lo que eso significaba.

Stewart todavía no levantaba la escopeta. Evidentemente, era tan consciente como Jack de que un hacha en las manos de una niña no podía competir a esa distancia con una escopeta.

El grito de confusión de Stephanie al ver a Stewart era como un puñal.

Susan dio un paso al frente, sosteniendo el hacha con las dos manos. Se enfrentó a Stewart, poniéndose entre él y Jack. Stephanie se colocó detrás.

En alguna parte de la casa, una docena de puertas comenzaron a golpear al unísono.

¡Bang, bang, bang, bang!

Pero Stewart no se movió. Susan le plantó cara. Sin mostrar deseos de atacar ni de retroceder. Estaban en un callejón sin salida.

Jack quería preguntar qué estaba pasando, qué debería hacer, qué estaba haciendo ella, pero las palabras no se llegaban a articular en su boca.

Hubo una larga confrontación cara a cara. El suelo se sacudía con cada golpe de las puertas en la distancia. Era como si la casa estuviera enviando su propia señal a todos los habitantes.

¡Los tenemos, los tenemos, los tenemos, los tenemos!

Entonces Stewart levantó tranquilamente la escopeta y apuntó hacia Susan. Las puertas dejaron de golpear al unísono. Una suave sonrisa apareció en los labios del individuo.

—Hay más, ¿verdad? —preguntó Susan.

La sonrisa del hombre se apagó levemente antes de recuperar su confianza.

—Esta es ahora nuestra casa —contestó él.

—¿Lo es? ¿Sabe usted quién soy?

—Una de ellos.

—¿Está seguro?

Stewart no contestó.

La puerta se abrió y entró Betty. Y, detrás de ella, Pete. La cabeza de Betty estaba vendada con trapos rojos. Jack estaba muy seguro de que ella estaba hecha de algo más que carne y sangre; o estaba poseída, o era el producto de la posesión.

Sin embargo, esos monstruos se podían matar, Susan lo había dejado claro.

Madre e hijo caminaron hasta ponerse al lado de Stewart y miraron a Susan. Los ojos de Pete, consumidos por la lujuria, se fijaron en Stephanie por encima del hombro derecho de Jack.

—Ahí está, mamá —dijo Pete.

Ese zopenco demente solo sabía una cosa. Tenía las dimensiones emocionales de un pedazo de carbón.

—Recuerden —advirtió Betty, ignorando a Pete—, él quiere vivos a estos tres.

—Ustedes van a morir hoy —expresó Stewart—. Los tres. Siempre mueren.

—Eso es lo que me dijo hace tres días —le recordó Susan—. Y aún estoy viva.

—¡Suelta el hacha! —ordenó Betty.

Jack luchó con el pánico. ¿Cómo se suponía que saldría de esta? Pensó en quitarle el hacha a ella y atacarlos directamente.

Susan titubeó, luego puso el hacha en el suelo.

A Jack le bajó el miedo por la espalda. Ni un solo hueso de su cuerpo estaba de acuerdo con algo parecido a un plan que incluyera atacar a un Stewart armado. Sería como saltar por un precipicio.

Pero en ese instante Jack hizo caso omiso del temblor de sus labios, rodeó a Susan, agarró el hacha y corrió hacia Stewart.

—¡No, Jack! —el grito de Susan le atravesó los oídos cuando se hallaba a mitad de camino.

¿No, Jack? ¡Él ya estaba en marcha! ¡Tenía que hacer algo! Jack contestó gritando mientras se lanzaba hacia delante, balanceando el hacha hacia abajo.

Por extraño que parezca, Stewart no se puso a disparar. Es más, no mostró en absoluto señal de preocupación, a diferencia de los Jacks que acababan de matar. Stewart no era un reflejo de él.

En el último segundo, cuando el hacha estaba a punto de completar su trayectoria, Stewart se inclinó, esquivando fácilmente la caída de la hoja. Jack perdió el equilibrio por el peso del arma. La culata de la escopeta de Stewart le golpeó en la cabeza mientras el hacha volaba por el aire.

Soltó el mango del hacha para preocuparse de su propia caída y supo entonces, antes de que crujieran los huesos de sus rodillas contra el hormigón, que cualquier fortaleza de esas que decía Susan venía del valor o de la idiotez.

Se dio contra el duro suelo y sintió el choque de la bota de Stewart contra su costado.

—Tontos —escupió el tipo.

—¡No! —gritó Susan, corriendo hacia delante.

La escopeta retumbó.

—¡Retrocede!

Jack se puso de rodillas, parpadeando para despejarse la cabeza. Ellos retenían a Susan y Stephanie, que protestaba en voz alta. La callaron con una fuerte bofetada.

Susan gritó algo, pero la mente de Jack se había vuelto a centrar en su propio aprieto cuando Stewart lo agarró del brazo y lo arrastró hasta sus pies. Lo empujó hacia el centro del salón.

Habían obligado a arrodillarse a Susan y Stephanie. De la nariz de Susan goteaba sangre. Ella miró a Jack con tristeza. Las mejillas de Stephanie eran de un rojo encendido. Pero por lo demás parecían intactas.

Stewart obligó a arrodillarse a Jack al lado de ellas.

—Espérame —susurró Susan.

—Cierra tu apestosa bo...

—¡Ahora, Jack! —gritó Susan, poniéndose de pie mientras Stewart aún vigilaba a Jack.

Él no sabía qué era lo que debía hacer ahora, pero se lanzó contra Stewart con tantas fuerzas como pudo reunir en tan corto aviso.

Susan tenía las manos en la escopeta cuando la cabeza de Jack chocó con la de Stewart. Su oreja izquierda fue todo lo que se interpuso entre sus cráneos, un pedazo de carne que no estaba diseñado para resistir tal golpe.

Stewart gritó.

Jack siguió adelante, amenazando con derribar al otro. Por el rabillo del ojo vio a Pete que se apresuraba a ayudar.

Vio a Stephanie lanzarse en su camino como una posesa. Levantó la rodilla contra la entrepierna de Pete con tanta fuerza como para detener a un elefante, gritando con Susan para potenciar al máximo su esfuerzo.

Betty también gritaba, pero ninguno de sus gritos importaba, porque ahora Stewart estaba cayendo con Jack, y Susan tenía la escopeta.

Ella le dio la vuelta, se puso la culata en el hombro y disparó hacia el techo para que no quedara la menor duda de que sabía cómo usar el arma.

—¡Contra la pared! —gritó, apuntando a la cabeza de Betty, luego a Pete—. ¡Contra la pared!

Jack hizo rodar a Stewart y se puso de pie, respirando con dificultad.

Durante unos segundos, Betty, Pete y Stewart se quedaron aturdidos por el cambio radical en la situación.

—Muévanse —ordenó Susan.

Se movieron lentamente hacia la pared, los ojos fijos, todavía inseguros de que los hubieran frustrado de verdad.

—Aseguraos que las puertas estén trancadas —dictaminó Susan—. Jack, apúrate.

No estaba seguro de lo que ella tenía en mente, pero corrió hacia la puerta principal y aseguró los cerrojos.

—Jamás lo lograrán —vociferó Stewart, empezando a retroceder—. Los superamos en número.

—Silencio —ordenó Susan.

Jack corrió a la puerta que llevaba a la salida trasera del túnel, la mirada puesta en Pete, que ahora estaba absorto en Stephanie. El cerrojo ya estaba asegurado.

—¿Vas a matarlos? —preguntó Stephanie—. Tal vez deberíamos matarlos. No son personas de verdad, ¿no?

—Eso no nos ayudará —contestó Susan—. Debemos...

Toc, toc, toc.

Susan movió bruscamente la cabeza hacia la puerta de detrás de Jack. Los nudillos golpeaban la puerta que conducía a la salida.

¡Toc, toc, toc!

—Pase lo que pase —explicó Susan—. Recordad...

La puerta tembló, luego se arqueó bajo una tremenda fuerza. La niebla negra se filtró en el estudio.

—...que la luz siempre resplandece en las tinieblas.

La puerta vibró violentamente y se volvió a arquear, esta vez varios centímetros, presionando contra lo que la mantenía en su lugar.

Jack corrió hacia el hacha. La agarró.

—Comprueba la recámara —advirtió él.

Ella lo hizo.

La puerta de detrás de ellos —la que daba a la sala de estar— comenzó a vibrar. También se retorció. Igual que la tercera y la cuarta puerta.

—La luz en las tinieblas resplandece, y las tinieblas no prevalecieron contra ella —expresó Susan—. Mirad a la luz. Solamente la luz puede salvaros de vosotros mismos.

—¿Qué hay ahí? —preguntó Stephanie, con los ojos mirando de una puerta a otra.

—Ya viene —contestó Susan.

Pero sonaban como más de uno. Jack no podía dejar de pensar que todos esos zombies, aunque muchos cientos de ellos habitaban la casa desde su construcción, habían llegado y estaban acechando por todos los lados, sin dejarles una vía de escape.

—Jack —susurraba Stephanie, asustada; su mirada iba de puerta en puerta—. No sé qué está sucediendo...

Se volvieron al oír los nudillos sobre la puerta que llevaba a la salida del túnel.

La puerta se abrió de un golpe. Espirales de niebla negra irrigaron el interior, pero nada más. Las otras tres puertas se calmaron.

Entonces, como una manada de chacales, entraron al salón una o dos docenas de Jacks. La mitad a la derecha, la mitad a la izquierda, formando dos frentes como un ejército de avanzada.

Jack se echó hacia atrás, donde estaban Susan y Stephanie en medio del salón.

Seguían viniendo, treinta, cuarenta, amontonados ahora en la puerta, mirándolo, asiendo armas, pero, aparte de eso, esperando.

Todos con máscaras de hojalata.

Excepto un puñado de montañeses que Jack reconocía ahora del corredor, todos eran Jacks. Todos eran él. Él se estaba enfrentando a sí mismo, y eso hizo que le temblaran las rodillas. Ahora, Stewart, Betty y Pete miraban y sonreían felices.

—¿Susan?

Ella había levantado la escopeta, pero no disparaba. ¿Qué podía hacer una escopeta contra tantos enemigos?

Stephanie se agarró fuertemente del brazo de Jack. Eso era algo bueno, pensó él. Stephanie. Ella estaba aquí, enfrentándose a lo mismo que él. Morirían juntos. Un final apropiado para el sufrimiento que los había angustiado durante tanto tiempo.

Todos los ojos de los Jacks estaban fijos en los de él. Sin que uno solo apartara la mirada y, por un instante, ni uno solo parpadeó.

Entonces los Jacks de la puerta abrieron una brecha en medio de ellos y Jack supo que su espera había terminado.

El Hombre de Hojalata entró en el salón.

41

6:14 AM

EL SALÓN SE APACIGUÓ. EL HOMBRE DE HOJALATA CAMINÓ hacia ellos y se detuvo a tres metros del borde de las líneas formadas por los Jacks.

Se puso frente a ellos en imperturbable silencio. En la mano derecha sostenía la escopeta. Las heridas de su brazo y su frente le habían empapado las vendas, pero no lo habían hecho más lento.

Durante unos segundos solamente los miró a través de los agujeros de su máscara de latón. Su respiración era fuerte y firme.

—La paga del pecado es muerte —expresó el Hombre de Hojalata—. Y al final ellos siempre pagan.

Susan no intentó dirigir la escopeta hacia él. Jack sintió diminuta y endeble el hacha en sus manos. No tenían la más mínima posibilidad.

—Baje la escopeta.

Susan soltó el arma, que hizo ruido al caer al suelo.

La mirada del Hombre de Hojalata se movió hacia ella y la contempló por un momento.

—Lo siento, Jack —susurró Stephanie desesperadamente—. Toda la culpa es mía. Me están mirando... Lo siento mucho.

Se estaba viendo a sí misma, Stephanies, no Jacks, y sus miradas le expresaban que era culpable.

Jack se movió de lado sobre sus piernas temblorosas, poniéndose entre Stephanie y White. El corazón le palpitaba con fuerza en el pecho. Igual que el golpeteo de muchas puertas en esa casa de su corazón.

—Bienvenidos a su casa —afirmó el Hombre de Hojalata, resoplando de satisfacción—. ¿Les gusta?

Sin ceremonias, levantó la escopeta. El silencio succionaba todo menos el sonido de respiración recortada del salón. Los Jacks miraban fijamente.

—Mátela —ordenó el Hombre de Hojalata.

Al principio, Jack no sabía lo que estaba ordenando. Con la máscara de latón era difícil decir a quién se estaba dirigiendo.

—Mate a Susan —declaró White—. O los mataré a los tres.

—¿Qué?

—Si la mata, les dejaré ir a Stephanie y a usted. Como dejé ir a Randy.

—¿Randy?

Él casi no había pensado en Randy desde que habían entrado en el sótano. ¿Lo habían liberado? ¿Y Leslie?

—Libre como un ave —explicó el Hombre de Hojalata—. Mátela.

Jack no podía hablar. No podía matar a Susan. Pero tampoco podía no matarla y por consiguiente matar a Stephanie.

Ambas decisiones eran imperdonables.

El Hombre de Hojalata respiraba fuerte y lentamente debajo de la máscara. La mente de Jack daba vueltas a los elementos más visibles de ese momento de locura.

Elemento: Esta era la última oportunidad de ellos. Ya estaba por amanecer.

Elemento: El Hombre de Hojalata está mintiendo. De todos modos los iba a matar a los dos.

Elemento: El Hombre de Hojalata siempre había querido matar a Susan, así que probablemente no estaba mintiendo.

Elemento: Él le debía la vida a Stephanie. La había maltratado mucho en ese último año de luto. Ella no merecía morir. Tenía que salvarla.

Elemento: Podía salvarla con un movimiento del hacha que portaba.

Elemento: ¡Nunca podría mover el hacha contra Susan!

Los pensamientos se amontonaban unos sobre otros, inclinando su punto de referencia hacia una conclusión poco clara.

—¿Ayudarían treinta monedas de plata?

¿Treinta monedas de plata?

—Usted sabe que puede hacerlo —declaró el Hombre de Hojalata entre respiraciones—. Todos ellos quieren que lo haga. Todo usted.

Como en formación, las cuatro puertas comenzaron a vibrar. Luego a sacudirse violentamente. A doblarse hacia adentro. Más niebla negra.

Ninguno de los Jacks se giró a mirar. Sus miradas estaban en Jack.

Las puertas se abrieron estrepitosamente, empujadas por un mar de Jacks que fluían dentro del salón como un enjambre de insectos. Un ejército creciente de Hombres de Hojalata protegidos que eran Jack, hasta el último con la mirada fija en él.

Stephanie gritó.

Jack vio más allá de ellos. Más allá de las puertas, donde centenares, quizás miles de ellos abarrotaban los corredores y los salones del sótano. La niebla había dado vida a miles de Jacks.

Había Jacks en todo rincón imaginable, dejando un círculo de tres metros en el centro, donde estaban Jack, Stephanie y Susan.

Sus máscaras de latón y sus armas traqueteaban con ruidos metálicos, y sus zapatos hacían ruidos sordos, pero ellos no hablaban. Únicamente traspasaban a Jack con esa mirada a través de agujeros en la careta.

—¡Santo cielo! —exclamó Stephanie—. Oh, amado Dios.

El Hombre de Hojalata fulminó a Jack con la mirada. Imposible decir si saboreaba el momento o estaba amargado.

—Usted sabe que quiere matarla.

Él se había dirigido a Jack, pero ahora todos los Jacks contestaron moviendo entusiasmados los pies, y algunos brincando como si asintieran. Todos seguían taladrando a Jack con la mirada. Sus respiraciones se aceleraron y ahora unos cuantos no pudieron contener los extraños gruñidos o quejidos. Estaban desesperados porque él matara a Susan.

¿Por qué Susan? ¿Por qué tal obsesión con esa niña?

—Tu corazón está en tinieblas —le habló Susan—. Tienes que mirar la luz.

Sus palabras parecieron inquietar aún más a los Jacks. Se tambalearon, se empujaron y se hicieron crujir unos contra otros.

—¿Qué luz? —gritó Stephanie.

El Hombre de Hojalata se movió hacia Stephanie.

—No sea tan tonto —insistió el Hombre de Hojalata—. Mátela.

Los ojos de Jack se posaron en un Jack parado con mucha tranquilidad a su izquierda. Solo que no era Jack. Usaba una máscara de latón y era aproximadamente del mismo tamaño de los demás, pero estaba vestido de modo diferente.

Estaba vestido como Randy.

Era Randy.

White vio el cambio de atención en Jack y lanzó una mirada sobre Randy.

—He matado a Leslie —confesó Randy.

Solamente eso. Solamente maté a Leslie, como si estuviera al mismo tiempo orgulloso y avergonzado del hecho.

El Hombre de Hojalata dirigió la escopeta hacia el rostro de Randy y apretó el gatillo. El plomo le dio en el pecho y lo lanzó contra la pared de Jacks antes de caer al suelo.

La energía del mar de Jacks se duplicó. Sus sonidos aumentaron hasta convertirse en un amortiguado bullicio de golpes y brincos. Estaban presionando a Jack. Suplicándole.

Él se sintió obligado. Irresistiblemente arrastrado a satisfacer las exigencias de estos Jacks.

El Hombre de Hojalata movió la escopeta otra vez hasta ponerla en dirección a Jack.

—Mátela.

Jack vaciló un largo instante.

—No —expresó, sin entenderse por completo.

Casi de inmediato los Jacks se calmaron, como aturdidos.

—No —repitió, para asegurarse de que lo había dicho de veras.

Silencio. Respiración.

—Es usted un necio —acusó el Hombre de Hojalata.

Susan dio un paso entre White y Stephanie, luego le dio la espalda a él y miró a Jack.

Las lágrimas le humedecían las mejillas, pero había ternura en sus ojos.

—Mátela —gruñó el Hombre de Hojalata, furioso, afectado; era la primera vez que Jack había visto al hombre perder algo el control—. ¡Ella tiene que morir!

—¿Crees que un cadáver satisfará sus ansias de matar? —preguntó Susan a Jack—. No, a menos que la víctima no tenga culpa. No, salvo que sea inocente. Solamente un Hijo del Hombre puede hacer eso. Mira a la luz y entenderás. Te mostraré el camino. Mira hacia el Hijo del Hombre.

¿El Hijo del Hombre?

El Hombre de Hojalata pareció haber perdido la compostura ante Susan. No tenía sentido. Simplemente podía apretar el gatillo y acabar con todo al instante. En vez de eso, estaba temblando.

—Mátela —rugió.

—¡Ha dicho que no! —recalcó Susan dando media vuelta para enfrentársele.

❧

Barsidious White miró a la niña a través de los ojos de la máscara, sintiendo el odio que le hervía en el estómago, sabiendo que ahora no se podía detener.

Hasta hacía unos minutos, el juego había avanzado a la perfección, como siempre ocurría, incluso con este nuevo e interesante giro presentado por la niña. Había perdido la cuenta de las muchas casas en que había representado su juego. Había entrado en la casa, invocado que los poderes de las tinieblas la llenaran para personificar la maldad de todos los que entraban. La casa, como él mismo, se convertía obedientemente en una fuente de poder.

A cada casa había invitado a suficientes demonios como para convertir en un infierno las vidas de las víctimas. Stewarts, Bettys, Petes y otros montañeses. Pero, lo más importante, estaban esas huestes de Jacks y Stephanies que reflejaban sus propias naturalezas.

Jack y Stephanie eran culpables y, por tanto, al final morirían.

Pero, ¿qué pasaría con Susan?

Ahora se hacía clamorosamente evidente la anticipada sospecha de White: Susan no era en absoluto culpable. Ella era superior a todo lo que nunca se había enfrentado.

Su urgencia por ver que Jack la matara lo obligó a traicionar su desesperación. Jack había dicho que no y entonces había estado a punto de matarlo. Lo habría hecho si Susan no se hubiera interpuesto.

¿Y por qué no la mataba sin más? Una hora antes había supuesto que los otros la matarían.

Ahora, algo en el fondo de su mente le sugería que la muerte de ella quizás no fuera algo bueno. Pero no lograba relacionar eso con ningún razonamiento.

El rostro de Stephanie estaba distorsionado, aterrado. Eso entusiasmó a White. Sin embargo, la suave y tranquila voz de Susan destrozaba cualquier deleite que él pudiera extraer de la escena que se estaba desarrollando. Ella estaba demasiado confiada, muy consciente de la realidad entre la oscuridad y la luz.

Pero, ¿quién era ella? ¿Y de dónde había venido?

Entonces Susan se volvió de espaldas a él y expresó palabras claras y suaves, de modo que el Hombre de Hojalata supo quién era. O, al menos, qué parte interpretaba en esta contienda entre la luz y las tinieblas, la vida y la muerte.

Él comenzó a sentir pánico.

—¡Mátela! —volvió a gruñir.

—¡Ha dicho que no! —exclamó la niña volviéndose para encarársele.

El Hombre de Hojalata apretó el gatillo con furia incontrolable.

La escopeta vomitó fuego con gran estruendo. Jack no pudo ver el impacto de la bala, porque Susan estaba entre él y el Hombre de Hojalata. Pero sintió el balazo un instante después, cuando el cuerpo de ella voló hacia atrás y chocó contra su pecho.

La agarró instintivamente.

Sintió la humedad del vientre de ella.

Vio el salón inclinado mientras su mente comenzaba a venirse abajo.

Susan gimió una vez, luego se desplomó hacia delante, muerta en brazos de él.

42

6:16 AM

JACK SOLTÓ A SUSAN HORRORIZADO Y DEJÓ CAER EL CUERPO boca abajo. Debajo de ella manaba sangre.

Stephanie comenzó a sollozar. Habían pasado algunas situaciones terribles, pero esta era la primera muerte inocente y Jack estaba sorprendido por el repentino dolor de estómago. El cuerpo inerte y endeble de la niña en el suelo hablaba a gritos de injusticia.

Sintió que el corazón se le comenzaba a partir en fases, como cuando se derriba un rascacielos con cargas de dinamita. Pero no parecía haber ninguna base en la que retener todos los escombros. Se derrumbó dentro de sí mismo y cayó por un profundo vacío.

Los Jacks perdieron por primera vez todo contacto visual con él y ahora miraban a la niña, cautivados. El Hombre de Hojalata accionó lentamente otra vez la escopeta, como si necesitara tiempo para contemplar lo que acababa de hacer.

Jack oyó un crujido apenas perceptible. Sus ojos se dirigieron a la sangre de Susan en el suelo. Pero no era la clase de sangre roja que esperaba ver. Roja, sí, pero adornada con una luz blanca chispeante, como si estuviera cargada de algo.

Mira a la luz.

Los Jacks también la habían visto. Algunos de los que estaban directamente frente a Jack retrocedieron. Empezaron a menear la cabeza con ansiedad. Se oía un murmullo, que se hizo cada vez más fuerte. El salón se llenó gradualmente de chasquidos y estallidos.

White miró a la niña.

Con desesperación, los centenares de Jacks que abarrotaban el salón comenzaron a saltar en una extraña danza ritual.

Igual que el golpeteo anterior en la puerta. Ahora, ahora, ahora, ahora...

¿Ahora qué?

¿O era alguna especie de celebración?

Stephanie pasó corriendo a Jack y se puso de rodillas al lado del cuerpo boca abajo de Susan. Extendió una mano y comenzó a susurrar con urgencia mientras se le saltaban las lágrimas.

—¡Ella es la luz! ¡Ella es la luz!

¿Era ella la luz? Por supuesto, él había visto la luz, pero, ¿era ella en realidad la luz?

White movió la mirada hacia Stephanie. Luego hacia Jack.

Resignado a cualquier destino que les aguardase, Jack se dejó caer sobre sus rodillas. Se le hizo un nudo de dolor en la garganta, pero no vio remedio, ninguna manera de sobrevivir, ninguna razón para vivir, ningún motivo para morir. Solo sintió dolor.

Mira a la luz.

¿Había visto la luz?

Los saltos y gritos de los Jacks se convirtieron en un rugido infernal. Jack logró oír por primera vez verdaderas palabras en sus gritos.

—Matar.

Agarraron gritando sus hachas y cuchillos, y con cada grito sus voces se hacían más unísonas.

—Matar, matar, matar, matar.

Parecían estar esperando permiso antes de descuartizar. White se quedó plantado; la cabeza inclinada hacia abajo dejaba ver el blanco de los ojos.

—¡Tú eres la luz! —susurró Stephanie, susurro que se convirtió en un grito que él apenas logró oír por encima del barullo.

A Jack se le aceleró el corazón.

—¡Tú eres la luz! —repitió Jack, silenciosamente, por primera vez, mirándola a medida que su mente recobraba el sentido.

¿Es eso lo que Susan había querido decir? ¿Que tenía que mirar a una fuente de luz fuera de sí mismo? La luz resplandeció en las tinieblas.

El llanto de Stephanie volvió a cambiar, sollozando y gimiendo al mismo tiempo. Y ahora sus palabras atravesaron el barullo para oírse claras.

—Hijo del Hombre, ¡ten misericordia de mí, pecadora! —gritó, con un suspiro hondo, largo y jadeante, y gimió de nuevo—. Hijo del Hombre, ¡ten misericordia de mí, pecadora!

Hijo del Hombre.

La verdad golpeó a Jack en pleno rostro. Al ser la única sin mancha, Susan había cargado con la muerte de ellos. Ella era la luz en las tinieblas, pero la paga del pecado era en realidad la muerte. Los culpables tenían que morir de veras, tal como White insistía. Ese era el juego.

Pero Susan era el Cristo que había muerto en lugar de ellos. Y el Hombre de Hojalata parecía reconocer su error.

—Hijo del Hombre, ¡ten misericordia de mí, pecador! —gritó Jack las palabras con Stephanie.

Le agarró la mano a Stephanie como si fuera su última tabla de salvación y juntos gritaron a pleno pulmón. Sus palabras tropezaban entre sí como entremezcladas.

Gritó durante largos segundos, hasta que se le ocurrió que el abucheo había concluido. Lo mismo sucedió con Stephanie.

Él abrió los ojos y bajó la cabeza. El salón había quedado totalmente paralizado. Los aglomerados Jacks se habían detenido a dos pasos, con las hachas levantadas, pero paralizados.

¿Por qué?

Oyó de nuevo el crujido de la electricidad. ¿La luz? Miró hacia abajo.

La sangre de Susan desprendía luz otra vez, formando un arco con prolongaciones candentes de energía. La electricidad se concentró en un punto y entró en el rostro de él. En su boca. En sus ojos.

Un delgado rayo de energía entumecedora le corrió por dentro del cuerpo.

Tembló bajo su poder. Demasiado, ¡era demasiado! Agitó bruscamente la cabeza hacia arriba y gritó.

Entonces, el poder volvió a fluir, tan fuerte como antes, solo que esta vez de la boca. De los ojos.

Jack podía ver a través de la luz cómo esta manaba de él, candente. La vio toda a una velocidad como la décima parte de la real, una muestra surrealista de poder abrasador.

El Jack más cercano a él se puso rígido ante la proximidad del rayo de luz, luego gritó y se evaporó en una niebla negra, incluso antes de que la luz lo hubiera tocado.

El fuego cortó a los Jacks de detrás de él, unos veinte, reduciéndolos a cenizas. La luz se extendió a todos lados, unida a la abundante luz de Stephanie, que gritaba a su lado.

Los terribles alaridos de los zombies inundaron el salón, desmoronándose en cenizas ante el bajo chisporreteo de energía que venía de él y de Stephanie.

La luz en las tinieblas resplandece, y las tinieblas no prevalecieron contra ella, pero eso ya no importaba, porque ahora la luz estaba destruyendo totalmente las tinieblas.

Siguieron gritando. La luz continuó fluyendo.

El cuerpo de White se sacudió bruscamente con el impacto total de luz que salía tanto de Jack como de Stephanie. Cayó a tierra, se dobló hacia delante, gritando de dolor.

Por algunos momentos colgó en el aire como si le hubieran pegado un puñetazo en el estómago, temblando bajo el poder cortante que corría por su cuerpo. Su grito se lo tragó un rugido de luz. Fue bruscamente soltado y lanzado al suelo, donde quedó hecho un ovillo, inmóvil.

Todavía gritaban. La luz todavía fluía.

Entonces Jack se desplomó.

Desde el exterior de la casa, cuando el amanecer mostró su rostro, nadie habría conocido los horrores que habían sufrido Jack y Stephanie en lo profundo del sótano.

Un lejano grito de vez en cuando, el sonido apenas perceptible de insectos volando en remolinos... todos los ruidos se explicaban convincentemente como propios del bosque cercano más que como procedentes del interior de la casa grande, tanto tiempo abandonada.

Todas las ventanas tenían barrotes y eran oscuras, todas las puertas estaban herméticamente selladas. Cualquier alma que diera un paseo casual por los bosques podría ver la antigua camioneta negra incrustada en el porche frontal y pensar en un frustrado robo juvenil, pero, por lo demás, la casa se parecía a muchas otras casas abandonadas en los bosques.

Pero todo eso cambió justo a las 06:17 h.

Empezó con un rayo apenas visible de luz que momentáneamente iluminó la casa y luego desapareció, como si hubieran hecho explotar una granada en el sótano.

Luego la luz retrocedió, solo que ahora se dejaba ver por el espacio de debajo de las puertas y por las rendijas de las cortinas cerradas, y en algunos casos brillando por ventanas descubiertas.

La luz se hizo más brillante, cegadoramente brillante. Unos rayos de luz atravesaron las delgadas grietas e irradiaron en el aire.

Las ventanas vibraron como si intentaran contener la oleada de energía que las presionaba al límite. La puerta frontal crujió y por un momento toda la casa comenzó a temblar.

Las cortinas y las ventanas de toda la casa aflojaron sus pasadores con fuertes estrépitos y se abrieron de golpe. La luz se reflejó en el cielo en gruesos rayos, dejando oír un murmullo que duró siete u ocho segundos.

Entonces, como si alguien hubiera quitado el enchufe, la luz desapareció y la oscuridad volvió a inundar la casa. Las ventanas oscilaron perezosamente en sus bisagras por un momento.

Luego, la casa quedó en calma.

43

7:00 AM

Jack y Stephanie se pararon detrás del muro de piedra, a treinta metros de la puerta, Jack la abrazaba y contemplaba la silenciosa casa.

A la derecha de ellos, dos patrullas policiales hacían titilar sus luces rojas y azules. Tres policías se acercaban a la casa, uno seguía pegado a la radio.

—Parece que así ha sido. Hemos encontrado el coche patrulla del oficial Lawdale a casi un kilómetro carretera arriba, abandonado con los otros dos vehículos. Tenemos informes de dos supervivientes que creen que el asesino se hizo pasar por el oficial.

—¿Dice usted que hay tres muertos y dos supervivientes? —crepitó la radio.

—Eso no está confirmado, pero vamos a entrar ahora.

—Entendido.

El poli cerró la puerta de su coche patrulla.

—¿Seguro que está usted bien? —preguntó a Jack.

—Seguro —asintió Jack.

—Quédense aquí. Vamos a entrar. ¿Está seguro de que no hay nadie vivo dentro?

—Estoy seguro.

El poli asintió y se dirigió a la casa.

Había una antigua lavadora oxidada a la izquierda del sendero de piedra. El crecido césped se alzaba hasta sus pantorrillas. La casa misma se erguía impasible ante ellos: una vieja casa abandonada que ahora mostraba sus verdaderos colores.

Pudieron ver el hueco de la escalera de hormigón que descendía al sótano, en el lado derecho de la casa. La puerta del fondo aún estaba abierta, como ellos la habían dejado, y uno de los policías acababa de desaparecer por ella.

Las aves piaban. Los insectos se hacían oír.

Cuando despertaron adentro solo encontraron tres cuerpos inertes en el sótano. Randy, Leslie y White. Ni Stewarts, ni Betties, ni Petes, ni Jacks.

Ni Susan.

La primera patrulla policial llegó cuando ellos salían arrastrándose del sótano. Una hora antes habían encontrado muerto al oficial Morton Lawdale en su casa; no se había presentado a su turno a medianoche. El coche patrulla abandonado los había conducido al lugar, al único edificio en cinco kilómetros: una casa abandonada apartada de la carretera.

Jack apretó la mano de Stephanie en las suyas.

—Están muertos —afirmó Stephanie.

Jack pensó que se refería a Randy y Leslie. Era difícil de creer. Impresionante.

—¿Y Susan? —preguntó él.

—No sé.

—¿Quién era?

—No... no lo sé.

—Pero era real, ¿verdad?

—Eso creo. Vimos su sangre.

No lo sabían. Lo que sí sabían era que habían estado en directa confrontación consigo mismos y con la maldad, y quizás con el propio Lucifer, y que únicamente gracias a ella habían sobrevivido.

Se quedaron callados unos segundos, anegados por los efectos de la realidad que se les había presentado en ese tenebroso rincón del mundo.

A ciento sesenta kilómetros de allí, Tuscaloosa despertaba a un día más de tráfico, citas, telenovelas y miles de otras cosas intrascendentes en que se consumía el mundo. Aquí, las autoridades estaban a punto de enfrentarse al desconcierto de unos acontecimientos increíbles. A menos que creyeran en casas embrujadas y asesinos con poderes de las tinieblas.

—¿Seguro que esto ha ocurrido de verdad? —preguntó Stephanie.

—Sí, ha ocurrido —contestó Jack parpadeando—. Como el juego de la vida, sucedió, todo en una noche.

—¿El juego de la vida?

—Vives tu vida y al final vives o mueres, dependiendo de qué decisión hayas tomado.

Ella no dijo nada.

Un movimiento a la izquierda de ellos se coló en la visión de Jack. Miró por encima y contuvo el aliento.

Una niña salía de los árboles y caminaba hacia ellos. Susan...

Jack soltó la mano de Stephanie y dio un paso al frente.

—¿Susan?

—¡Es ella!

La niña llevaba el mismo vestido blanco hecho jirones, ahora manchado de rojo por la sangre. Jack miró otra vez la casa, donde tres de los policías acababan de entrar. El cuarto estaba haciendo un rastreo por detrás, con el arma desenfundada.

Susan se detuvo frente a ellos. Una dulce sonrisa le suavizaba el rostro.

—¿Qué es lo que ha pasado? —preguntó Stephanie, anonadada.

—Sabía que lo íbais a conseguir —contestó Susan.

Guiñó un ojo.

Jack no estaba seguro de lo que veían sus ojos.

—¿Qué es lo que ha sucedido? —repitió él.

—La luz resplandeció en las tinieblas —contestó Susan—. Eso es lo que ha sucedido.

Jack captó una mirada de los ojos bien abiertos de Stephanie.

—¿Quién... quién eres?

—Susan.

—Pero eres real, ¿verdad?

—Por supuesto que soy real. Tan real como el día en que él me encerró en el sótano. Aunque admito que vine voluntariamente.

—¿Así... así que eres un...? —Stephanie se paró en seco en la pregunta.

—¿Un qué? —inquirió Susan.

—¿Un ángel? —preguntó a su vez Jack.

—¿Un ángel? ¿Quieres decir un ángel que camina sobre la tierra y que parece alguien común y corriente? Piensa en mí como alguien que te mostró el camino emitiendo un poco de luz sobre la situación.

Jack miró a Stephanie. Él había oído hablar de esas cosas. Ángeles que caminan entre los hombres. Pero nunca les había dado mayor importancia.

La radio de la patrulla más cercana silbó indicando conexión.

—Aquí solo tenemos dos cadáveres, Bob, ¿Me copia? Dos cuerpos. Un hombre vestido con los restos de una camisa verde y unos vaqueros, y una mujer de pelo negro. ¿Me copia?

Estática.

—¿Puede verificar eso?

Más estática.

—Han dicho que había un asesino, vestido con los pantalones de Lawdale.

—Entendido. No hay señal de un tercer cadáver, no en el sótano.

—Le copio. Procedan con cautela.

—¿Cómo... cómo es posible? —preguntó Stephanie.

—Hay algo que deberíais saber —comentó Susan—. White no está aniquilado.

Una de las ventanas del ático se abrió.

—Creí que lo habíamos vencido, ¡que vencimos a la casa! —exclamó Stephanie.

—Habéis vencido a la maldad que hay en vuestros corazones —explicó Susan e hizo una seña hacia la casa—. Mirad más de cerca.

Jack y Stephanie miraron fijamente.

Al principio, Jack no vio nada. Todo parecía exactamente como había sido un momento atrás, excepto que ahora todas las ventanas estaban otra vez herméticamente cerradas.

Luego vio una vaga forma gris en la ventana del ático. Era una persona, mirándole hacia abajo inmóvil.

Un calvo. Stewart.

Y al lado de Stewart, Betty. Y Pete.

Oyó a Stephanie lanzar un grito entrecortado, ella también los había visto. Los zombies miraban por la ventana, apenas perceptibles, muy vagamente, pero en realidad allí.

Stewart se alejó de la ventana y desapareció en el interior de la casa.

—¿Siguen ahí? —preguntó Jack.

—De momento —contestó Susan—. Por ahora encontrarán el lugar demasiado limpio para ellos. Se mudarán.

—¿Por qué dejarlos? ¿No podríamos entrar y acabar con todos ellos? —discutió Jack—. ¿No podríamos?

—Sí, creo que podríamos —asintió Stephanie.

—Probablemente huirían por detrás en el momento en que nos vieran llegar —expresó Jack.

—¿Después de lo que hemos hecho? Se asustan con solo vernos.

Stephanie dio dos zancadas hacia la casa y gritó para que quedaran claras intenciones.

—¡Fuera!

La ventana se quedó vacía.

Asombroso.

—¿Qué crees tú, Susan? ¿Se han ido ya?

Ella no contestó.

—¿Susan? —preguntó él girándose—. ¿Susan?

Pero ella se había ido.

—¡Susan! —exclamó Jack escudriñando el claro—. ¡Susan!

—Se ha ido —dijo Stephanie.

—¿Así que se *trataba* de un ángel?

—Quizás.

Stephanie miró alrededor y dejó que el silencio se alargara.

Jack pudo ver brevemente a un Stewart en una de las ventanas.

—Aún no se han ido.

Stephanie se dio la vuelta, miró al Stewart unos segundos, luego levantó las manos y se lanzó hacia delante.

—¡Fuera! —gritó Stephanie.

Lo espantó.

1/11

DISCARD

LaVergne, TN USA
11 November 2010
204501LV00006B/4/P